大猩猩審判日

須藤古都離
Sudo Kotori

大猩猩審判日

一

我睡在一個狹窄但舒適的地方。

這裡窄到難以翻身，但我的心中充滿了喜悅。

隨著時間的流逝，我慢慢成長，空間帶給我的迫窄感益發強烈。

就在這一天，我終於要離開這個熟悉的空間。

整個世界彷彿正在收縮，我被擠壓到幾乎變形。

緊接著是一陣強而有力的洪流，將我推出了母體的胎盤之外。

我吐出羊水，深吸一口氣，讓空氣灌滿了肺。

在很短的時間裡，窒息感漸漸消褪，我用力擺動四肢。

周圍再也沒有那柔軟的牆壁，限制我的行動。

我自由了。

我睜開雙眼，望向那正凝視著我的母親。

母親的美麗雙眸，散發著柔和的神采。

她將我捧在懷裡輕輕搖晃，幫助我入眠。

我躺在強而有力的雙臂之中，聽著母親哼的旋律，閉上了雙眼。

我出生於一座長年受濃霧籠罩的森林之中，位於非洲的喀麥隆。

教育孩子非常盡心且嚴厲的母親，英文稱作Tiger Mother，也就是虎媽。我的母親雖然不是老虎，但她教育孩子絲毫不馬虎。其他的孩子每天都在深山裡奔跑嬉戲，我卻經常被母親帶進研究中心。

除了我之外，沒有其他任何孩子必須進入研究中心，所以母親和我可說是特例。研究中心對我來說，就像是除了叢林以外的另一個生活空間。我對這樣的母親感到相當自豪，也因此總是壓抑住想要和朋友們一起遊玩的心情，跟隨母親前往。

研究中心的職員，都相當熱情地迎接我們的到訪。我經常被母親抱在懷裡，看著母親和研究中心的職員說話。當時我還沒學會說話，聽不懂他們在說些什麼，但從母親那笑盈盈的表情，便知道母親非常信任他們。母親對那座研究中心，以及研究中心內的職員們，有著深厚的情感。

在那研究中心裡，母親總是懷抱著我，接受各種測驗。每一種測試的主題都不相同，有語言能力，有記憶力，也有認知能力及數學知識。每一次的測驗都大同小異，卻經常讓研究人員露出驚愕的表情。

當時我完全不知道，對身為女兒的我，他們抱持的期待不亞於對我的母親。一個特別的母親，所生出的獨特孩子；像我這樣的例子，在世界上可說是獨一無二。不過，當時的我並不知道這些，只是每天過著悠哉的日子。

等我再長大了一些之後，母親便開始教我語言，而我學會的第一個單字，是「蘿絲（Rose）」。那是我的名字，取自母親最喜歡的花朵。

我每學會一個單字，母親都會開心得手舞足蹈，用她那巨大的身體把我緊緊抱住。我為了讓母親開心，更是用心學習，幾乎不把時間花在遊玩上。

後來我開始跟著母親，在研究中心向職員學習語言。當隨著學會的單字增多，也漸漸能把幾個單字結合在一起，組成簡單的句子。在單字與單字不斷結合的過程中，我感覺原本模糊不清的世界變得越來越清晰，愈趨複雜，卻也更加閃耀動人。

又過了一段日子，我漸漸習慣了疑問句的組合，開始朝著身邊的每個人不斷拋出問題：那是什麼？這是什麼？為什麼會這樣？只要是我眼中所見、還叫不出名堂的東西，幾乎全都問過了一遍。

〈你們在這裡做什麼？〉

有一天，我朝雀兒喜這麼問道。她是個女性研究人員，長得很美。

「我們在做研究。」紮了個棕色馬尾的她，如此回答。

這樣的回答根本無法讓我滿意。

〈你們在做什麼研究？〉

「我們在做大猩猩的研究。」

〈什麼是大猩猩？〉

我旺盛的好奇心，讓她露出了微笑，接著她說出了一句讓我終身難忘的話。

「大猩猩，就是你們這些住在森林裡的好朋友啊！」

她嘗試以我所懂的單字，解釋大猩猩的意思。

——住在森林裡的好朋友。

從那天之後，我才知道自己是一頭大猩猩。

「這次的案子一點也不複雜，大家應該都同意吧？只要以常識思考一下，就可以得到結論才對。」

氣氛凝重而緊繃的房間裡，編號七號的男人率先開口說道。

這男人大概滿腦子只想要趕快結束這場訴訟，早點回家休息吧？其他十一人都默不作聲，靜靜等著他繼續說下去。

十二名陪審員圍著桌子而坐，你看著我、我看著你，顯然每個人都在揣摩著他人心思。

「這起案子事關一個三歲男童的性命，動物園的判斷絕對不會有錯。我認為繼續討論下去只是浪費時間，就判園方獲勝吧？」

「四歲。」編號三號的婦人，訂正了七號男人的話。

「什麼？」

「男童的年紀是四歲。」

「三歲跟四歲有什麼分別?」

想要早點回家的人，絕對不只七號一個，然則七號那不負責任的輕浮態度，引起了不少人的反感。

「我也認為園方的判斷沒有錯，但我不贊成省略討論的步驟。不管案情再怎麼單純，我們都有義務在做出決定之前，深思熟慮一番。」

編號四號的男人，針對七號的輕率態度，表達了反對之意。好幾個人輕輕點頭，顯然是贊成四號男人的主張。

「你們要談，當然也沒問題。」七號男人舉起雙手，做出投降的動作。「不過你們之中，有人認為園方有疏失嗎?如果有的話，我還真想聽聽看理由。」

「不然這樣好了，我們先簡單回顧案情，再來討論園方的處理方式是否有錯。大家覺得如何?」

四號男人觀察桌邊十一人的神色，大家都露出了贊成的表情。

「好，那我盡可能長話短說。這起案子發生在十月二十八日的下午四點。一個名叫安潔莉娜・威廉斯的婦人，帶著兩個兒子尼奇及安德魯，前往了克里夫頓動物園的大猩猩區。母親一個不留神，年僅四歲的尼奇竟然翻越柵欄，掉進了柵欄內側。剛好在附近的大猩猩家族領袖奧馬里走過來抓住了尼奇，或許是因為周遭遊客的騷動讓奧馬里摸不著頭緒，牠忽然拖著尼奇在柵欄內走來走去。不到十分鐘，動物園的園長霍普金斯就帶著槍手抵達現場。槍手並沒有使用麻醉彈，而是直接選擇實彈將奧馬里射殺。子彈貫穿了奧馬里的心臟，同時園方的工作人員將孩童救出。到這邊為止，應該沒問題吧？認為動物園的處理方式不恰當的人，請發言。」

「直接使用實彈這部分，我認為有爭議。」三號婦人微微舉起手掌，疑惑道：「儘管他們說當時的情況不能使用麻醉彈，我還是有點懷疑這個判斷的正確性。」

「以當時的情況來看，確實不能使用麻醉彈。作證的獸醫說得很清楚，當時如果使用麻醉彈，在麻醉藥發作之前，男孩的處境會非常危險。監視器的影像，大家都看過了，男孩翻過柵欄，倒在柵欄內側，那頭大猩猩竟然將男孩抓著拖行。如果使用麻醉彈，大猩猩很可能會發狂，男孩如今恐怕已經身受重傷了。」

二號男人搖頭否定了婦人的質疑，

「就算使用實彈，應該也會有同樣的風險吧？大猩猩被實彈擊中的瞬間，有可能會抓著男孩的身體亂甩。」

「以結果來看，妳說的這個狀況並沒有發生。因為園方使用了實彈，將大猩猩當場擊斃，所以男孩沒有受傷，這是不爭的事實。」

七號男人凝視著桌面開口。那是一張以桃花心木製成的美麗實木桌子，桌面打磨得有如鏡子一般光滑。

「然而，根據專家的說法，當時大猩猩的舉動並沒有危險性，那只是大猩猩逗弄自己小孩時的動作。」編號十一號的半百長者，提出了第二個問題點。「雖然在我們眼裡看來很危險，但或許根本沒那麼嚴重。」

「事情已經結束，才來講這種不負責任的話。何況就算是真的，用對待大猩猩孩子的方式來對待人類的孩子，你們認為不會有危險嗎？還有，動物園的人也算是動物專家吧？既然他們判定是一起危險事件，也就表示即使是專家，對這起事件並沒有一致的共識。」二號男人反駁道：「再怎麼說，大猩猩也是瀕臨絕種的保育類動物，真的除了殺死之外，就沒有其他辦法了嗎？」

「大猩猩是保育類動物，這點園方不可能不知道。就算是平時不能隨便殺害的動物，在那種情況下，也只能從權了。若要說園方真有什麼疏失，那也是安全管理上的問題，並不是本案的爭議點。」

只要有人想到質疑的點，立刻就會有人加以辯駁。從頭到尾的討論，都維持著這樣的狀態，並沒有實質的進展。

「我想這只是一個很單純的問題。」原本一直保持沉默的一號，看著七號緩緩地說：「兩條性命要救哪一條？是人的性命，還是禽獸的性命？就這麼簡單，不是嗎？如果置之不理，男孩可能會有生命危險，為了拯救男孩的性命，園方犧牲了大猩猩的性命。我認為這樣的選擇並沒有錯。」

二號聽了一號的話，用力點了點頭。

「我也這麼認為。人類的性命比動物的性命重要，這應該是常識。」二號停頓了一下，接著又像是想起了什麼，說道：「我相信一定有人會認為，動物的性命和人的性命一樣重要，但我並不認同這種說法。天底下難道有人會為了救一隻老鼠，而願意犧牲自己的生命？既然沒有，說什麼性命一樣重要，只是唱高調而已。」

「人的性命與動物的性命……如果要從這個角度思考，當然是人的性命重要一些。」

不應該貿然做出結論！儘管在場大多數的陪審員，都抱持著這樣的謹慎心態，共識顯然已經成形。

我聽見了咚咚咚的聲響，只見律師尤金在我眼前的桌面上輕敲，提醒我注意狀況。那動作看起來，像是在為我祈求好運。

好運，確實是我們現在最需要的東西。尤金不僅自己站了起來，同時也催促我起身。我猜剛剛多半有人喊了一聲：「全體起立！」只是我沒聽到。

我深深嘆了一口氣，甩開腦海裡的混亂思緒，背脊用力一挺，前腳順勢離開地面，維持後腳站立的姿勢。不知從什麼時候起，法官及陪審員都回到了法庭上。距離最後一次辯論結束不到一個小時的時間，我們就被叫了回來。

原則上，陪審團必須全體達成共識才能提交評決。怎麼會結束得這麼快？這是好事還是壞事，目前還看不出來，不安的心情幾乎讓我精神崩潰。

如今我們所在的地點，是漢密爾頓縣（Hamilton County）一般訴訟法院的法庭內。法院的正面入口附近排列著許多壯觀的石柱，是一棟典型的新文藝復興建築。挑高的白色天花板上，有著宛如棋盤方格一般的金色裝飾物，整齊排列的小照明燈照亮了整個空間。外頭的陽光自右手邊的窗外透入，照射在十二名陪審員的背上。牆上掛著許多肖像畫，可能是獨立戰爭時期的人物。地毯上那些淡紫色的軟毛，不斷搔動著我的腳底板。

我是發起這場訴訟的一方，也就是原告。但法庭裡的木椅實在太小，我根本坐不下。這也是沒辦法的事，畢竟那是人類的椅子。以西部低地大猩猩（Western lowland gorilla）的雌性體格標準來說，我的身體不算特別大，也不算小。雖然擁有大約一百公斤的體重，身高卻只有一百四十公分左右。我的手臂很長，攤開雙臂可達兩公尺寬。換句話說，我的體格跟人類完全不一樣。

我的身體覆蓋著黑色的短毛，但我還是穿著一套藍色的西裝外套及西裝褲。這是為了參加今天的開庭，特別量身訂製的。而我的雙手，依然戴著那特製的手套。

由於我沒有辦法像人類一樣坐在原告席上，因此他們特別通融，讓我坐在原告席與被告席之間的地板上。這個位置剛好是法庭的正中央，與法官正面相望。

我一邊起身，一邊觀察陪審員們的表情。他們全都緊閉雙唇，不發一語。從他們那緊張的神態，完全沒辦法推敲他們針對這場審判，做出了什麼樣的評決。他們全面對著正前方的法官，彷彿每個人都努力避免與我四目相交。

站在被告席上的霍普金斯園長，一臉沉不住氣的模樣，與他平常的形象完全不同。他不時掏出手帕，擦拭光禿的額頭。整間法庭內鴉雀無聲，所有人都在等待法官開口說話，我彷彿可以聽見霍普金斯園長吞口水的聲音。

「各位陪審員，請問你們是否已經做出了評決？」

男性法官以低沉的嗓音問道，那聲音宛如音樂般，迴盪在這死寂的房間裡。

法官的身上穿著寬大的黑色長袍，使得他的身體輪廓與我們大猩猩有著幾分相似。他帶著一抹高傲的強硬口吻，讓我對這個人產生一絲好感。那充滿自信的態度，沒有一絲迷惘，流露出一股宛如野生動物般的威嚇感，一般人類可沒有辦法有這種感覺。

我喜歡強者。尤金雖然站在我這一邊，不過從他的身上，我感受不到一絲強壯的氛圍，這點一直讓我覺得很可惜。我從來不相信弱者，當然我不是特例，天底下沒有一種動物會願意追隨弱者。

由於這個緣故，即使到了這一刻，我還是沒有辦法打從心底信任尤金。尤其在聽完那欠缺說服力的結辯陳述之後，更深信他沒有能力處理這件事情。

尤金的說話方式，彰顯出自己的性格。他是個很溫柔的人，總是缺乏臨門一腳的氣勢，而且實在太年輕，從那稚嫩的臉孔，不禁令人懷疑他才剛從學校畢業。對於打官司這件事，他也稱不上駕輕就熟。最重要的一點，我實在無法喜歡他那缺乏自信的說話方式。

「是的，法官。」一名男陪審員清了清喉嚨，代表整個陪審團發言。

宣布陪審團評決時的對話，都只是做做樣子而已。因為完全欠缺熱情的關係，那聲音聽起來相當冷漠。

我心裡相當清楚，這男人接下來說出口的話，將會決定我的一切。一時感覺天旋地轉，心臟撲通亂跳。驀然間，有種想要拋下一切逃走的衝動。不安的心情幾乎將我壓垮，光是站著就感到無比吃力。

「請說出你們的評決。」法官的聲音就跟剛剛一樣，有如樂音一般。

沒什麼好擔心的，我一定會贏。為了甩開不安，我在心中如此告訴自己。

我沒有輸的理由！我的丈夫遭到了槍殺，下手的人怎麼可以不用受罰？

天底下不可能有這麼沒道理的事！

但我身邊的所有人卻都勸我保持沉默，乖乖接受命運的安排。

我不是個弱女子，沒有辦法允許自己忍氣吞聲！

我無法原諒那些人　說服不了自己不起身對抗他們！

我不可能會輸！

我目不轉睛地看著那名陪審團代表。

「這場由蘿絲・納庫沃克控告克里夫頓動物園的案子，我們駁回了原告的控訴。」

男人輕描淡寫地說出這句話，旁聽席上登時掀起一陣騷動。

法官似乎相當滿意這個評決，敲了敲手上的木槌，宣布閉庭。

我以眼角餘光，看見霍普金斯園長露出一副鬆了口氣的表情，笑嘻嘻地與律師握手。

我完全沒有辦法接受，那個男人所說出的評決。我竟然輸了！不僅失去了丈夫，而且還在法庭上敗北。這感覺像是墜入了黑暗的無底深淵。

站在旁邊的尤金轉頭朝我望來，眼神中交雜著憐憫與懊悔。他伸出手，在理得整整齊齊的茶褐色頭髮上抓了抓，似乎正在煩惱不知道該對我說什麼才好。

「我很遺憾！沒能幫上忙，真的很抱歉。妳還好嗎？」

聽見尤金那疲軟無力的慰問，我勉強點了點頭。

一點也不好……完全一點也不好！我感覺全身的力氣正在流失，只能放下前腳，以拳頭輕輕抵著地板。塞在特製手套裡頭的緩衝材料，被壓在地毯與拳頭之間，發出沙沙聲響。

正當我感到茫然若失時，霍普金斯園長悄悄朝我走近。

「這次發生這樣的事情，真的對妳很抱歉。雖然已經向妳道歉過很多次了，但直到這一刻，我的心裡還是充滿了遺憾。」

霍普金斯園長歪著他那光禿的頭，似乎在觀察我的表情。那對隱藏在黑框眼鏡後的雙眼，宛如水果乾一般乾涸，身上的藍灰色西裝，隱隱散發出汗臭味。

「我想妳應該明白，我們也不是故意要做出那種事。我不敢祈求妳原諒，若妳願意的話，或許我們能夠像從前一樣，一起在動物園裡生活。」

聽起來相當誠摯的低沉嗓音，觸動了我的心弦。不過，那理智的言詞，反而令我更加無法保持冷靜。如果可以，我好想拋開這段仇恨，再一次抱住他那圓鼓鼓的大肚子。另一方面，我又告訴自己絕對不可以有這樣的想法。

到頭來，我依然無法接受丈夫已經死亡的事實。

看著霍普金斯園長那不知如何是好的表情，心裡也有些過意不去。但現在的我，實在不知道該如何重新整理自己的心情。

一句輕描淡寫的評決，宛如否定了我的一切。那群陪審員在討論的過程中，到底說了些什麼話，我當然無從得知。不過，光是想像就感覺到胸口隱隱抽痛。

現在的我，實在不想跟任何人交談，因為我必須全神貫注，才能壓抑下自己心頭的怒火。於是，我轉身背對霍普金斯園長，以四足步行的方式，走向法庭出口。

旁聽人員及相關人士看見我靠近，都嚇得趕緊讓出一條路。原本坐在旁聽席上的雀兒喜，從後頭匆忙追趕上來。

「六年！我照顧了奧馬里整整六年的歲月！」或許是我的態度惹惱了霍普金斯園長，他嘶聲大喊：「牠是妳的家人，也是我的家人！難過的人並不是只有妳而已！」

我假裝沒有聽見這些話，快步奔過法院大廳。有著相當厚度的黑色手套，在白色的平滑大理石地板上摩擦，發出沙沙聲響。

就在這個瞬間，感覺自己彷彿是在灰暗的森林裡奔跑。我拚命地快跑，彷彿後頭有著什麼猙獰的東西正在追趕著。我穿過了茂盛的樹叢，鑽進草叢裡，顧不得身上已沾滿污泥，只是不斷地向前奔逃。離開家族的我，竟然是如此無力。宛如有某種看不見形體的東西，在我的身後猛追，而我已經被那個東西盯上，絕對不可能逃得掉。

然而現實中，我卻是奔跑在打掃得整整齊齊，放眼望去盡是裝飾品的大廳上。附近的人都一臉驚恐地盯著我看。整個大廳裡的一切猶如都凍結了，只有我與雀兒喜依然在狂奔。

「蘿絲！等一下！」雀兒喜好不容易追上了我，累得滿臉通紅，上氣不接下氣地說：「現在應該有大批記者守在外頭，最好不要讓他們看見妳失去理性的樣子，否則事情會變得更加棘手。建議妳稍微休息，等恢復冷靜後再出去吧！」

我慢慢停了下來，轉身面對雀兒喜，以手語向她傳達想法。

『對不起！我沒想到會輸，所以一時亂了方寸。』

我使用的是美式手語，戴在雙手上的手套能辨識我的動作，並自動發出正確的語音。埋在手套裡的擴音器，發出的語音就像是有人在講話一樣流暢。它會自動學習我的手語習慣，精準度相當高。

然而，語音永遠只能以冷靜的態度說話，沒有辦法帶有感情。

我不知道該怎麼傳達自己心中的憤怒、悲傷與困惑，心情加倍煩躁。

「我明白，真的沒想到會發生這種事。」雀兒喜說著，蹲了下來，將我一把抱住。「妳已經很努力了，可惜有些事情畢竟沒有辦法改變。」

我聽得懂英語，雀兒喜總是很貼心地一邊說話，一邊比手語。

「那些媒體記者恐怕不會在乎妳的感受，他們會詰問一些很過分的問題。我建議妳走出去之後，不要回答任何問題。山姆會開車過來接我們，盡快離開這裡吧！」

我將右拳舉到自己的臉旁邊，伸出食指。手套辨識我的動作，發出『好的』的語音。

就在這時，後頭傳來了腳步聲，轉頭一看，尤金這時才追上我們。他來到我的身邊，以雙手撐著膝蓋，不停喘著氣，似乎已經用盡了全部精力。

「對不起，我太慢了！蘿絲還好嗎？」

我一點也不好！輸了官司，沒有理由會好！

尤金一問再問，更是增添我心中的惱怒。就算我告訴他不好，也不能改變任何結果。

『我現在不想說話，晚點再談吧！』

尤金聽我這麼說，露出些許鬆一口氣的表情。

「好吧！不過接下來要怎麼做，我們還得找時間談一談。對了，外頭都是記者，妳一定要表現出堅定的態度，什麼話都不用說。」

雀兒喜才剛跟我說完這些，他又對我說了一次相同的話，還露出一臉得意的表情。我越看他心裡越煩，完全不想回話，將身體轉向另外一邊。

「那我先走了，如果有什麼事的話，隨時通知我。」

聽見尤金這句話，我並沒有回頭，只是與雀兒喜對望了一眼。

我跟雀兒喜之間就算不使用手語，似乎也能心意相通。我想以後不會再拜託尤金任何事了，當初相信他，根本是個錯誤。

我默不作聲，聽著尤金的腳步聲逐漸遠去。

「我們也走吧？」雀兒喜嘆了口氣，建議道。

我輕輕點頭回應。

「我們一起走出去，妳不要急躁，走慢一點。有記者靠近，我會替妳擋住。」

雀兒喜說著，露出輕柔的微笑，接著從黑色外套的口袋中掏出手機，撥打電話後將手機放在耳邊。

「山姆？是我。嗯，已經結束了。麻煩你開車來接我們。」她簡單扼要地交代完，轉頭看著我說：「山姆會開車過來。一看見他的車，就筆直朝車子走過去，立刻上車，不要停留。記者不管問什麼都不用回答，絕對不要離開我的身邊，好嗎？」

『好的。』我比了跟剛剛一樣的手勢。

「我們走吧！」雀兒喜輕輕撫摸我的肩膀。

我們緩步走下了樓梯，來到寬廣的法院入口大廳，並躲在出入口旁邊柱子的後頭，觀察法院外的狀況。

果然法院前擠滿了媒體記者，光是新聞播報員就有數十名，各自對著攝影機說話。

我突然感到一陣恐懼，以手指輕輕捏住雀兒喜的褲管。雀兒喜瞥了我一眼，面露微笑。

我一邊看著外頭的記者，一邊做出以雙手懷抱自己的動作，向她表示：〈我好害怕！〉

「不用擔心，只要我們兩個在一起，一定能夠度過眼前的難關。看，車子來了！妳準備好了嗎？」

我輕輕點頭，發出低沉的嗚嗚聲。平常我搭乘的那輛廂型車，確實來到了法院外，但看起來離我好遙遠。

辛辛那提（Cincinnati）的冬天非常寒冷，昨天晚上的一場大雪，讓建築物及地面都閃耀著白色的光輝。相較之下，我從小生活的喀麥隆就算到了冬天，氣溫也不曾降至二十度以下。還記得剛來到美國時，美麗的雪景曾讓我讚嘆不已，而那寒風刺骨的感覺，也讓我不禁深深感慨自己距離故鄉是如此遙遠。

一陣寒風吹來，冷得直打哆嗦。這股寒意實在讓我吃不消，無論如何得盡快上車才行。

「好，我們走吧！不管被問什麼問題，都不要回答。」

雀兒喜以手搭著我，示意我邁出步伐。我伸出拳頭，讓身體往前進，而雀兒喜將手放在我的背上，跟著我一起前進。

就在這時，一名新聞播報員瞧見我們，立刻將麥克風湊了過來。不一會，我們已經被數不清的新聞記者包圍。

「可以請妳描述一下敗訴的心情嗎？」

「妳認為敗訴的原因是什麼？」

「妳覺得今後有可能跟動物園達成和解嗎？」

麥克風從四面八方遞來，每個人都在對著我發問。

我心中驚恐不已，同時心中卻也有一種莫名的亢奮感。無數的快門聲在耳畔迴響，強烈的閃光燈有如細針一般不斷刺入眼中。

敗訴的原因？為什麼不去問陪審員？他們才是決定審判結果的人。沒錯，那些陪審員才是決定一切的人！那些人類陪審員，總共有十二人，大概沒有一個人是站在我的立場思考這起案子。

「無可奉告。」

雀兒喜擋下那些煩人的記者，同時以右手撥開人群，為我開路。我在她的保護下慢慢往前進，車子已停在路邊，卻離我們好遠。

攝影機不斷在後頭追著，我感覺自己像在參加一場美式足球比賽。如果這真的是一場比賽，我們應該正處於劣勢吧？由媒體記者所組成的人牆，實在太過堅固，令我們寸步難行。

「妳認為判決合理嗎？」

「有沒有什麼話想要對克里夫頓動物園說？」

我依照雀兒喜的吩咐，默默地從媒體記者的縫隙間穿過。

或許是因為近距離感受到那些媒體記者的身體所散發出的熱氣，我察覺自己的情緒越來越激動。被媒體記者踏融的積雪，沾在衣服及手套上，搞得我又濕又髒。

法庭上的莊嚴和肅穆，與眼前圍繞著我的這群人所流露出的猥瑣與聒噪，可說是形成了強烈的對比，落差大到缺乏真實感。

「喂！大猩猩！快轉過來！」

驀然間，失禮到令人難以置信的聲響，讓我忍不住回過了頭。媒體記者們彷彿就在等著這一刻，全都朝我湊近。而雀兒喜遭到推擠，離我越來越遠。

我在採取四足步行姿勢時的身高比較矮，圍繞在我周圍的記者們都是低頭看著我。

「蘿絲！這邊！蘿絲！」

我聽見了雀兒喜的聲音，但受到人牆阻擋，看不見她。

「請問妳有上訴的打算嗎？」

一名身材姣好的女播報員擋在面前，我想要從她的身邊通過，她卻再次擋住了我的去路，臉上依然維持著和善且充滿魅力的笑容。

有沒有上訴的打算？我根本沒有想過那種事！也沒有想過輸了之後該怎麼辦？

「能說一下妳現在的心情嗎？」女播報員察覺我陷入沉思，繼續追問。

我需要雀兒喜的幫助，但她已經被推出了媒體記者的人牆外。我若不回答這個女人的問題，看來她是不會讓我過去。

於是，我決定只回答一句話。我攤開手掌，將雙手舉到胸前，使勁往斜上方推出。

『我感到憤怒。』

沒錯，我感到憤怒！這還不足以形容我的心情，接著我將右手放在頸邊，做出好似要將東西捏碎的動作。

『我感到丟臉。』

一開始描述心情，我發現想說的話太多了，便再也停不下來。

『他們奪走我的丈夫，我請求伸張正義卻被拒絕。我懊惱，感到非常憤怒。』

當我開始說話時，周圍響起了更多的快門聲，場面瞬間升溫。我對於手套所發出的那些平板單調的語音，感到很不舒服。心裡有股想要怒吼的衝動，卻也明白一旦做出野獸般的行為，自己的立場會變得更糟糕，因此我努力說服自己保持冷靜。

「請問妳今後有什麼打算？」

『什麼打算也沒有，我已經放棄了。正義完全受人類操控！這樣的審判，對我們動物來說，一點也不公平。』

此話一說出口，眼前登時揚起一陣騷動。

我知道這時候最好別亂說話，卻怎麼也無法克制自己。

「請問『**正義受人類操控**』是什麼意思？」另一名播報員跟著提問。

『法官跟陪審員都是人類，他們根本不瞭解我們大猩猩。』

我剛說到這裡，雀兒喜便從人群中鑽了進來，繼續引導我走向車子。她為我打開了後座的滑動式車門，我順勢進入車內。

坐在前方駕駛座的山姆正轉過頭來，一臉不安地看著我，他應該是想要詢問判決結果吧！緊接著雀兒喜也上了車。山姆或許是從雀兒喜的表情看出我們敗訴了，什麼話也沒說，緩緩踩下油門。

「我不是說過，什麼話都不要說嗎……？」雀兒喜一邊為我繫上安全帶，一邊移動至副駕駛座，低聲抱怨道：「『**正義受人類操控**』這種話，一定會引來誤會。要是那些新聞媒體胡亂報導，大家對妳的觀感可能會變得更糟。」

車子通過梧桐街（Sycamore Street），轉入奧本大道（Auburn Avenue）。

『我只是實話實說而已。根本沒有人理解我，人類從來不曾真正關心過動物。』

我如此反駁道，雀兒喜的抱怨令我心生惱怒。

「別這麼說，這次的案子比較難做出正確的判斷，畢竟沒有前例。」

道路兩旁的行道樹都已掉光了葉子，只剩下光禿禿的樹枝。從前的我根本沒見過如此寂寥的景象，因為在我從前生活的叢林裡，樹木絕對不會有掉盡葉子這種事。不論任何時候，只要抬起頭來，就可以看見數不清的枝葉覆蓋整片天空。

車窗外，我看見一群孩童在積雪的坡道上玩著雪橇。孩童在嬉戲時，表情總是如此天真無邪，不管是人類還是大猩猩，沒有什麼分別。

這讓我想到了故鄉的同伴們，那群總是玩在一起的兄弟姐妹。不曉得還記不記得我？

車子馬上就要抵達動物園了，但我還不想回去，好想逃得遠遠的，逃到一個沒有人認識我的地方。

可惜我不管躲到哪裡，都找不到一個不認識我的人。雖然來到美國才短短一年半，我已經有名得過了頭。

我好想回到叢林裡，回到那個我從小生長的動物樂園！

可惜他們絕對不會讓我回去，因為我已經不是我了！

如今美國掌握了我的所有權。我是美國向喀麥隆租借之物，會在這個地方，完全是基於一場交易，而我無法依照自己的意願改變這個結果。

剛剛那場審判的結果，其實不也一樣嗎？大猩猩充其量只是動物，既然是動物，就不可能像人類一樣受到尊重。

車子通過馬丁路德金恩大道（Martin Luther King Drive），轉進葡萄藤街（Vine Street）。以人權運動領袖的名字冠名的街道，在全美國可說是多得不可勝數。辛辛那提的馬丁路德金恩大道，是橫貫全市的重要幹道。我每次聽到這個名字，都不禁遙想他的貢獻。

馬丁・路德・金恩*，他擁有一個美好夢想，如果是他的話，或許會理解我的處境。

我轉頭望向窗外，心中忽然想起當初和尤金討論訴訟策略時的一段對話。如今回想起來，或許尤金打從一開始就不打算認真幫我打官司。

＊注解：馬丁・路德・金恩（Martin Luther King, Jr.，一九二九～一九六八年）是美國著名的黑人民權運動家，對促進美國的種族平等有著卓越的貢獻。

「為什麼妳想要打這場官司？」

一時之間，我以為尤金是在譏諷我。因為今天如果受害者換成人類，我不認為他會問出同樣的問題。

『丈夫被殺了會想要叫警察，凶手沒有受到懲罰會想要打官司，這不是理所當然的事情嗎？我的決定完全合乎常理。』

依照我的手語動作發出的電腦語音，沒有任何抑揚頓挫，簡直像是在說著一件枯燥乏味的事情。如果可以的話，我多麼希望這幾句話能夠說得更加義正詞嚴。

我的決定完全合乎常理，至少我過去一直是這麼認為，可惜陪審員們似乎並不這麼想。

「動物園到了，準備下車吧！」坐在副駕駛座的雀兒喜，轉頭說道。

『我不想回動物園，我沒辦法繼續待在那個地方。』

從奧馬里遭到殺害，到進入訴訟程序的那段期間，我只能住在動物園裡，假裝什麼事也沒有發生，忍氣吞聲地度過那段屈辱的日子。

如今我已與霍普金斯園長對簿公堂，還輸了官司，不可能再回克里夫頓動物園。

「不回動物園，那妳打算去哪裡？」

山姆錯愕地一邊問道，一邊還是將車子開進動物園的停車場裡。

『雀兒喜，我想跟妳一起住。』

「蘿絲，如果可以的話，我也想跟妳一起生活。」雀兒喜一臉歉疚道：「但我的住處太小了，沒辦法讓妳住進來。」

「或許可以試試看，搬到其他動物園。在原本的計畫裡，上頭本來就打算如果配種不成功，就把妳移到其他動物園。」山姆在停車場內將廂型車停好後，轉頭說道：「我猜，應該可以找得到願意收留妳的動物園。雖然惹出了一起訴訟案，但還是有很多動物園巴不得收留妳。不過，要換動物園恐怕沒那麼容易，得花一些時間進行協調。」

「妳放心，我們會幫妳找合適的動物園，並且盡可能早一點把妳接走。只是目前妳還是只能待在這座動物園裡，得忍耐一下。」

他們兩人說的話讓我的心中燃起了一股希望，但我實在沒辦法暫時在這裡待著。

「蘿絲，妳還好嗎？」雀兒喜移動到後座，蹲在我的旁邊問道。

我彎曲食指，做出宛如敲打桌子的動作，接著將雙拳在胸前交叉。

雀兒喜看了我的手語，突然眼中含淚，張開雙臂將我緊緊抱住。過了好一會兒，我的手套才發出：『請妳抱緊我。』的電腦語音，雀兒喜的動作比聲音還快了半拍。

「妳已經盡了力，我真的以妳為榮！」

聽著雀兒喜的話，忽然有股莫名的虛脫感，懊惱與不甘的情緒，幾乎要將我壓垮，需要一點平復心情的時間。

『讓我獨處一陣子。』我請求道。

山姆與雀兒喜明白我的心情，兩人都沒有多說什麼。

「我們就在車外，等妳稍微冷靜一點，再告訴我們吧！」

我獨自待在車內，腦袋一片空白，什麼也沒有辦法思考。

為什麼我會遇上這些事？為什麼我沒有辦法像一頭普通的大猩猩一樣住在叢林裡，也沒辦法在動物園裡平平安安過日子？

我是一頭大猩猩，腦袋裡的想法卻跟人類一樣，而且還做著人類才會做的事情。

過去曾有一段日子，這是讓我非常開心的事，因為我是如此特別，也帶給自己一種幸福感。如今，正因為我不是一頭普通的大猩猩，就得承受著如此強大的痛苦，而這種屈辱與挫折，是其他大猩猩或是任何野生動物所無法體會的。

直到一年半以前，我明明還在叢林裡過著幸福快樂的日子，沒想到就在短短的時間裡，生活發生了這麼大的變化。

到底是怎麼了？事情為什麼會變成這樣？

而今回想起來，那天的事，恐怕是這一切的肇因——

與一頭名叫艾薩克的大猩猩相遇，那一天，我的人生步上了完全不同的道路。

二

鳥叫聲迴盪在叢林裡，宣告著黎明的到來。柔和的晨曦，自鬱鬱蒼蒼的枝葉之間灑落。遠方傳來了猿啼聲，蝙蝠之類的夜行性動物紛紛返回了各自的棲身之所，河邊的青蛙不停地鳴叫，色彩鮮艷的蛇在樹枝上緩緩滑行。

我們所生活的德賈動物保護區（Dja Faunal Reserve），是一座位在喀麥隆首都雅溫德（Yaoundé）東南方約一百二十公里的自然保護區。在這個廣達五千二百平方公里的範圍裡，有著完全看不見人類文明的大自然。包含我們西部低地大猩猩在內，這一帶棲息了十四種靈長類動物。若計算哺乳類動物，更是多達上百種。即便放眼整個非洲熱帶雨林，也找不到如此獨特的地方。叢林裡生長著各種植物，樹木可高達五十公尺，高聳的樹林下方有著低矮的灌木及藤蔓類植物。

雖然名義上這整片遼闊的大自然環境都是我們的棲息範圍，實際上我們只生活在這廣大保護區中的一小塊地區內。大猩猩是一種不需要廣大生活空間的動物；一來多虧了大自然所賜給我們的恩惠，在這裡從來不缺食物，二來我們大猩猩本來天敵就不多，所以在這裡能過著逍遙自在的生活。

那一天，我躺在以折彎樹枝搭建的床鋪上。我們大猩猩每天晚上都會在樹上搭建床鋪，躺在裡頭睡覺，儘管在保護區內我們的天敵並不多，但還是有豹之類的少數敵人，必須學會保護自己。而且由於每天都會在森林裡到處尋找食物，所以基本上我們每晚都會睡在不同的床鋪上。

我本來還想再多睡一會，卻聽見了附近的樹上傳來枝葉搖擺的聲音，緊接著周圍的其他樹木也都傳出類似的聲響，宛如共鳴一般。這意味著，我的家族同伴們都已經起床，正一頭接著一頭爬下樹木，到地面去了。我聽見下方傳來低沉的嗚嗚聲，那是大猩猩互相打招呼的聲音；聽那聲音，應該是耶沙烏和妮農。

耶沙烏是我的父親，牠是這個大猩猩家族的領袖，妮農是牠的大老婆。妮農晚上睡覺，總是睡在最靠近我父親的樹上，這是大老婆的特權。

大猩猩的世界是一夫多妻，家族是以身為領袖的銀背大猩猩為核心所組成。所謂的銀背，指的是成年的雄性大猩猩。因為雄性大猩猩在成年之後，背上的毛會變成銀色，不僅氣派而且有一種獨特的美感，所以稱作銀背。

我的父親耶沙烏擁有四個老婆，加上牠們的孩子，共十一頭大猩猩，組成了我們這個家族。老婆與老婆之間的關係大致平等，但還是有著微妙的上下階級。我的母親約蘭妲是三老婆，在大老婆妮農與二老婆可洛蒂的面前會有些抬不起頭來。不過，這不是什麼大不了的事，我們還是過著幸福的日子。

我離開了床鋪，爬下樹木，整棵樹隨著我的動作而緩緩搖擺。當我把腳踏在地面的腐土上時，感受到了泥土的柔軟與濕潤。

我環顧四周，尋找其他的大猩猩孩子。四老婆薇薇就在附近，她的兒子卡里姆緊抱著她的肚子。卡里姆才一歲大，薇薇只要一動，卡里姆就會在她的肚子下面搖來搖去。年紀同樣幼小的娜汀與拉薩爾，跟隨在父親耶沙烏的身邊，牠們有時繞著圈子奔跑，有時玩起摔角比賽。至於年紀比牠們大一點的哈瑪杜與阿加拉，則是在附近的灌木叢邊，哈瑪杜是雌性，阿加拉是雄性，牠們正拔著藤蔓當早餐吃。我向牠們打了招呼，牠們也開心地回應。

大猩猩在一歲之前，幾乎都是由母親照顧；過了一歲之後，照顧孩子的責任會漸漸轉移到銀背大猩猩身上；等到孩子成年，就會離開從小生長的家族。雄性大猩猩會獨自生活，並努力尋找雌性大猩猩，建立以自己為中心的新家族。至於雌性大猩猩長大後，則是會在接受其他大猩猩的求愛，並離開原本的家族，加入新的家族。

若撇開父親及四個妻子不計，目前我是家族裡最年長的大猩猩。年紀比我大的約基姆及阿美娜，分別在去年及前年離開了家族。原本我跟牠們很要好，總是玩在一起，自從牠們離開之後，我經常感到很寂寞。將來有一天，我也會離開這個家族，找到新的家人，但現下我完全沒在思考這些事情。

我很喜歡父親，跟母親有著更深厚的感情，我和她共同擁有著其他大猩猩所無法想像的美好事物，以及牠們所不知道的神祕魔法——那就是語言。

我們大猩猩原本沒有語言，也沒有名字。除了我之外的所有大猩猩，名字都是由雀兒喜及山姆取的。他們兩人為了研究德賈動物保護區裡的大猩猩生態，為每一頭大猩猩都取了名字。他們告訴我，人類是靠著鼻子的形狀，來辨別每一頭大猩猩的身分。

「鼻紋就像指紋一樣，每一頭大猩猩的鼻紋形狀都不同，很好認。」雀兒喜曾經這麼告訴我。

即便在我們大猩猩的眼裡，每一頭都長得完全不一樣，不過人類似乎得靠觀察鼻子來辨識大猩猩。例如，他們說我的鼻孔形狀像個「八」字，與我的母親約蘭妲很相似，卻跟父親耶沙烏完全不像。

〈如果我做了鼻子的整型手術，妳就會認不出我嗎？〉

我曾經這麼詢問雀兒喜，她只是笑了笑。我猜她可能真的會無法分辨，我跟其他相似的大猩猩；但我並不怪她，因為我也常常分辨不出人類。

我跟其他大猩猩最大的不同，在於為我取名字的人，是我的母親約蘭妲，而且只有我跟母親會使用語言。

一般來說，大猩猩受母親養育的時間很短，絕大部分的時間都由父親照顧，也因此大猩猩跟母親的關係通常很淡。然而，我跟母親經常結伴前往貝托亞類人猿研究中心，在那裡配合雀兒喜等人類進行研究。因為相處的時間長，母親跟我的感情特別好，這一點有別於其他的大猩猩。

我看見母親就在哈瑪杜與阿加拉正在吃早餐的灌木叢後頭，牠朝我走了過來。母親的頭部毛髮是黑中帶紅，我也有這樣的特徵。母親與我對望，牠以低沉的嗚嗚聲向我打招呼，我也以低沉的嗚嗚聲回應。

其他的大猩猩只能以嗚嗚聲來大致傳達心情，但我與母親擁有語言，因此可以正確地傳達自己的心情及需求。我們能夠理解的訊息，比其他大猩猩精細上百倍。

為了避免引來其他大猩猩的疑竇，我跟母親待在家族裡時，很少使用語言。光是我們經常離開家族前往研究中心，就已經被其他大猩猩當成了怪胎。幸好並不是所有的大猩猩都認為我們很怪，像是父親耶沙烏就很開明，並沒有因此而討厭我們。父親還會在家族裡盡量維護我們，避免我們受到排擠，可惜大老婆妮農與二老婆可洛蒂似乎很討厭我母親約蘭妲。不過，這也是沒辦法的事，畢竟牠們的地位比我母親高。

然而，母親從不因此而氣餒。當我跟母親獨處時，牠總是會說一些激勵自己的話，從不表現出沮喪的態度。例如，牠會說：〈我們是特別的，跟那些愚蠢的大猩猩不一樣，牠們只是在嫉妒我們而已。〉

母親心裡瞧不起那些不會使用語言的大猩猩，覺得自己是最棒的。也因為這個緣故，牠認為我是一個特別的孩子。

正常情況下，大猩猩的孩子只要過了一歲，就會改由雄性大猩猩照顧。但母親一直在照顧著我，並沒有將我交給父親，而這也導致如今已經九歲的我，沒有任何弟弟妹妹。

一般來說，大猩猩的哺乳期會在孩子四歲左右結束，之後雌性大猩猩就能夠再次懷孕。母親沒有生下別的孩子，或許正是因為牠一直把我帶在身邊的關係。

在年長的阿美娜及約基姆離開家族之前，我經常和牠們一起玩耍。我們會在樹叢之間追逐奔跑，或是爬到傾倒的樹木或巨大的岩石上頭，像打鼓一樣輪流敲打胸口來取樂。雖然我們年紀還太小，敲打胸口的動作，還沒辦法像銀背大猩猩那麼帥氣，但模仿那個動作真的相當有趣。

每當敲打自己的胸口時，我的內心總是會充滿自信與驕傲，感覺自己彷彿已經是個大人。差不多也是在那個時期，我得知大猩猩的手語動作，就是敲打自己的胸口。因此當我敲打胸口時，總是更深刻感受到自己是一頭大猩猩。

除此之外，我們也經常玩摔角遊戲，有時打得太激烈，還會在泥土上翻滾。

有一次，山姆瞧見了我們玩遊戲的模樣，忍不住脫口而出。

「這是大猩猩界的摔角比賽。」

〈摔角比賽是什麼？人類也會玩相同的遊戲嗎？〉

我聽了之後，很好奇地詢問。

山姆聽了我的問題，於是在研究中心裡播放了職業摔角比賽的影片給我看。只見幾個身穿漂亮服裝的人類，在四方形的場地裡扭打成一團的畫面，真的很有意思。

原來人類也像大猩猩一樣會玩摔角遊戲！這讓我感到很開心，而且看著畫面裡的摔角選手，做出各種超高難度的動作，實在很有趣。

從那天之後，山姆很喜歡找我一起看職業摔角比賽的節目，但雀兒喜似乎很不贊成。

「蘿絲，妳別看什麼職業摔角了，除了那個以外，還有很多適合妳的有趣節目。」

雀兒喜總是會一邊這麼說，一邊將電視切換頻道。

她希望我看的節目，是PBS*的《芝麻街（Sesame Street）》。即使我喜歡看職業摔角，當雀兒喜切換頻道時，我並不會抱怨什麼，因為我也喜歡看《芝麻街》。最讓我印象深刻的是，以傑西・傑克遜*為特別來賓的那一集，他說的那句：「**雖然膚色不同，但我是個人。**」深深打動了我的心。

* 注解：PBS是美國的公共廣播電視公司（Public Broadcasting Service）的縮寫。
* 注解：傑西・傑克遜（Jesse Louis Jackson,Sr.，一九四一年～）是美國著名的黑人民權運動家，亦是一名牧師。

儘管我看過不少教育性節目，但最喜歡的節目還是職業摔角。尤其是從角柱跳至空中，施展出的飛身壓絕招的動作，實在太過帥氣。那陣子我一天到晚帶著阿美娜與約基姆，從樹木或岩石上往下跳。

阿美娜與約基姆離開之後，我有一陣子會找年紀比較近的哈瑪杜與阿加拉一起玩，但最近發現比起找牠們兩個玩，其實陪伴年紀更小的娜汀及拉薩爾，反而更加有趣得多。小孩子真的很可愛，每當牠們用那小小的前肢抓住我時，我都會有種心臟被揪了一下的感覺。

其實我最想一起玩的對象，是才剛滿一歲的卡里姆。很可惜牠的母親薇薇，不允許我這麼做。每當我靠近走起路來還搖搖擺擺的卡里姆，薇薇一定會及時發現，立刻奔跑過來，硬生生把卡里姆抱在懷裡，直接拉走。類似的情況，已經發生過不知多少次。不過，薇薇倒也不是特別討厭我。事實上，除了卡里姆的父親耶沙烏之外，薇薇從來不讓任何大猩猩碰觸卡里姆。

今天一如往昔，我正想要找卡里姆玩，卻發現牠一直抱著薇薇，也只好作罷。於是，我把目標轉向圍繞在父親耶沙烏身邊玩耍的幾個小孩子，緩緩朝牠們靠近。

父親的銀色背部在晨曦照耀下，閃耀著天鵝絨一般的光輝，那正是受我們這個家族的大猩猩們敬愛不已的背部。

我向父親打了招呼，父親朝我緩緩靠近，眼神似乎在觀察我的表情。牠對我發出了低沉的嗚嗚聲，儘管只是平凡無奇的招呼，聽見父親的低沉聲音，心頭還是覺得暖洋洋的。因為父親流露出輕鬆悠閒的態度，代表我們家族處於安全的狀態，沒有任何需要擔心的事情。

父親的聲音聽起來總像是在嘉勉我們，卻又隱隱散發出一種高傲而強大的氛圍。每當我聽見母親那充滿關愛的聲音，或是父親那充滿威嚴的聲音，都能夠接收到隱藏在那單純嗓音中的細微情感變化。

大猩猩的世界沒有語言，或許正是因為使用單純的聲音，便能充分傳達自己的感情。當然我跟母親都認為有語言比較方便，只是在大猩猩的生活中，語言確實是不必要的東西。

父親朝我打了聲招呼後，慢條斯理地伸出手，以手背溫柔地撫摸我的左側臉頰。我緩緩低下頭，帶著撒嬌的心情，以低沉的聲音朝父親喊了一聲。父親接著又輕輕撫摸我的頭頂，宛如在回應我的聲音。

就在這時，年紀幼小的娜汀忽然朝我的背部撞來。娜汀是一頭頑皮的雌性大猩猩，牠抓著我背上的黑毛，爬上我的身體，從我的右肩上方探出了頭。父親見我並不排斥娜汀，露出一臉欣慰的表情，轉身離去。此時，另一頭年幼大猩猩拉薩爾，以踉踉蹌蹌的步伐，追趕著父親的背影。

還沒有吃早餐的我，看見不遠處有一叢蕁麻（Urtica thunbergiana），便任由娜汀騎在我的肩頭，以拳頭抵著地面，朝著那叢蕁麻走去。我故意一邊走，一邊大幅度搖晃肩膀，娜汀登時發出了一聲歡呼。為了不被我甩落，娜汀用力抓住我的體毛。雖然感覺有點癢，但為了可愛的娜汀，我繼續搖晃身體，給牠找些樂子。

我一邊走，一邊觀察附近的樹幹，半晌後，我發現了一個舉尾家蟻（Crematogaster）的蟻窩。舉尾家蟻是一種會在樹皮上築窩的螞蟻，牠們的窩很硬，但對我們大猩猩而言，要毀掉並不是難事。

我緊抓住蟻窩的上半部，以全身的體重向下扯。隨著一陣必剝聲響，蟻窩的一角被我扯碎了。我以右手拾起一塊碎片，拿到左手手掌上輕敲，果不其然，碎片裡掉出不少蟻卵及幼蟲。我將手掌舉到嘴邊舔拭了起來，螞蟻雖小，卻相當美味。然後我又撿起另一塊較小的碎片，舉過肩頭遞給娜汀，牠接過碎片，發出歡笑聲，模仿我的動作吃起了螞蟻。

那蟻窩相當大，我與娜汀就拿它當早餐，一口一口舔著。最後娜汀饜足地打了個飽嗝，我聽見那聲音，心裡也很滿足。

接著我帶著娜汀稍微遠離家族，在附近散起了步。我們大猩猩一天只會移動大約兩公里。叢林裡的食物相當多，只要稍微走一點路就能發現大自然的恩賜，所以不必長途跋涉就能填飽肚子。

我們就這麼漫步在樹叢之間，沒多久，發現了一棵高大的甘比山欖（Gambeya）。據說這種樹裡頭住著精靈，經常被人類利用來製作成大鼓，而且它會結出黃色的果實，相當美味。我朝那棵甘比山欖走去，來到樹根處，果如所料，地面上掉著好幾顆果實。我拾起一顆，以手掌捏爛，拋去硬皮，吃起了裡頭的果肉。

正當我們氣定神閒地撿果實當作食物時，一頭麂羚（Duiker）緩緩朝我們走近。那是一種長得有點像小鹿的動物，身上覆蓋著棕栗色體毛，一對圓滾滾的黑色眼珠相當可愛。那麂羚咬起一塊我們吃剩的果實殘渣，吃起上頭的一點剩餘果肉。麂羚有著細細長長的腿，圓弧狀的身體輪廓看起來格外優美，是一種百看不膩的動物。我剝開手裡的一顆甘比山欖果實，丟到麂羚的眼前，麂羚開心地吃了起來。我看著覺得有趣，繼續將果實丟向麂羚。

這時，吃到一半的麂羚忽然抬起頭來，小耳朵抖個不停，似乎在警戒著什麼，下一刻，牠倉皇拔腿奔逃。又過一會，我也聽見了似乎有東西靠近的聲音；不過那不是動物的腳步聲，而是人類的腳步聲，還夾雜了一些低聲說話的聲音。那些人類說的話似乎是英語，其中一人說得結結巴巴，但口氣開朗陽光，而且那嗓音對我來說異常熟悉。片刻後，提歐從樹叢後頭轉了出來，身後還跟著好幾名觀光客。

提歐是巴卡族（Baka）的俾格米人（Pygmy peoples），早在我出生之前，就在德賈動物保護區內擔任嚮導工作。提歐的身高只有一百五十公分左右，在他的村子裡，已經算是比較高大的男人。

「你們看，牠就是蘿絲。」提歐揚起嘴角，指著我說道：「就是我剛剛提到的，那頭會比手語的大猩猩。」

〈早安，你今天也相當認真工作呢！〉

我雙手握拳，在胸口上下敲打，接著將手指彎成鉤狀，又打了一次。

那群觀光客看見我的動作，登時掀起一陣騷動。

「太不可思議了，牠真的會手語！剛剛牠說什麼？」

一名身穿橙色風衣、約莫五十多歲年紀的婦人，興奮地問道。

「牠說：『歡迎來到我們的叢林。』」提歐對著婦人隨口胡謅。

〈我看你還是趕快學手語吧！收入一定會增加的。〉

觀光客們看著我不斷改變手臂及手指的姿勢，明白每個動作都有特定的含意。他們每個人都瞠目結舌，那表情簡直像是目睹了什麼奇蹟。

「現在呢？牠又說了什麼？」

「牠在關心我的家人。謝謝妳，蘿絲。我的孩子每個都很有精神，不過，我的妻子朱蜜兒打從上個月就生病了，藥實在太貴，我買不起。我想給她吃一些營養的食物，只是最近景氣真的很不好，我的收入太少了。」

提歐獨自說個不停，簡直像是正在和我對話一般。

正因為他有這一套高明的說謊技術，就算不學手語也能混得很好。只見身穿橙色風衣的婦人完全信了他的鬼話，一臉難過嘆了口氣，安慰地輕拍他的手臂。像這樣增加小費收入，正是提歐的看家本領。

〈大家別聽他胡說八道，我知道提歐根本還沒有結婚。〉

我以手語揭穿了提歐的謊言，卻沒有人察覺到。

其實我不認為提歐是個卑劣的男人，他只是力爭上游而已。而且提歐這個人有著開朗的性格，對大猩猩及其他動物都很溫柔，我很喜歡他。若撇開雀兒喜及山姆不算，提歐是我的生活中最親近的男人。

「蘿絲的背上揹著一個孩子，那是牠的孩子嗎？」

一個下巴留著花白鬍鬚的男人，問道。

「不是，蘿絲還沒有生育。那是家族裡其他雌性大猩猩的孩子，名叫娜汀。最近蘿絲很喜歡照顧孩子，經常可以看見牠跟孩子們玩在一起。」

那群觀光客專心聆聽提歐的說明，每個都以誇張的動作猛點著頭。

「原來牠還是個好姊姊，真是太偉大了！」

一個身穿藍色雨衣的年輕女人看著我驚嘆道，她的臉上帶著敬佩的表情。

我聽到讚美，心裡一時高興，忍不住朝那群人緩緩走去，我也很清楚怎麼做會讓人類開心。只要我朝他們靠近一點，讓他們有機會拍上幾張照，他們就會露出興奮的表情。而且在提歐的引導下，觀光客會乖乖保持安靜，不會惹出任何麻煩。

「你們看！牠走過來了！」年輕女人壓低了聲音，說道。

那股興奮感立刻在幾個人類之間傳開，他們紛紛舉起了攝影機。

我走到他們的面前，擺好了姿勢，不再移動身體。我背上的娜汀似乎有些緊張，更用力地抓住了我的體毛。

「蘿絲很喜歡人類，小時候我經常揹著牠玩耍。當時牠的身體還很小，會自己爬到我的背上來，真的很可愛。」

「其他的大猩猩在哪裡？」橙色風衣的婦人，詢問提歐。「聽說，大猩猩過的是群體生活，不是嗎？」

「沒錯，大猩猩過的是群體生活。事實上，蘿絲屬於西部低地大猩猩，這種大猩猩比山地大猩猩（Mountain gorilla）擁有更強的獨立性格，牠們的家族不會聚集在很小的範圍內，成員偶而會做出稍微遠離家族的行為。不過，我想牠的同伴應該就在附近，不會距離太遠。如果不小心驚嚇到大猩猩，事情會很麻煩，請大家稍微注意一下。在行走的時候要故意發出聲音，不可以太安靜，讓牠知道有人類靠近，不然牠反而會嚇一跳。大猩猩的感知能力，和人類差不多。」

「牠喜歡照顧孩子，是在為將來當母親預作準備嗎？」留鬍子的男人拍完照，問道：「這在大猩猩的世界裡，是很常見的現象嗎？還是只有牠才會做的獨特行為？」

「每一頭大猩猩都會和家族裡的成員們和睦相處，除了孩子會和孩子一起玩耍之外，成年的大猩猩也會陪孩子一同玩耍，這是很常見的。而且蘿絲特別喜歡和年紀幼小的孩子一起玩，或許確實是在為將來當母親預作準備。我猜，牠應該很想要有自己的孩子吧？」

真不敢相信提歐會說出這種話。想要有自己的孩子？我根本沒有想過這種事。提歐卻說得像真的一樣，我看在眼裡，實在有些惱怒。為了想證明他這句話是錯的，我甚至有股想把娜汀丟在這裡，自己獨自逃走的衝動。當然我知道不能做這種事，所以我依然揹著娜汀。我決定轉過身，打算回頭去找我的同伴們。

我們的家族已經從原本的位置，移動至北方的沼澤區。父親從肩膀以下都浸泡在水裡，牠一把扯起水草，將水草的根放進嘴裡咀嚼。至於其他的大猩猩同伴們，有的正在沼澤附近撿甘比山欖果實來吃，有的正躺在地上睡午覺。

我抓起背上的娜汀，放在牠的母親妮農面前。妮農一邊啃著甘比山欖果實，一邊瞥了我一眼，哼了一聲，似乎不太開心。我也沒向牠打招呼，只是默默轉身離開。因為此時的我，只想獨自靜一靜。

走了大約五分鐘，我來到一處空曠的地方，刺眼的陽光大量從天空灑落。叢林裡生長著許多高聳的樹木，這些樹木的茂盛枝葉會連結在一起，形成名為樹冠的圓頂狀天花板，幾乎遮蔽整片天空。因此叢林裡的大多數地方都很陰暗，可以維持比較涼爽的氣溫。

生長在這裡的樹木，想要獲得寶貴的陽光，就必須長得比樹冠還高，所以每一棵樹的樹幹都是細細長長，朝著頭頂上方延伸。只要有任何一棵大樹倒塌，叢林之中就會突然出現陽光可以透入的空間。不過，像這樣照得到太陽的寶貴空間，馬上又會被新長出來的大樹奪走。

為了避免在太陽下曝曬，我沿著樹蔭的邊緣前進。不久之後，果然發現了一棵傾倒的樹木。打橫的樹幹非常粗大，高度幾乎到我的腰部附近。我順勢坐了下來，倚靠著那傾倒且表面有些潮濕的樹幹，背部頓時感到有點涼涼的，相當舒服。而樹幹的旁邊，已經長出了樹木的翠綠色嫩芽。

我心裡一直在思考提歐所說的話。難道我真的想要孩子嗎？聽了那句話，心裡會那麼生氣，是不是因為我知道那是事實，只是過去連自己都沒有察覺呢？

沒錯，我想要自己的孩子。直到這一刻，才驚覺自己心中竟然隱藏著如此強烈的情感。我被一個根本不瞭解我的外人說中了心事，所以才會這麼懊惱。如今既然已經被說了出來，實在沒有辦法再說服自己不去在意。

我已經到了可以生育的年紀，想要自己的孩子，不過如果要生孩子，就必須離開現在的家族。但我沒有辦法丟下母親獨自離開，一旦這麼做，母親就會變得孤獨，我實在做不出這種事。

何況，我也需要使用語言與他人溝通的機會，而這就是語言最麻煩的地方。如果不會語言，想必我不會深入思考自己的感情，也不會對一件事情耿耿於懷。

語言是一種很麻煩的東西。只要想到一件事，就一定要找人傾訴，不然會感覺渾身不對勁；只要心裡有了某種想法，就一定要把這個想法告訴某個人。

若要加以形容，就好像是腦袋裡有一個小小的袋子，每當產生語言，就必須把袋子拿到外頭，倒出袋裡的東西。不這麼做的話，袋子就會被塞滿，就如同當我們吃了東西，就要排泄一樣。

我無法和母親分開，然則只要和母親待在同一個家族，就沒有辦法生下自己的孩子。當然我可以和母親一起離開現在的家族，只是如果我們一同離開了父親，感覺就好像是背叛父親一樣，所以我也不願意那麼做。到頭來，我還是只能在母親及孩子之間選擇一個。

比我早一步離開家族的阿美娜，離去時，是否也抱著和我現在一樣的心情？不，阿美娜與牠的母親的感情，不像我們母女那麼深。牠一遇到其他家族的雄性大猩猩，馬上就意亂情迷，跟著人家走了，而我實在沒有辦法做出那麼輕率的舉動。

想了一會兒之後，或許是因為剛剛享用甘比山欖果實吃得太飽，我開始有了睡意。於是，我在長滿了青苔的傾倒樹木旁邊仰躺了下來，閉上雙眼。

片刻後，我已經進入了夢鄉。在那夢境裡，我還是個孩子，正與約基姆、阿美娜在父親的身邊玩著你追我跑的遊戲。後來我厭倦了與約基姆牠們一起玩，我跳到父親的背上，輕輕咬住父親那覆蓋著體毛及厚皮的頸子。父親故意裝出很痛的樣子，裝模作樣要抓我，我轉身逃離父親的身邊，父親緊追在後。又過了一會，父親抓住了我，將我緊緊抱住。父親的身體很巨大，我幾乎整個身體都被父親的手臂包覆住。

正當我在夢境裡回憶著從前的快樂時光，驀然聽見附近有聲響，我嚇得跳了起來。似乎有什麼東西正在靠近，在樹叢後緩緩移動。因為緊張的關係，我完全清醒了。

那不是人類，似乎是某種大型動物。那動物的身體隱藏在樹後，看不見其真面目。我可以聽見踩踏濕潤地面的細微腳步聲，以及動物的身體與草葉摩擦的聲音。我趕緊坐起上半身，隨時準備逃走。

倏忽出現在我眼前的，是一頭雄性的大猩猩。牠的背部到腰際的體毛是油亮的黑色，還沒有變成銀背，但體格相當壯碩。從牠的身體成熟度及獨自行動的模式來看，應該是一頭離群獨居的大猩猩。

對方目不轉睛地盯著我，愣愣地站著不動，似乎跟我一樣吃驚。或許牠才剛離群獨居不久，還有些不適應吧？牠不停地上下打量著我，表情顯得有些不安。

如果是父親的話，就算突然遇上不認識的大猩猩，也會擺出淡定的態度，假裝沒有看見；藉由表現出完全不把對方放在心上的態度，來強調雙方的強弱差距。這就是父親身為銀背的矜持。

我雖然是第一次遇見，卻十分明白眼前這頭大猩猩是誰。只要是研究中心目前正在進行觀察的大猩猩，山姆及雀兒喜全都向我提過。牠名叫艾薩克，是山姆正在進行觀察的銀背大猩猩墨里斯家族裡的孩子。墨里斯家族的行動範圍距離這裡很遠，艾薩克應該是在離群獨居之後，自己跑到了這個地方來。

艾薩克看了我一陣子之後，忽然將視線移開，往附近左右張望。牠似乎發現我也離自己的家族有點遠，於是牠挺起胸膛，斂起下巴，以端正的姿勢朝我走近。剛剛明明還是一副膽怯模樣，一發現周圍除了我之外沒有其他大猩猩，竟突然像是充滿了自信。那副模樣實在令人莞爾，在我看來，牠完全就是一個想要裝大人的孩子。

當艾薩克來到我的眼前時，我對這頭大猩猩可說是徹底改觀。因為牠的臉上，從額頭到鼻孔上方的位置，有一道相當嚴重的傷痕。那道傷痕跨越牠的臉部中央，看起來相當深，如果傷痕的位置再偏一點點，可能會有一隻眼睛瞎掉吧！看來應該是被其他大猩猩咬傷的，傷口還沒有完全癒合，一看就知道那肯定很痛。

然而，艾薩克只是緩緩朝我靠近，彷彿完全不把傷痕當一回事，那舉止甚至散發出一抹高貴的氣息。**獨自生活而不與其他大猩猩互相依賴，是多麼痛苦而孤獨？**我只能從艾薩克臉上的傷痕，來揣測牠心中的辛酸。

艾薩克來到我面前，在我的身邊走來走去，不停打量著我。在這段期間裡，我也目不轉睛地凝視著艾薩克的一舉一動。

這頭大猩猩如今還稱不上是能夠獨當一面的大人，但再過幾年，或許牠將會成為一頭最勇敢的銀背大猩猩。

我承受著艾薩克那肆無忌憚的眼神，心中忽然冒出了一個想法。或許如今的艾薩克，心裡正想著跟我一樣的事情也不一定。**眼前這頭雌性大猩猩，雖然還是個沒有完全長大的女孩，或許再過幾年，會成為一頭相當棒的成年雌性大猩猩。**想到這裡，內心忽然感到有些不舒服。**為什麼我要被其他的大猩猩這樣品頭論足？**即使我自己也是以同樣的心態看著艾薩克，但那是另外一回事；總而言之，我開始對牠產生一絲反感。

我以鼻子發出哼叫聲，表達心中的不滿，接著離開艾薩克的眼前，沿著傾倒樹木往前走。艾薩克似乎不希望我就這麼離開，一邊發出低沉的招呼聲音，一邊從後頭追趕上來。我刻意板起了一張臉，完全無視走在我旁邊的艾薩克。

我們就這麼走了一會，眼前突然出現一隻樹穿山甲（Tree pangolin），正在地上一點一點地前進。那是一種貌似犰狳（Dasypus）的小動物，身上覆蓋著茶褐色鱗片，相當可愛。我猜牠原本躲在傾倒的樹木底下，由於我們的靠近而嚇得逃了出來。

乍然出現在面前的樹穿山甲，成了我們的最佳玩具。樹穿山甲的鱗片又硬又尖，尾巴強而有力，一旦開始甩動堅硬尾巴，我們就有可能被尖銳的鱗片刺傷。不過，只要注意遠離牠的尾巴，就不會有任何危險。

追趕這隻樹穿山甲，成了一場有趣的遊戲，樹穿山甲開始在草叢裡到處逃竄。照理來說，樹穿山甲是一種夜行性動物，而我們打擾牠睡覺，牠現在應該相當生氣吧？但我們才不管那麼多，不斷在後頭追趕著牠。

沒多久，艾薩克追上了那隻樹穿山甲，不停伸手在牠身上輕戳，我也開始以相同的方式，逗弄著眼前這隻小型哺乳類動物。原本我還打算徹底無視艾薩克，此時卻因為玩得太開心，忍不住發出了歡呼聲。

艾薩克聽了我的聲音，似乎有些得意，牠不再追趕那隻樹穿山甲，將手朝我伸來。我們像孩子一樣，玩起了摔角遊戲，在地面上打滾。我已經很久沒有像這樣與年紀稍長的孩子一起遊玩了，回想起昔日與約基姆牠們一起玩的回憶，漸漸對艾薩克敞開了心房。我和牠開開心心地玩在一起，不再有任何隔閡。我繞到牠的背後，抓住了牠的腰，將牠按倒在地上。艾薩克在地上翻了一圈，發出興奮的嗚叫。

我並不清楚艾薩克離群獨居已過了多少日子，但看得出來，牠心裡很渴望能夠找到一起玩耍的大猩猩。我猜想，牠應該曾經度過一段非常孤獨的日子吧？因為孤獨，所以嘗試著靠近其他家族，豈料發生了爭執。牠臉上那道嚴重的傷痕，正反映出了心中的寂寞。

我們就這樣一直玩耍，不知過了多久的時間。玩膩了摔角遊戲之後，我們走向附近的樹叢，吃起了藤蔓，接著並肩仰躺在地上，睡起了午覺。睡完午覺，艾薩克忽然往前走，似乎想要帶我去一個地方。雖然那個方向與我的家族所在的方向完全相反，我還是跟了上去。

在艾薩克的引導下，我們來到一處過去我不曾到過的小沼澤，一起走進了有點冰涼的水中，水面大約到我們的腰部附近。我們各自從混濁的泥水底下拔出草根，放進嘴裡咀嚼。此時，我對牠已不再有任何戒心，而艾薩克見我露出開心的表情，顯得有些志得意滿。

我們在沼澤裡飽餐了一頓，然後艾薩克緩緩爬上岸邊，牠轉頭望著我，似乎在對我說：跟我走吧！接著又轉頭邁步。我也爬上了岸邊，看著艾薩克那逐漸遠去的背影。

假如繼續跟著牠走，我可能就真的再也沒有辦法回到原本的家族。腦中閃過了一抹不安。與艾薩克一起玩耍，感覺時間過得飛快，太陽已經快要下山了。宛如火焰一般的鮮紅色夕陽餘暉，自樹幹的縫隙透入。父親牠們應該早已不在原本的地方了吧？如果牠們移動的方向跟我們相反，我可能無法在天黑之前追上牠們。

艾薩克似乎察覺到我的不安，回頭凝視著我。突然牠像是要恫嚇敵人一般舉起前腳，站了起來，但對我發出的是溫柔的呼聲；又過一會兒，牠開始搥打胸口，原地繞起圈子，顯得相當有自信。這些動作都像是在向我證明牠的強壯。

繞了一陣子之後，艾薩克停下腳步，再度對我投以熱情的視線。我承受著牠那彷彿要貫穿我的視線，終於明白牠想要對我表達什麼——牠要我從此跟隨著牠。我很強壯，妳跟著我，我能保護妳！彷彿如此傾訴的態度，令我感到有些困擾。

當然我很感謝艾薩克的心意，只不過打從一開始，我就完全搞錯了。我本以為艾薩克想要的是朋友，能夠跟牠一起奔跑、一起玩摔角遊戲、一起吃東西的朋友。如今我才明白，牠想擁有的是一起生活的家人，一頭可以為牠生下孩子的雌性大猩猩，並與牠一同建立新家族的伴侶。

艾薩克向我發出低沉的咕咕聲，彷彿在確認我的想法。我沒有辦法回應，也沒有辦法跟著牠走。這麼重要的事情，我無法立刻下決定，需要一點思考的時間。

就在我猶豫不決時，艾薩克露出悲傷的表情，轉過了身，朝著樹叢深處走去。

我也很難過，心想：艾薩克今天應該不會再移動太長的距離，等到了明天，如果我回到這個地方，或許還能再見到牠。我抱著這樣的想法，回到了所歸屬的家族。

在被夕陽染紅的天空下，動物們開始上演輪班的戲碼。生活在白晝的動物們各自回到自己的祕密棲身之所，生活在夜晚的動物們則陸續從睡夢中醒來，即將展開一天的活動。

我一邊發出呼喚聲，一邊尋找著自己的家族。原來牠們就在睡午覺地點的北方不遠處，我成功回歸了自己所屬的家族。幸好父親聽見我的呼喚，也以聲音回應我，否則還真沒辦法找到牠們。

當我回到家族裡，牠們已經各自找到夜晚睡覺的樹木，正忙著在上頭搭建床鋪。父親挑了一顆特別巨大的壯木，妮農挑的樹木就在旁邊。卡里姆還是嬰兒，所以和牠的母親薇薇一起睡。至於年紀比卡里姆稍大一點的拉薩爾，則與牠的母親可洛蒂睡在不同的樹上。不過拉薩爾的年紀畢竟也還小，不習慣搭建自己的床鋪，我看牠費了不少力氣，還是沒辦法將折彎的樹枝牢牢固定住。記得上個星期的某天，拉薩爾睡到一半時，床鋪突然坍塌，害牠差點摔到地上。我小時候也犯過相同的錯誤，如今看牠那副逗趣模樣，不由得暗自竊笑。

母親見我返回家族，原本已在樹上搭好床鋪的牠匆匆爬下樹，來到我的面前，以短促的鼻音表達牠的不滿情緒。母親的表情彷彿在問我：妳到底跑到哪裡去了，這麼晚才回來？如果不是同伴們都在旁邊，牠應該會以手語這麼詢問我吧！我伸出雙手的拇指與小指，手腕快速轉動，示意：〈跑去玩了。〉母親再次發出短促的鼻音，這次牠多半是在指責我不應該在其他同伴們面前使用手語。發完了牢騷之後，牠便爬回樹上去了。

要是母親繼續追問「在哪裡玩」或是「跟誰一起玩」的話，恐怕我就得說謊騙牠了，因為我還不想讓母親知道艾薩克的事。幸好母親什麼也沒問，讓我著實鬆了一口氣。

我一如往昔爬上母親身旁的樹木，將樹枝彎曲成適當的形狀，使其能夠支撐我的體重一整晚。我花了大約十分鐘的時間，將樹枝折成牢固的圓盤狀，接著躺在這剛製作好的床上。只要一移動身體，茂盛的枝葉就會沙沙作響，但睡起來安穩舒適。**今天玩了一整天，應該能馬上入眠吧！**

天空已完全變暗，我聽見成群的狐蝠（Megabat）在空中飛舞的聲音，似乎正開開心心地尋找著果實。我還聽見了青蛙的鳴叫聲，來自附近的沼澤。家族的同伴們都已熟睡，附近再也沒有任何動物的移動聲。

本來以為今晚會很好入眠，但我錯了。躺了好幾個小時，今天發生的事情依然不斷在我的腦海中盤旋。**艾薩克，讓我掛心不已。今天晚上，牠是否也只能在寂寞中入眠？孤單待**

在這樣的叢林裡，想必會感到很不安吧？沒有能夠保護自己的家人，沒有能夠傳達警訊的同伴，恐怕就連好好睡上一覺也是相當困難的事情。或許這會讓牠一直處在不安的狀態，任何風吹草動都足以讓牠驚醒。

不知牠現在是不是也正在想著我？我是因為睡不著，所以才想著艾薩克的事嗎？抑或，是因為想著艾薩克的事，所以才睡不著？

每當我試著回想艾薩克的模樣，腦海總是會不由自主地浮現牠額頭上的傷痕。那個傷痕似乎還很新，可能是不久前才受的傷。雖然我偶爾會像今天這樣跑得遠遠的，但我有一個隨時可以返回的家族，以及當我晚歸時會為我擔心的父母。一想到離群獨居的艾薩克，便深深感覺到自己是多麼幸福。去年離開家族的約基姆，此時不知是否也過著與艾薩克相同的生活？抑或約基姆已經找到伴侶，建立起了自己的新家族？我實在無法入眠，只好在床鋪上不停翻身。

沒想到就在這個時候，發生了意外狀況——

父親所睡的那棵樹木發出了吱嘎聲響，粗壯的樹幹因父親那超過兩百公斤的體重而不住搖擺。我一聽那聲音，就知道父親爬下了樹木。我嚇得趕緊起身，心裡正感到納悶，接著便聽見父親發出短促而高亢的聲音，同時開始搥打胸口。砰砰聲響登時迴盪在叢林之中，所有的家族成員都醒了，跟隨著父親爬下樹木。

大猩猩的家族在夜晚中移動並不是常態，但也稱不上是極端異常的現象，至少在我的記憶裡，之前曾發生過一次。那次是因為父親在睡夢中被奇怪的聲音驚醒，決定變更睡覺的地點。身為家族領袖的父親既然認為有危險，決定另外尋找棲身之處，成員們也只能追隨。

這次父親為什麼會決定變更休息地點？我整個晚上一直醒著，並沒有察覺任何不尋常的跡象。父親在確認所有成員都已爬下樹之後，便開始移動。所有成員都因為這突如其來的事態而大吃一驚，心中想必都感到相當不安，所以即便天色尚暗，沒有一個成員的臉上帶著睏意。父親走在最前頭，其他成員們緊跟在後。由於叢林裡一片漆黑，各成員之間保持的距離遠比白天移動時要小得多。

不知道為什麼，我有一種預感，今晚的夜間移動，貌似與我在白天偶遇艾薩克的事情有著某種關聯性。或者應該說，在夜間移動的不尋常事態中，今天發生的兩件事不知為何竟然在我的心中合而為一。不由得擔心，會不會是因為我遇見了艾薩克，才讓家族成員陷入危險之中。明知道這毫無道理，卻沒有辦法將這樣的想法拋出腦外。

難道是艾薩克為了和我再見一面，從後頭追趕了上來？艾薩克來到家族的休息地點附近，被父親發現了？我在心中不斷推敲著這個可能性。然而會產生這樣的推測，或許正是因為自己心中隱隱抱持著這樣的期待。

如果艾薩克真的為了和我再見一面而追趕上來，我應該會很開心吧？就在我心裡如此胡思亂想時，父親停下了腳步。前後加起來，只走了大約十分鐘，而父親似乎決定今晚在這裡安身。

周圍一片漆黑，我完全看不出來這裡到底是哪裡，不過附近的樹木足夠讓所有成員製作床鋪。於是，我們各自製作了今晚的第二張床，這次我一下子就入眠了。

三

隔天早上，所有的家族成員都還在熟睡中，我已經醒了。我立刻爬下樹木，打算前往昨天遇上艾薩克的地點。但在出發之前，我先在附近繞了一圈，查看艾薩克是不是來到了我們的休息地。當我確認艾薩克並不在附近之後，放下了心中的大石，卻也有些失望。後來我又跑到昨晚的第一個休息地點，到處看了看，還是沒有找到任何其他大猩猩留下的痕跡。

既然如此，我實在想不透，為什麼父親昨天晚上會決定變更休息地點？

我快步趕往昨天那棵傾倒樹木的附近，昨天就是在那裡遇上了艾薩克。雖然我已經盡量加快腳步，還是花了大約二十分鐘的時間，不過在那裡並沒有發現艾薩克的蹤影，我沿著傾倒樹木往前走，依然沒有看見艾薩克，也沒有瞧見昨天那隻樹穿山甲。我跟艾薩克玩摔角遊戲的地方，地面上還殘留著我們的足跡。接著我又前往昨天吃草根的沼澤，在那裡只看到兩隻正在喝水的麂羚。最後我回到傾倒樹木處，有氣無力地坐了下來，心裡還抱著期待，艾薩克會像昨天一樣突然出現。

儘管我希望能夠與艾薩克重逢，但見了牠之後該做出什麼樣的決定，還是拿不定主意。我想跟牠一起玩、跟牠一起玩摔角、跟牠一起玩水、跟牠一起拔草及摘果實來吃……我卻無法下定決心離開家族。

我從傾倒樹木的陰影處站了起來，開始往前走，暫時不打算返回家族，我的腳自然而然地朝著研究中心的方向前進。該不該離開家族這個問題，我不可能找母親商量，因此可以商量這件事的對象，就只剩下雀兒喜及山姆。

貝托亞類人猿研究中心並不是什麼大型組織，也沒有氣派的建築物。進行研究的地點，就只是四棟小屋子，看起來相當寒酸。不過在我看來，那就像是另一個世界的出入口。

當我走進那裡，我就會離開大猩猩的世界，進入人類的世界。我在那裡向人類學習他們的語言及社會常識，人類則透過我理解大猩猩的生態。雖然我在那裡認真學習人類的社會常識，但對我來說，那只不過是一種遊戲。在遊戲裡，山姆與雀兒喜會告訴我很多事情，而我能夠透過電影、電視劇及新聞之類的電視節目，來理解人類這種動物。

研究中心的地點在河岸邊的一座小山丘上，那一帶是叢林裡相當少見的空曠地區。此時還不到中午，強烈的陽光灑落在周遭的地面上。小屋的前方垂吊著不少剛洗好的衣物，名叫莉迪的研究中心女員工，正從藤籠裡取出濕潤的衣物，披掛在曬衣繩上。莉迪喜歡一邊工作一邊高聲歌唱。我很喜歡她充滿了朝氣的歌聲，給人一種自由自在、無拘無束的感覺，總是能讓我的心情變得很快樂。

莉迪一看見我，立刻把手上的襯衫放回藤籠裡，露出開心的微笑朝我走近。

「蘿絲，今天只有妳一個嗎？妳沒有陪在媽媽的身邊，牠應該會很寂寞吧？」

過去我來研究中心，一定是跟母親一起，今天是我第一次獨自前來。我沒有回答莉迪的問題，因為她看不懂手語。而且我跟莉迪之間並不太需要語言，她彷彿隨時都能看穿我的心思，我也不討厭這種感覺。

「該不會是吵架了吧？有時總是會想要獨處的時間，這個我明白，但妳還是得找機會跟媽媽和好才行。妳想知道怎麼和好嗎？妳過來，我教妳。」

莉迪獨自說完這些話，忽然張開雙臂，將我緊緊抱住。她像個孩子一樣呵呵笑個不停，同時撫摸我的身體。每次跟她見面，她都會這樣熱情地環抱住我，這就像是我們兩人之間的打招呼方式。

「真開心妳來了，我們這裡最近很冷清呢！妳上次來，已經是上個星期的事了吧？妳一直沒來，我真的很寂寞呢！瓊斯小姐與惠勒先生都忙著工作，我在洗衣服、做家事的時候完全找不到人聊天。」

莉迪一個人說個不停，同時不斷撫摸我全身上下的體毛，簡直像在給我搔癢。我沒有辦法跟她對話，似乎並不影響她想要對我說話的慾望。她是我所見過最喜歡說話的人類，和我在一起時，嘴幾乎從來沒停過。

「瓊斯小姐與惠勒先生每天不是忙著追趕大猩猩，就是在查資料、打電腦，幾乎沒有休息。真是讓人想不透，對吧？人活著不就是要吃喝玩樂，開開心心地聊天嗎？那兩個人竟然從來不做這些事，可見得他們根本不懂如何享受人生。蘿絲，妳是最聰明的大猩猩，應該要好好教教他們。大猩猩的生活，不就是每天吃飯、遊戲跟睡覺嗎？你們過的日子，一定比人類幸福得多。」

莉迪的嘴，幾乎從來不曾處於靜止的狀態。當她凝視著我時，雙眼總是閃爍著飛揚的神采，有如少女一般。在我眼裡的她，確實隨時都處於喜悅的狀態。尤其是當她有了可以暫時偷懶不工作的藉口，那表情更是顯得樂不可支。

「不用想任何麻煩事，每天都可以盡情遊戲、吃飯及唱歌，這樣的生活真的很棒，不是嗎？我十分羨慕你們能過這種生活啊！乾脆我也來當一頭大猩猩好了。妳願意讓我加入你們的家族嗎？」

莉迪說到這裡，突然裝模作樣地搥打起自己的胸口。我越聽越是開心，也跟著敲打自己的胸口。雖然我敲打胸口的聲音比不上銀背大猩猩的氣勢，但要讓莉迪感到佩服似乎綽綽有餘。果然，莉迪像個孩子一樣咭咭笑個不停。

「惠勒先生今天一大早就出門觀察大猩猩生態了，要到傍晚才會回來。不過，瓊斯小姐現下在屋子裡，我幫妳去叫她。」

莉迪拉著我的手，走向雀兒喜居住的小屋，在門上敲了兩下。

「瓊斯小姐，貴客上門了！」

莉迪的呼喊聲非常響亮，彷彿可以傳遍整片叢林。

一陣吱嘎聲響，雀兒喜打開了門，她的臉上戴著眼鏡，看起來相當疲憊。然則一見到我，她還是擠出了開朗的笑容。她的服裝一如往昔，是一條卡其色長褲，配上米色上衣，暗金色的頭髮紮成了條馬尾。

「蘿絲，真高興看到妳。今天早上我預定得寫點東西，既然妳來了，那我就有偷懶的藉口了。今天只有妳來？妳母親沒來嗎？」

「她一定是跟媽媽吵架了！小女孩長大之後，總是會跟父母處不好。瓊斯小姐，妳自己當年應該也是這樣吧？我記得很清楚，我在十多歲時，真的很不喜歡我媽媽。雖然現在我跟她的感情比任何母女都好，但也是會有冷戰的時候。我想蘿絲應該也正處於這個時期吧？瓊斯小姐，請妳也幫忙勸勸牠，畢竟家人可是比什麼都重要。」

「妳跟母親吵架了？」

雀兒喜硬生生打斷莉迪的話，轉頭這麼問我，她的表情看起來有些驚訝。

為了幫助我理解，雀兒喜每次說話時，都會同時比出手語。此時她伸出雙手的食指，指尖相對，各自上下擺動，那正是「吵架」的意思。

〈我們沒有吵架，莉迪太愛嚼舌根，我們進去談吧！〉

雀兒喜凝視著我的手部動作，突然嗤嗤笑了起來，於是將我帶進了小屋裡。我猜那大概是因為她看出莉迪的多話，讓我感到有些不耐煩吧！由於小屋的門太多縫隙，我還是可以清楚聽見莉迪那不知是唱歌還是自言自語的聲音。

房間裡的擺設相當簡陋，只有一張餐桌、一張床及一張書桌。清晨的陽光從朝東的窗戶透入，照亮了飛舞在空中的塵埃。每踏一步在地板上，地板都會發出吱吱聲響。

我在房間的中央坐下，雀兒喜走向房間角落，將書桌前的椅子拖到我面前，坐在椅子上。小時候我也曾經爬上那張椅子，坐在上頭，如今那張椅子對我來說已經太小了。

「既然沒有吵架，為什麼妳會自己跑到這裡來？」

〈我有煩惱。〉

「妳有什麼煩惱？如果妳願意的話，或許我可以提供一些意見。」

雀兒喜找來了紙筆，她向來會記錄我跟她之間使用了什麼樣的手語。

〈大猩猩總有一天必須離開原本的家族，我是不是也應該這麼做？〉

雀兒喜看完我的手語，表情有些僵硬，整個人仰靠在椅背上。她似乎正在煩惱該如何回答我這個問題，剛剛那副悠閒自在的神情，如今已完全消失。

「原來如此，這確實很難抉擇。畢竟這是一個非常重大的決定，妳自己有什麼想法？」

〈我想要有自己的孩子，但待在現在的家族裡，沒辦法生孩子。〉

「妳說得沒錯！一直待在現在的家族裡，確實沒辦法生孩子。總有一天，妳必須離開這個家族。」

〈我不想和母親分開。如果我不在了，母親會變得孤獨。〉

「這就是妳今天獨自前來的原因？妳真是個體貼母親的好孩子。不過妳放心，就算妳不在了，約蘭姐還是可以和家族裡的其他大猩猩作伴，並不會過獨居生活。」

〈其他的大猩猩不會說話，我母親需要說話的對象。〉

「她可以和我們說話。山姆跟我會一直在這裡。」

〈可是你們並不是大猩猩，母親還是需要我。〉

「這麼說也對，我們沒有辦法取代妳。」雀兒喜見了我的回答，一臉無奈地歪著頭說：「不過，我覺得妳不必想得如此複雜，有很多大猩猩在離開家族後不久，又會回到原本的家族。妳離開了之後，若覺得寂寞，或是想和母親說話，到時候再回來就行了，不是嗎？」

〈若我跟隨一頭雄性大猩猩，後來發現自己很不喜歡牠，確實可以回到原本的家族。但我無法在兩個家族之間一直來來去去，不僅其他大猩猩會討厭我，家族的領袖也會生氣。〉

雀兒喜將拳頭抵在嘴邊，擺出了煩惱的動作。她身為我的好朋友，確實非常熱心地為我出主意。另一方面，身為研究者的她，似乎對大猩猩的煩惱相當感興趣，她那翠綠色的眼珠深處，正散發著興奮的神采。

「妳說得沒錯，大猩猩沒有辦法長期往來於兩個家族之間。不過，我想妳可能忘了一個重點……」雀兒喜停頓了一下，從椅子上站起來，走到我的身邊，和我一起坐在地板上，撫摸著我手上的體毛，再度開口說道：「最優先的事情，是妳必須先找到想要在一起的對象。如果妳對某一頭大猩猩有了特別的感情，或許到時妳就會認為對方比母親更加重要，妳也許馬上就能做出決定，根本不會有現在的煩惱。說得更明白一點，假如妳沒有對象的話，就算妳再怎麼想要孩子，也生不出來的。」

我看著窗外颳進來的風將窗簾吹得不住搖擺，心裡煩惱著不知該不該老實說出艾薩克的事。**我已經遇到了向我求愛的雄性大猩猩，卻一直沒有辦法下定決心，這是否意味著我對艾薩克並沒有「特別的感情」**？

我看著那乾淨的白色窗簾，回想起小時候經常在這個房間裡遊玩。幼小的我總是抓著窗簾邊鞦韆，或在桌子底下跑來跑去，讓雀兒喜一個頭兩個大。如今的我雖然已不再像從前那樣奔跑嬉戲，但每次來到雀兒喜的房間，都讓我感覺自己跟幼年時並沒有什麼不同。

然而，我畢竟不可能永遠當個孩子，在不知不覺之中，我也已經成為在雄性的眼裡具有魅力的成熟雌性大猩猩。

來到研究中心，正是為了與雀兒喜商量這件事，另一方面，我又想當成自己的祕密。

「妳是很美的大猩猩！我相信再過不久，一定能夠遇上很棒的雄性大猩猩，而且是願意好好照顧妳的大猩猩。」

雀兒喜攤開右手，做出撫摸整張臉的動作，特別強調「美」這個詞。

〈好吧！我知道了。〉

假如要把艾薩克的事情當成祕密，那我就沒有什麼話好對雀兒喜說了。但我又不想馬上離開雀兒喜的身邊，於是我站了起來，走向房間角落的電視機。

〈我想要看電視。〉我對著雀兒喜，請求道。

我很喜歡看電視裡頭的人類動來動去，那是我的興趣之一。雀兒喜露出溫柔的微笑，開啟了電視機的電源。

現在電視上播出的節目，是我已經看過好幾次的戀愛影集。故事的舞臺是美國某鄉下地區，女主角是個和母親有著深厚感情的女高中生。劇情正演到女主角最近交了男朋友，但兩人發展得並不順利，女主角懷疑對方腳踏兩條船。

雀兒喜坐在我的身邊，和我一起看起了電視。

〈妳要一起看?不用工作嗎?〉

「沒關係，工作可以晚一點再做。」雀兒喜露出戲謔的眼神，調侃道：「我想要待在妳的身邊，不行嗎?」

我將手繞到雀兒喜的背後，整個身體靠過去，將她抱住。

〈為什麼這個女孩子在生氣?人類的男人只能跟一個女人在一起嗎?〉

「是啊!人類有很強的獨占慾望，會希望伴侶只愛自己一個，渴望在伴侶的眼中，自己是最特別的。」

〈雄性大猩猩能同時跟好幾頭雌性大猩猩在一起，所以雌性大猩猩一點也不特別?〉

「倒也不能這麼說。大猩猩不是人類，當然會有不一樣的文化。而且在人類世界的某些地區，直到現在依然存在著一夫多妻制的文化。」

〈直到現在?意思是未來這種文化會消失嗎?〉

「對不起，我不是那個意思。我想表達的只是一夫多妻制的文化，在人類世界裡屬於少數，但不代表這是劣等的文化，或是這種文化應該消失。」

〈妳跟山姆分手，是因為妳不喜歡一夫多妻制?〉

我的一句無心提問，似乎讓雀兒喜受傷了。她沒有回答我這個問題，只是默默起身，走向房間的另一頭。

〈對不起！〉我將右手輕輕握拳，在胸前轉了一圈。

雀兒喜沒有轉頭看我的手語，她不發一語地從架子上取出紅茶，放進馬克杯裡，倒入電熱壺裡剩下的熱水。

「妳說得沒錯……我們如果是大猩猩的話，根本沒有任何問題。」雀兒喜以雙手捧著馬克杯說道：「雄性喜歡其他雌性，是很正常的事情。」

她很少像這樣完全不比手語，再加上電視聲音干擾，我很難聽得清楚她在說什麼。

「可惜我們是人類，所以沒有好結果……只能這麼說吧？」

雀兒喜的口氣像在自問自答，她坐在房間中央的椅子上，啜了一口紅茶。

整個房間裡瀰漫著伯爵紅茶的獨特香柑氣味。我從來不喝紅茶，甚至也不喝水，因為光是吃叢林裡的植物，就能讓我獲得足夠的水分。不過，我很喜歡雀兒喜的紅茶所散發出的那股柑橘類清香。

她察覺我很想跟她談這個問題，於是關掉了電視，將馬克杯放在矮桌上。

「山姆也知道他這麼做是不對的，所以才不敢告訴我。但我們之間打從一開始就不容許有第三者，所以我不可能繼續跟他交往下去。像現在這樣維持普通的同事關係，才是最好的狀態。」

〈我很難過！因為我很喜歡妳，也很喜歡他，我不希望你們分開。〉

「這也是沒辦法的事。畢竟戀愛這種事，不見得每次都會有好結果；甚至可以說，大部分的結果都不是好結局。希望妳未來能夠遇到好的對象。」

〈我昨天遇見了艾薩克。〉我鼓起勇氣說了出來。

「妳遇見艾薩克?真的嗎?」

雀兒喜急忙開啟桌上的筆記型電腦的電源，只是要啟動電腦，得花上幾秒鐘的時間。她似乎等不及，又走到房間的北側，望向掛在牆上的那幅叢林地圖。

地圖上有幾顆標記用的圓形磁鐵，代表著他們目前正在進行觀察的大猩猩家族，而磁鐵上頭寫著最後一次進行觀察的日期。貝托亞類人猿研究中心的附近有一顆綠色的磁鐵，那代表的是我父親耶沙烏所率領的家族，而墨里斯所率領的家族則是以紅色磁鐵標示，位置在距離相當遠的北方。

大猩猩家族的行動範圍並不大，過去我從來不曾見過艾薩克，正是因為兩個家族的行動範圍並沒有近到可能重疊的程度。我們的家族從來不曾移動到那麼遠的北方，就我所知，墨里斯的家族過往也不曾移動到足以和我們相遇的南方。

「難道墨里斯家族跑到這附近來了？上一次觀察時，那個家族還在十五公里外呢！以往好像不曾有任何一個大猩猩家族，會在這麼短的時間裡，移動這麼長的距離。」

〈我只遇見了艾薩克，並沒有看見牠家族的其他成員。〉

「艾薩克離群獨居了？以牠的年紀，確實差不多該獨立了。但牠怎麼會獨自跑到這麼遠的地方來？」雀兒喜說著，在電腦上點開一張大猩猩的照片。「妳確定妳看見的是艾薩克，不是其他大猩猩？」

〈沒錯，我遇見的就是牠。我可以肯定牠是艾薩克，但牠的臉上有傷。〉

看著艾薩克的照片，心頭有股莫名的感慨。那似乎是最近才拍攝的照片，跟我昨天遇見的艾薩克比起來，臉上還帶著明顯的稚氣。當一頭大猩猩離開家族之後，長相似乎也會發生相當大的變化。

「臉上有傷？難道是牠想要誘惑其他家族的雌性大猩猩，被那個家族的銀背大猩猩教訓了?真是可憐!」

艾薩克在遇上我之前,就誘惑過別的雌性大猩猩?雀兒喜這推測雖然很有道理,但我光是想像那畫面,就覺得心情很糟。

或許是因為剛剛才聽完雀兒喜那些話的關係吧,人類那種只愛一個人、只對一個人好的獨占性感情,似乎對我造成了影響。如果有一頭大猩猩願意只對我好,我當然會很開心。不過,艾薩克誘惑過我以外的雌性大猩猩,卻是一件讓我難過的事,如果可以的話,我很想否定這個可能性。

然而,公獸只能娶一個老婆的規則,在叢林裡沒有任何意義。公獸所背負的責任,是壯大自己的家族,並且確保家人們安全無虞。一頭強壯的公獸,娶越多老婆,生下越多孩子,整個家族遭遇危險的可能性就越低。反過來說,如果一頭公獸太柔弱,母獸自然會離牠而去。我不能跟一頭除了我之外沒有母獸願意接近的公獸在一起,人類的愛情觀,並不適用於這個叢林。

「不過,墨里斯家族確實曾經移動到這個研究中心附近,那已經是十年前的事了,當時妳還沒有出生。我記得那時,墨里斯跟耶沙烏打得很凶。有一次牠們在這附近忽然打起來,我在這間小屋裡，也能聽見牠們兩頭及各自家人的呼喊聲，真的讓我嚇了一大跳。那一次，墨里斯跟耶沙烏都傷得很重，墨里斯的右耳還被耶沙烏咬斷了，那個場面真的讓人不忍心多看一眼。自從那次發生衝突之後，墨里斯就不曾到這附近來。所以就像妳看到的，艾薩克應該是獨自來到這附近吧？保險起見，我會請山姆明天去看看墨里斯家族的狀況。」

雀兒喜說完，拿起桌上的便條紙，在上頭寫了幾個字。我雖然聽得懂英語，也看得懂手語，卻不識得字，不會寫也不會讀。當然這並沒有對我的生活造成任何困擾，只是我有點在意雀兒喜在便條紙上寫了什麼？

「妳是因為遇見了艾薩克，才煩惱該不該離開家族？」雀兒喜忽然對我露出賊兮兮的微笑，彷彿她現在才想通這一點。「妳跟牠發生了什麼事，給我老實說清楚。」

〈我們只是一起玩而已。玩摔角遊戲、玩追趕遊戲，還有走進沼澤裡吃草根。〉

「妳心裡一直想著牠？」

〈是牠喜歡我。我們玩了一陣子之後，牠希望我跟牠一起離開，但我最後還是回到了自己的家族。〉

「原來如此，難怪妳剛剛會說，不能讓母親變得孤獨。蘿絲，妳真是個好孩子。但妳應該更加重視自己的幸福，難道妳希望永遠待在現在的家族裡？」

〈我很想跟艾薩克再見一面，接下來要怎麼做，我還沒有想清楚。〉

「妳一定還會再見到牠的。既然你們昨天才剛見過面，牠應該還在這附近。與其把時間耗在我這裡，不如出去找找看，如何？妳應該要對自己更好，應該思考的是自己的幸福，而不是父母親的。」

〈謝謝妳。〉

我抱了抱雀兒喜，離開她的小屋。

雖然剛剛已經將這附近都找了一遍，但我決定再次回到昨天那棵傾倒樹木附近看一看。當我走到傾倒樹木的地點時，太陽已經爬到了天空的正上方，陽光毫不留情地曝曬著這片空地。我避開陽光，走在傾倒樹木的附近，發現幾株埃塞俄比亞野薑（Siphonochilus aethiopicus），於是坐了下來，開始進食。今天我從一大早就到處尋找艾薩克，後來又跟雀兒喜聊了好一陣子，此時早已飢餓不已。

我一邊折斷野薑的莖，塞進嘴裡，一邊觀察周圍的動靜。一頭豪豬（Porcupine）搖晃著背上的細針，通過我的面前。有著黑白兩色體毛的黑白疣猴（Mantled guereza）在樹上成群移動，模樣相當可愛，牠們身上的白色長毛，看起來像是穿著奇妙的大外套，其中一隻的懷裡還抱著全身雪白的嬰兒。

飽餐一頓之後，我沒有午睡，繼續走到今天還不曾到過的河岸邊。此時還沒有進入雨季，水量並不多，但流速相當快，河底的泥沙都被水流捲了起來，使得整條河呈現混濁的淡褐色。岸邊的岩石陰影處，有一隻巨蜥（Varanidae）正在休息。附近的樹梢上，停著一對看起來相當恩愛的斑魚狗（Pied kingfisher）*。就在我走向岸邊時，其中一隻小小的斑魚狗迅速飛至半空中，接著垂直俯衝入水。水面上才剛濺起水花，那隻斑魚狗已經重新回到空中，嘴裡叼著一條小魚。

我只不過是為了尋找艾薩克，獨自行動了一陣子而已，卻感覺內心異常空虛，彷彿自己長久以來一直過著孤獨的生活。我一時不知該往哪個方向走，只好在河邊坐了下來，心裡想起從前山姆曾經教過我——如何根據現場痕跡追蹤大猩猩的去向？

當時的我根本沒有料到自己有一天必須到處尋找一頭大猩猩，所以沒有認真聆聽。此時我不禁相當後悔，當初應該好好學起來才對，可惜已經太遲了。

直到這一刻，我才想到可以先試著找出艾薩克的足跡。不過，從剛剛到現在，一直在昨天我們待過的地方繞來繞去，現下已經分不清楚哪一道足跡是誰的了。

突然感覺好寂寞，忍不住發出了尋找同伴的聲音，希望能夠吸引剛好在附近的大猩猩。我一邊呼喚，一邊深深厭惡起這樣的自己，覺得自己好可悲、好可憐。最後我決定放棄尋找艾薩克，返回自己的家族。

一回到家族，我就遇上了一個意外之喜。

家族裡年紀最幼小的卡里姆，竟然朝我走了過來。這時才剛過一天之中最炎熱的時間，大人們都還在午睡。卡里姆挪動牠那小小的四肢，搖搖擺擺地朝我走近。牠的母親薇薇不知是沒有熟睡，還是身為母親的直覺太敏銳，卡里姆才剛離開身邊，牠馬上就醒了，目不轉睛地看著卡里姆，似乎打算一有什麼不對勁，就立刻奔過來保護兒子。

這個過度保護兒子的母親，平常除了父親耶沙烏之外，牠絕對不讓任何大猩猩碰觸卡里

---

*注解：斑魚狗（Pied kingfisher）是鳥類名稱，屬於翠鳥科魚狗屬。

姆。此時，卡里姆正試圖爬到我的背上，薇薇卻依然默默地躺在地上，沒有過來阻止，簡直像是默許了由我暫時照顧卡里姆。我真不敢相信薇薇會表現出如此寬宏大量的態度，難道是因為牠實在太想睡覺？還是因為牠已經開始有一點信任我了？

我不知道薇薇心裡到底打著什麼主意，但我知道我現在必須藉由和卡里姆玩耍，才能暫時忘掉艾薩克。我伸出手臂，將想要爬到我背上的卡里姆一把抓住，接著用力抱緊牠。卡里姆任由我將牠抱住，並沒有反抗，嘴裡還不停發出高亢的興奮鳴叫聲。我將手臂左右搖晃，牠更是開心得高聲歡呼。

卡里姆的笑聲迴盪在周邊一帶，幾個躺在地上的家族成員轉頭朝我們望來。牠們看見我正在和卡里姆玩耍，剛開始露出些許吃驚的表情，旋即閉上眼睛，彷彿什麼事也沒發生。牠們的訝異，或許是因為看見薇薇願意把卡里姆交給其他猩猩照顧；牠們的放心，或許是因為我是晚輩之中年紀最大的一個。

我溫柔地搖晃卡里姆，同時輕輕哼著歌，心中不由得回想起自己像卡里姆這麼小時，母親也常哼歌給我聽。我們的歌不需要語言，只有柔和的旋律盤繞在我們的周圍。

我在家人們附近走來走去，但也非常謹慎小心，不離開薇薇的視線範圍。我拔起附近的藤蔓，吃了幾口，又扯起一小段，遞到卡里姆的手邊。卡里姆粗魯地搶下藤蔓，放進嘴裡，露出滿足的表情。這是卡里姆第一次接觸到父母以外的大猩猩，想必牠一定感到很新鮮吧！

到了下午，家族開始移動到其他地方。出發之前，薇薇慢條斯理地來到我的身邊。我像捧著易碎物品一樣，小心翼翼地將卡里姆交還給牠。

到了下一個休息地點，我們一如往昔各自搭建床鋪。太陽下山之後，就各自上了自己的床，只不過安眠的時間並沒有維持太久。

到了深夜，父親又爬下樹，開始搥打自己的胸口。牠同時大聲呼喚，把家人們都叫了起來，過去我們從來不曾連續兩晚在深夜中移動。父親不斷朝著什麼都沒有的黑暗空間吠叫，但那些聲音只是不斷被夜晚的叢林吸收，完全沒有吸引來任何對抗的聲音。

父親到底在害怕什麼，我並不清楚。不過，父親向所有家人下達了嚴格的命令，要求立刻移動到其他地點再休息。父親不斷左顧右盼，觀察周圍的動靜，那異常的亢奮狀態，讓所有的家人都感到極度不安。

隔天的清晨，天氣相當晴朗而溫暖，在接近中午時，天空開始覆蓋一層厚厚的烏雲。原本就頗為昏暗的叢林，呈現出一片陰鬱的景色。強風颳得枝葉沙沙作響，遠方不時傳來雷鳴聲，周圍籠罩著一股又悶又沉重的空氣。看來即將要進入雨季了。

今天早上卡里姆跟在薇薇身邊吃完了早餐，又跑來找我玩。牠張大了軟弱無力的上下顎，想要咬我的身體。每當牠做出這個動作，我都會故意做出誇張的反應。我煞有其事地裝成很痛的樣子，卡里姆開心得不得了，一副樂不可支的模樣。薇薇一開始還在旁邊注視著我們，過了一會後，牠竟然轉身離開，不知走到哪裡去了。或許這意味著牠已經認定可以把卡里姆交給我照顧吧？我本來就經常陪孩子玩耍，這對我來說是駕輕就熟的事情，但能獲得薇薇的信任，還是讓我感到相當開心。

今天我同樣將卡里姆抱在懷裡，對牠哼唱搖籃曲。有卡里姆陪伴在身邊，我感覺好幸福，彷彿只要懷裡有這個孩子，其他什麼都不重要了，突然覺得這個世界是多麼美好、多麼燦爛。明明只是一個弱不禁風的幼兒，卻能發揮滋潤心靈的效果，實在讓我感到很不可思議。我可以說是想盡了一切辦法，想要逗卡里姆開心。牠帶給了我這麼多的幸福，我想要把這份幸福回報給牠。卡里姆也像昨天一樣，在我的懷裡發出開懷的笑聲。

碩大的雨滴，敲打在枝葉上，也敲打在正忙著遊戲的我跟卡里姆的背上。看來馬上就要下大雨了，我趕緊尋找能夠遮雨的地點。我在家人們聚集的區域繞來繞去，發現了一棵枯朽的大樹，樹幹上長滿了青苔，剛好有一個能夠容納我跟卡里姆進入的樹洞。於是我揹起卡里姆，小心翼翼不讓牠撞到樹幹，躲進了樹洞裡。果然不出我所料，叢林裡下起了傾盆大雨，雨水洗去了樹木身上的髒污，卻造成了滿地泥濘。

其他的家人們似乎絲毫不在意下雨，任由雨滴打在身上。對大猩猩來說，下雨是一種無法抵抗的大自然力量。雖然身體淋濕會很不舒服，但也只能忍耐，除了等待雨停之外，沒有其他選擇。而我一點都不想淋雨，便趕緊躲進了樹洞裡。

教我可以躲進樹洞裡避雨的人，是提歐。在我還是個孩子時，有一天，遇見了帶著觀光客的提歐。那時突然下起大雨，提歐將我抱起來，躲進了樹洞裡。不僅如此，提歐還幫其他觀光客都找了適當的樹洞，讓他們躲雨。當時我真的非常驚訝，因為在那之前，從來沒有想過遇到下雨時可以找地方躲起來。

卡里姆似乎正悠哉地欣賞著樹洞裡的景色，牠撕開柔軟的樹皮，放在嘴裡含了一會，又吐出來。我想牠根本沒有理解，我們進入樹洞的目的是為了躲雨。卡里姆和我不同，牠只是普通的大猩猩，不會學習語言，也不懂思考人類的行為背後所代表的意義。

大雨持續下個不停，我與卡里姆在樹洞裡待了相當長的時間。好不容易等到雨停了，我走出樹洞，感覺整個叢林裡的空氣煥然一新。儘管地面泥濘不堪，相當不好走，但我很喜歡剛下完雨的新鮮空氣。

叢林裡，隨時都瀰漫著千變萬化的濃濃氣味。那有可能是動物的體臭，有可能是從地面蒸散出來的乾燥土壤氣味，有可能是樹木及草葉散發出的青草味，也有可能是酸酸甜甜的果實香氣。叢林由於長年被茂密的樹木覆蓋，空氣鬱積在內部，往往會有各種不同的氣味混雜在一起，融合成難以形容的複雜氣味，長久瀰漫在樹木之間。只要下一場傾盆大雨，這些氣味就會被沖散，讓叢林裡保有短暫的新鮮空氣。每當我用力吸一口這純淨又清新的空氣，內心就會有一種難以言喻的舒暢感。

有時我不禁懷疑，除了我之外的大猩猩，並沒有辦法分辨這些氣味的差異，就連我自己的母親也不例外。任憑雨水打在身上而不逃走的大猩猩，內心恐怕從來不曾把環境和自己分開來思考。而我因為躲雨的關係，逃進樹洞裡，因此當走出樹洞時，才能感受到空氣的巨大變化。

〈為什麼不躲雨？〉我曾經這麼詢問母親。

一輩子從來不曾將躲雨當成一種選項的母親，根本不明白我問這個問題是什麼意思。母親雖然能夠使用語言，但牠還是跟我有著相當大的差別，我認為母親更接近其他大猩猩。

我帶著卡里姆，回到了家人們身邊，牠們全都淋成了落湯雞。地上都是積水，每走一步都會濺起不少泥漿。我衷心期盼卡里姆也像我一樣，能夠體會空氣的新鮮。

雨看起來只是暫時止歇，馬上又會再下。一道閃電劃破陰暗的天空，在極短暫的時間裡，照亮昏黑的叢林。隔了半晌之後，天空才傳來轟隆隆的雷聲。風勢也絲毫不見減弱，顯然這場暴風雨還不到結束的時候。

就在這時，迴盪著雷聲的叢林深處，竟然傳來了另一種巨大的聲音。那可怕的聲音，令我不由得全身寒毛直豎。

那是大猩猩搥打胸口的聲音，而且不屬於我們這個家族的大猩猩，有如打鼓一般震動著叢林內的空氣。聽見那聲音的大猩猩，並非只有我而已，周圍的家人們全都抬起了頭，不停地左右張望，似乎想要確認聲音來自何方。而且聲音越來越清晰了，顯然那聲音的主人正在朝我們靠近。

父親耶沙烏在家人們的周圍氣定神閒地繞起了圈子，牠想要靠悠哉的態度，讓我們恢復冷靜。然而，隨著捶打胸口的聲音逐漸逼近，緊張的氛圍早已瀰漫在整個空間。

除了捶打胸口的聲音之外，我們還聽見了吼叫聲。從那聲音聽來，對方至少有兩頭大猩猩，有低沉的聲音，也有高亢的聲音。

薇薇或許是感受到了敵人的氣息，趕緊朝我走了過來，牠從我背上抓起卡里姆，抱在自己懷裡。當薇薇確認卡里姆已經緊緊抓牢牠的腹部之後，立刻轉身，往捶打聲傳來的相反方向奔逃。

閃電劃過天空，銳利的光芒在轉瞬間照亮了周圍一帶，也曝露了來襲者的身影。只見遠處的樹叢後方，隱約有兩頭銀背大猩猩，正朝我們這個方向疾奔而來。牠們都以粗壯的手臂抵著地面前進，強烈的衝擊不斷激起地上的泥水。牠們的腰臀隆起著厚實的肌肉，高高揚起的雙肩顯得強而有力。以體格來說，雖然差了父親一些，卻已算是足以令人畏懼的大猩猩。

即使還看不清楚那兩頭大猩猩的臉，我已經猜出了牠們的身分——艾薩克所屬家族的領袖墨里斯，以及墨里斯的兒子維克托。維克托雖然已經是一頭成熟的銀背大猩猩，但沒有離開家族，墨里斯多半打算在未來讓兒子維克托繼承家族領袖的地位。

兩頭大猩猩明顯正快速接近我們，父親耶沙烏為了保護家人，朝著兩頭大猩猩迎面走去。牠也搥打起自己的胸口，期望能夠震懾敵人。墨里斯見了父親那充滿威嚴的模樣，似乎有些膽怯，失去了一開始的氣勢。耶沙烏與墨里斯父子相隔約十公尺，互相對望，墨里斯父子的呼吸聲異常粗重。

墨里斯一邊警戒著耶沙烏的動向，一邊緩緩繞起圈子，朝著我們家族的方向移動，而牠的兒子維克托則往相反的方向移動。一時之間，父親耶沙烏猶豫了起來，不曉得該攻擊哪一邊，最後父親耶沙烏決定持續與墨里斯對峙，不讓牠靠近家人。

我們家族之中，除了父親耶沙烏之外，並沒有能夠對抗維克托的成熟雄性大猩猩。父親以一敵二，必定會處於劣勢。但我們這些家人們都只能躲在父親耶沙烏的身後，注視著戰局的變化。

墨里斯不斷發出吼叫聲，向耶沙烏挑釁，維克托則在另一頭虎視眈眈，尋找出手的機會。雙方互相瞪視了相當長的時間，雨勢越來越大。

猛然一陣雷鳴，閃電照亮了周遭一帶。維克托彷彿早在等著這一刻，忽然朝我們猛衝而來。所有家人都發出驚呼，往相反方向逃走。強大的恐懼感，讓不少家人洩出了糞便。大部分的家人都成功逃離危險，唯獨薇薇因為抱著卡里姆的關係，動作慢了一拍。

父親耶沙烏眼見薇薇即將遭維克托攻擊，不再理會墨里斯，朝著薇薇的方向奔來。墨里斯當然沒有放過這個機會，立刻從後方撲到耶沙烏的背上。牠以強韌的雙顎咬住耶沙烏的頭，耶沙烏痛得大喊。耶沙烏急忙伸出手臂，想要將墨里斯抓住，但墨里斯迅速閃身，又在耶沙烏的腹部咬出一道極深的傷痕。

正當耶沙烏遭受墨里斯攻擊時，維克托也已追上了薇薇。維克托抓住薇薇的腳，用力一拉，薇薇登時摔倒在泥漿之中。薇薇害怕得大吼大叫，但或許是基於一股母性本能，牠緊緊抱住了懷裡的卡里姆。維克托就這麼將薇薇拖行在泥地中，鼻孔發出了興奮的哼叫聲。

維克托將薇薇拉到遠處，接著張嘴咬住薇薇的手腕，企圖搶奪薇薇抱在懷裡的幼子。薇薇大聲慘叫，更是緊緊抱住卡里姆，說什麼也不放開。然則在維克托的持續攻擊下，孩子終究還是被維克托搶走了。維克托大聲嘶吼，彷彿在宣示著自己的勝利。

墨里斯聽見兒子的叫聲，不再攻擊耶沙烏，轉身奔向維克托。此時，耶沙烏已是滿身鮮血，完全喪失追擊敵人的能力，只能眼睜睜看著兩個敵人為所欲為。

墨里斯走向維克托，伸出碩大的手掌，抓住嬌小的卡里姆，接著牠以牙齒抵住卡里姆的頭部，用力咬了下去。卡里姆發出劇烈的慘叫聲，墨里斯毫不理會，牠像剝水果皮一樣，將卡里姆的皮膚一片片咬扯下來，吐在地上。鮮血不斷自墨里斯的嘴邊滴落，沒過多久，卡里姆就完全不動了。

墨里斯與維克托開始搥打自己的胸口，象徵著戰爭的勝利。滂沱大雨之中，牠們搥打胸口的聲音無情地迴盪在叢林內。一場短暫卻慘烈的戰鬥，就在這聲音中劃下了句點。我們只能抱著絕望的心情，聽著那可怕的聲音。

所有的家人各自逃散，盡可能與墨里斯父子拉開距離，同時注意著牠們的一舉一動。父子倆顯得相當自豪，昂首闊步地走來走去。牠們高高挺起了胸膛，彷彿想要讓我們見識牠們有多麼強壯。

薇薇默默地凝視著倒在泥地上不再動彈的兒子，過了好一會，牠慢慢站了起來，走向墨里斯父子，這也意味著薇薇決定加入墨里斯家族。在牠的心裡，孩子的慘死，並不是墨里斯的錯，更不是維克托的錯，而是沒有能力保護孩子的耶沙烏的錯。無法保護妻小的家族領袖，會喪失家人的信任。

妻子會拋棄弱者，加入強者的族群；這是大猩猩世界的規則，也是叢林世界的規則。不久之後，墨里斯與維克托就帶著薇薇，回到牠們的地盤去了。

三頭大猩猩的身影再也看不見之後，我們全都聚集在耶沙烏的身邊。過去令我們敬愛不已的家族領袖，如今卻是頭破血流，狼狽不已地坐在地上。牠的右耳被咬斷了，全身到處是傷，光是能夠坐著而沒有倒下，就已經是一件不可思議的事情。

周圍瀰漫著宛如鐵鏽一般的血腥味，以及糞便的惡臭。第一次目睹父親敗北，令所有的家人驚慌失措。我們圍繞在父親的身邊，各自以鼻子發出短促的低鳴，關心父親的傷勢。

對於這些沒有語言的關心，父親只是痛苦地喘著氣，沒有作出任何回應。

四

父親的重傷，令我大受打擊。我立刻趕往研究中心，想把這件事告訴山姆他們，希望他們能夠伸出援手。

然而，在這件事情上，他們終究沒能幫上任何忙。山姆一臉遺憾地告訴我，他們沒有辦法協助治療父親的傷口，因為人類無法接近一頭受了傷的野生銀背大猩猩。

卡里姆的屍體遭薇薇棄置不理後，一直躺在泥地上，沒有任何家族成員願意靠近。動也不動的卡里姆，對家人們來說，已經毫無價值。在大猩猩的眼裡，同伴的屍體並非維持生命的必要之物，但我實在沒有辦法當作它不存在。

當我捧起卡里姆的屍體時，母親凝視著我，臉上流露出詫異之色。表情卻異常冷漠，眼神彷彿在質問我：**妳拿那個東西做什麼？**

就在這個瞬間，我深刻感受到自己與其他大猩猩之間，有著非常大的差異。雖然一起生活，但沒有辦法交流、沒有辦法互相理解。

我以左手捧起卡里姆，牠那嬌小的雙臂疲軟無力地垂了下來。不知道為什麼，牠的身體比活著的時候更加沉重得多，我忍不住以鼻子輕輕發出哼聲。

山姆察覺我將卡里姆抱起，立刻走到我的身邊，將手放在我的肩膀上。

「年紀還這麼小，真是可憐！回去之後，我們一起將牠埋了吧！」

山姆的一句話，讓我有種鬆了口氣的感覺。我那些大猩猩的同伴們完全不明白我的心情，反而是山姆正確理解了我內心的感受。

或許比起大猩猩，我的心更接近人類。

於是，我離開了家族，與山姆一同前往研究中心。

「墨里斯家族裡，連一頭成熟的雌性都沒有。」

我們來到了研究中心的後頭，山姆一邊在地上挖坑，一邊說道。

在烈焰的曝曬下，山姆早已汗流浹背。

「牠的妻子不知道是死了，還是離開了牠。這次牠攻擊妳的家族，應該是為了搶奪雌性大猩猩吧？」

我站在山姆身後，凝視懷裡的卡里姆屍體。那小小的黑色身體，有如一具毀損的人偶。

「正在養育孩子的雌性大猩猩，沒有辦法立刻再生孩子。墨里斯如果要把薇薇帶走，卡里姆會是一個累贅。過去確實有山地大猩猩會殺害幼子的研究報告，但我沒想到妳的家族也遇上這種事。」山姆掘好了坑，把鏟子插在地上，轉頭問我：「道別結束了嗎？」

我輕輕點頭，以輕柔的動作，將卡里姆放入山姆挖好的坑中。雀兒喜在卡里姆的身上，放了一朵從研究中心庭院摘來的九重葛（Bougainvillea）。

〈我好寂寞。〉

我將食指放在下巴，對著雀兒喜做出的手語。

「是啊！我也好寂寞。卡里姆是個很可愛的孩子。」

山姆在胸口劃了十字後，便動手把土填入卡里姆長眠的坑中。

隨著泥土逐漸覆蓋卡里姆的全身，在我的心裡，這個小小的同父異母弟弟，似乎已經去了非常遙遠的地方。昨天好不容易才能一起遊玩，今天卻已相隔萬里。每當我的腦海浮現卡里姆與沖沖地爬到我背上的畫面，就感覺胸口隱隱抽痛。

卡里姆慘遭墨里斯殘忍殺害，牠的母親薇薇卻跟著墨里斯離開。薇薇只是注視著卡里姆的屍體片刻，便頭也不回地揚長而去。

雖然我知道薇薇不管做什麼，都不可能讓卡里姆活過來，但我還是不由得感慨薇薇的無情。對於牠這種沒有半點悲傷與哀悼，二話不說就拋棄家族的做法，我的心中甚至萌生了些許恨意。牠是卡里姆的母親，對卡里姆之死的傷痛卻遠比我還不如。

當然我的心裡很清楚，薇薇的做法才是對的。不管是大猩猩，還是其他野生動物，都是以「活下去」為第一要務，根本沒有多餘的精力可以用來哀悼同伴的死亡。

大自然是個相當殘酷的世界，任何野生動物都必須背負隨時有可能死亡的風險。置身在這樣的環境裡，我們永遠都必須以「讓自己活下去」為首要目標。薇薇為了提高自己活下去的機率，決定加入別的家族，而當時正是加入墨里斯家族的最佳時機點。

耶沙烏家族的所有成員，都因父親受了重傷而驚惶失措。家族領袖身受重傷，是攸關全體家族存亡的重大危機。在這種連自己都可能性命不保的危險時期，誰都沒有多餘的心思哀悼卡里姆之死。偏偏家人們除了擔心之外，幾乎什麼忙也幫不上。

卡里姆那小小的身體，轉眼之間，已完全被埋在泥土之下。這讓我深刻感受到，今後永遠再也見不到牠了。當我回過神來，發現自己正在深深嘆息。

「這可真是有點棘手。」山姆反手關上研究中心的門，嘴裡呢喃自語。

山姆嘗試找出墨里斯家族的下落，足跡卻都被大雨洗去，最後只能無功而返。顯然山姆已經盡了最大的努力，因為當他回到研究中心時，太陽早已下山，屋內的照明全仰賴一盞微弱的電燈。

「是啊！我看蘿絲一直唉聲嘆氣，心裡也為牠難過。」雀兒喜坐在房間深處的書桌前，嘆了一口氣，以認同的口吻說道：「這些大猩猩，過去從來不曾有過這麼殘忍的行為。雖然在研究報告上，以往確實有大猩猩殺害嬰兒的案例，沒想到我們這裡也會發生這種事……」

「我說的棘手，是指耶沙烏的傷勢。」

「牠傷得那麼嚴重嗎？」雀兒喜皺眉問道。

「豈止嚴重，就算現在立刻死了，也不是什麼奇怪的事。我們可能得為最壞的情況，預先做好準備。」

山姆脫下濕淋淋的雨衣，掛在木製的掛衣架上。從袖口滴落的水珠撞擊地板的聲音，迴盪在靜謐的房間裡。

雀兒喜以兩手摀住了嘴，一時說不出話來。

「……乾脆聯絡雅溫德的獸醫團隊，請他們幫忙醫治耶沙烏，如何？」

「不，耶沙烏的傷不是盜獵者所造成，而是大自然的競爭結果，我們不可能救治所有受傷的動物。」山姆頓了一下，從門口附近的架子上取出一條毛巾，擦拭濡濕的頭髮，繼續說道：「耶沙烏的年紀快五十歲了，這已經超過野生大猩猩的平均壽命。就算將牠治好，也只不過是多活幾年而已。」

山姆用毛巾快速抹了抹臉，將毛巾掛在牆上，轉頭望向雀兒喜。

「我說的最壞情況，指的是我們的最壞情況。」

雀兒喜一時不明白山姆這麼說是什麼意思，只好保持沉默，等著他繼續說下去。

「我們的最壞情況，是失去蘿絲。耶沙烏死了之後，剩下的家族成員或許暫時會維持現在的狀態繼續生活。一旦失去了領袖的家族，遲早會解散，各自散入其他的家族之中。」山姆說著，走向雀兒喜身旁的椅子，一屁股坐了下來。「我們現在能夠很方便地觀察蘿絲，是因為耶沙烏的行動範圍距離研究中心不遠。今後如果蘿絲加入墨里斯家族，甚至是更遠的家族，就無法像現在這樣對牠進行研究了。」

山姆的眼神異常銳利，雀兒喜不由得縮了縮身子。

「我們研究蘿絲，算起來也已經將近十年，差不多該對外發表研究成果了吧？明明身邊有一頭會使用完美手語的大猩猩，為什麼只能跟其他研究團隊一樣蒐集大猩猩的糞便，發表一些關於覓食習慣或行動範圍的無聊論文？蘿絲能夠在世界上造成多大的衝擊，我相信妳應該也能想像得到吧！妳要繼續藏著牠到什麼時候？再這樣下去，我們這十年的努力可能都會化為泡影。」

這已經不是山姆第一次說這種話了，這幾年來，兩人針對同樣的話題，已不知討論過多少次。然而，今天的山姆流露出前所未有的焦躁，以及一股靜靜燃燒的怒火。山姆想要表達的意思，雀兒喜當然心知肚明，但到底要以什麼樣的形式對外發表關於蘿絲的研究，雀兒喜這些年來一直拿不定主意。

對雀兒喜來說，「最壞的情況」並不是沒有辦法發表關於蘿絲的研究成果；雀兒喜心中最大的恐懼，其實是關於蘿絲的長年研究成果遭到學界否定。她的視線不由得望向桌上的某個檔案夾，在那個檔案夾裡，收藏著一篇名為《猿猴能造句嗎？（Can an Ape Create a Sentence?）》的論文。

事實上，即便雀兒喜什麼也沒說，山姆也猜得出她心中的不安。

「妳還在害怕特勒斯的歷史再度上演？放心吧！蘿絲跟當年的尼姆完全不同。或者應該說，蘿絲跟過去所有學者研究過的類人猿都不一樣，這點妳自己應該最清楚。」

「與動物對話」是人類自古以來的夢想之一。

大約在七〇年代，科學界經歷過一段盛行「教導類人猿說話」的時期。其中較有名的例子，加德納（Gardner）夫妻曾嘗試教導一頭名為華秀（Washoe）的黑猩猩學手語，弗朗辛・帕特森（Francine Patterson）也曾經教導一頭名為可可（Koko）的大猩猩學手語。而這個領域中的佼佼者，當屬赫伯特・特勒斯（Herbert S. Terrace），他可說是研究動物語言學習的代表性人物。

當時語言學界的最大爭議，在於「人類的語言能力到底是先天具備，還是透過後天學習得來」。著名語言學家諾姆・杭士基（Noam Chomsky）主張「人類的大腦天生有著能夠理解語言的組織結構」。相對於此，著名心理學家史金納（Burrhus Frederic Skinner）則主張「語言是經由後天學習所獲得」。

特勒斯是史金納的學生，他為了推翻諾姆·杭士基的理論，特地執行了一項教導黑猩猩學手語的研究計畫。這頭黑猩猩的名字，還為了揶揄諾姆·杭士基，故意取作「尼姆·金士基（Nim Chimpsky）」。在特勒斯底下學生的熱心教導，黑猩猩尼姆真的學會了非常多的手語。豈料原本應該相信「動物擁有語言學習能力」的特勒斯，後來卻發表了一篇名為《猿猴能造句嗎？（Can an Ape Create a Sentence?）》的論文，徹底否定猿猴擁有這樣的能力。

猿猴沒有造句的能力——這就是特勒斯最後作出的結論。

「這我當然知道，蘿絲絕對不會是第二個『聰明的漢斯』。」

「聰明的漢斯（Clever Hans）」是生活在十九世紀末的一匹相當有名的馬，牠會以踏腳的方式，回答主人所問的任何問題。這匹馬在當時的社會掀起一股熱潮，許多人真的認為牠是一匹擁有智慧的馬。但漢斯回答主人問題的機制，說穿了其實沒什麼大不了。漢斯並非真正理解主人說的話，牠只是掌握了主人在無意識之中產生的某種身體反應。當主人提出問題之後，漢斯會一直踏腳，直到主人出現該身體反應為止。

而特勒斯的實驗中的黑猩猩尼姆，雖然號稱學會了上百種手語，其實也是一樣的道理。牠只是掌握了提問者在不知不覺中做出的某些身體反應，並根據這些身體反應來選擇牠認為正確的手語動作。換句話說，尼姆並沒有真正理解語言，牠回答問題的方式，其實跟「聰明的漢斯」在本質上是相同的。

以上就是特勒斯根據黑猩猩尼姆的實驗，所得出的結論。這個結論是以客觀的實驗結果為依據，因此相當具有說服力，不管反對派提出再多的相反意見，都很難將其推翻。

而且主張動物擁有智慧及語言能力的學者，提出的證據大多缺乏客觀性。因此到了後來，幾乎再也沒有學者願意嘗試教導動物語言的研究。在這樣的狀況下，蘿絲這頭大猩猩的出現，幾乎可說是奇蹟。

「動物的語言能力」這個研究主題，幾十年來可是處於毫無進展的狀態。雖然雀兒喜深信蘿絲的認知能力及語言能力，絕對足以顛覆過去的研究成果，但一想到遭否定的可能性，不禁變得裹足不前。

「我的意思倒也不是要立刻發表成果，只是希望建立一個能夠好好研究蘿絲的環境。」

山姆似乎看穿了雀兒喜的心思，柔聲道。

「你的意思是說，要讓蘿絲長期待在我們的身邊？不過，大猩猩是一種喜歡過群體生活的動物，若把牠養在研究中心裡，對牠來說不是一件好事吧？當然這對我們的研究會很有幫助，我總覺得不應該為了我們的私心，將牠束縛在這裡。」

「我明白妳的意思，雖然研究很重要，但蘿絲也很重要。我好歹也認識蘿絲將近十年了，從牠出生到長大，一直在照看著牠，牠就像是我的寶貝孩子。我相信我的提議，對牠來說應該不是壞事才對。」

「對牠來說不是壞事？蘿絲在這個叢林裡，能夠生活得無拘無束，不受任何人干涉。有什麼樣的方法，能夠讓牠比現在更加幸福？你可別告訴我，想要勸牠加入生活在研究中心附近的家族。」

山姆聽了雀兒喜這番話，原本似乎想要反駁，只見他猶豫了一會，忽然陷入沉思，不與雀兒喜四目相交。半晌後，山姆終於緩緩嘆了一口氣，像是下定了某種決心，將視線移回雀兒喜的臉上。

「其實我一直在思考一個問題……蘿絲幾乎已經完全學會了美式手語，牠的語言能力，絕對不是其他學習手語的類人猿能夠比擬，對吧？牠不僅能夠與會手語的人類對等交談，還能夠完全聽得懂人類說的話，所以我認為……」

「你認為什麼？」

雀兒喜見山姆說得吞吞吐吐，忍不住出言催促。

「我認為應該將蘿絲帶到美國。」

「把牠帶到美國？你在說什麼傻話？我們怎麼能做那種事？低地大猩猩可是瀕臨絕種的保育類動物。」

「大猩猩是受《華盛頓公約》保護的瀕臨絕種動物，這我當然知道。但就算是受到保護的動物，只要是基於繁殖或研究目的，還是能夠申請運送出國。」

「研究在這裡也可以做，我們這些年不是一直在做嗎？至於繁殖，天底下還有哪個地方環境比這裡更加合適？」

「全世界的動物園所飼養的大猩猩，幾乎都是低地大猩猩，所以在國外也可以進行繁殖，不見得要留在這裡。而且就像我剛剛說的，一旦蘿絲加入遠方的家族，我們的研究就會出問題。」

「你說得確實沒有錯。只是美國的許多動物園都已經擁有低地大猩猩，繁殖也相當成功。大猩猩又不是貓熊，這年頭誰會特地從國外進口大猩猩？」

「若是一般的大猩猩，確實沒有從國外進口的理由，但蘿絲並不是一般的大猩猩。我們只要讓一些關鍵人士理解這一點，對方一定會願意提供協助。妳很害怕研究成果遭到否定，不是嗎？要消除妳的恐懼，其實很簡單，我們只要做到讓任何人都沒有辦法否定就行了。說得更明白一點，我們必須先讓所有人都認識蘿絲。先讓全世界的人都知道蘿絲這頭大猩猩有多麼厲害，就絕對不會有人敢否定我們的研究成果。」

一時之間，雀兒喜實在沒有辦法接受山姆的提議。

「妳放心吧！這件事交給我來安排，我絕對不會搞砸的。」

五

父親耶沙烏在遭受墨里斯襲擊的三天後就死了。

那天早上，我們發現父親仰躺在地上，一動也不動。自從遭墨里斯攻擊之後，父親就因為傷得太重，沒有辦法爬上樹。即使到了晚上，父親還是只能睡在地面上。因此父親雖然有家人陪伴，瀕臨死亡時卻是相當孤獨。

父親全身的傷口都已化膿，散發出腐爛的臭氣。但牠的表情相當安詳，閉上了雙眼，就像是睡著了一樣。

我立刻趕往研究中心，將山姆拉了過來。當山姆抵達現場時，家族成員們正圍繞在父親耶沙烏的屍體旁邊，不斷發出低沉的嗚叫聲，希望將耶沙烏喚醒。

「天啊……」山姆看得目瞪口呆，發出了感嘆聲。

七頭大猩猩圍繞著領袖發出聲音的景象，或許在山姆的眼裡，就像一種神聖的儀式吧！

我抬頭仰望山姆的表情，只見他張大了口，似乎是被眼前的景象所震懾。過了好一會兒，他默默拍了幾張照片，接著蹲了下來，從口袋掏出一臺小型錄音機，將麥克風抵在嘴邊，低聲記錄下眼前的狀況。

「真令人難以置信……我是第一次看到這樣的場面。蘿絲跑來告訴我，耶沙烏已經死亡，我立刻跟著牠前往家族聚集處。此時蘿絲還在我的旁邊，其他七頭大猩猩則圍繞著躺在地上的耶沙烏。妮農以右手的手背溫柔撫摸耶沙烏的臉，不知是在感傷耶沙烏的死，還是單純只是想讓耶沙烏從睡夢中醒來。年紀還很幼小的娜汀正坐在耶沙烏的腹部上，似乎是希望耶沙烏陪牠玩。若在平時，現在應該是牠們進食的時間，如今沒有一頭大猩猩在覓食。成熟大猩猩望著耶沙烏的表情似乎都相當難過，整個場面就像是一場喪禮。」

山姆一臉興奮地持續記錄著眼前的景象，我不再理會他，朝著父親的屍體走近。

父親原本是那麼強壯而偉大，如今牠看起來卻小了許多。這幾天牠幾乎沒辦法吃東西，當然補充的水分也不夠。

打從我出生之前，父親就一直守護著這個家族。我相信牠就跟我不久前遇見的艾薩克一樣，曾經離開自己長大的家族，在叢林裡度過一段孤獨的時光。看著父親全身上下那些可怕的傷痕，心裡不由得想起了艾薩克臉上的傷。

父親必定也是在歷經了孤獨的時期之後，開始從不同的家族引誘出雌性大猩猩，讓牠們為自己生下孩子。

一想到父親必須耗費多少心血，才能讓家族變得如此壯大，就有一股想要哭泣的衝動。我相信其他的家人們應該也有相同的感受吧！可惜我沒有辦法求證這一點，因為大猩猩是一種不會哭泣的動物。

我感覺胸口好沉重，忍不住轉頭望向山姆的方向，他也正在看著我。我將雙手的食指舉到眼睛旁邊，在臉頰上輕輕滑過，意思是〈我想要哭泣。〉

山姆看了我的手語，只是用很緩慢的動作，深深點了點頭。山姆所流露出的同情心，讓我稍稍獲得了安慰。

這次的家族行動，對身為研究者的山姆來說，一定是個相當難得的現象。但觀察了數十年之久的父親在今天死了，相信對山姆來說，也是一件很令人難過的事情。在山姆的心裡，父親絕對不會只是一個單純的研究對象。

我們都是在父親的保護下，才能過著幸福的生活。父親不管面臨什麼樣的狀況，都不曾表現出緊張的一面。過往我們也曾好幾次遇上其他家族的大猩猩，卻從來不曾發生過任何危險。當我們感到不安時，只要看著父親那壯碩的銀色背影，就會感覺到一股安全感在心中油然而生。

過去的我們是多麼幸福啊！我輕輕撫摸父親那動也不動的手腕，不由得發出了嘆息。

在我的心中多少還是存在著一點芥蒂，我能明白父親的死，對整個家族具有非常巨大的影響。但相較於現在的態度，大家前幾天對於卡里姆的死，實在是太過漠不關心。這種強烈的落差，讓我的心中充滿了疑惑。

大約過了三十分鐘，所有的大猩猩都陸續散去，在附近尋找能夠填飽肚子的果實，當然我的母親約蘭妲也不例外。

山姆一直坐在遠方，觀察著我們的一舉一動，等到現場只剩下我及父親的屍體，他立刻走了過來。

「蘿絲，這次的事情，我真的很為妳難過。」山姆感傷地說：「我在這個叢林裡觀察大猩猩，到現在也過了二十個年頭，妳的父親是我所見過最勇敢也最溫柔的銀背大猩猩。要讓低地大猩猩習慣與人類相處，是一件非常困難的事情。妳父親是我在這裡所交到的第一個大猩猩朋友，牠的過世，對我來說也是一場悲劇。」

我向山姆作出飛吻的動作，意思是〈謝謝！〉

「我相信妳現在一定很悲傷，不過我有一個很難啟齒的要求，希望妳能答應……我想要盡快把耶沙烏的屍體搬運到實驗室。基於研究上的需要，我們必須對屍體進行解剖，希望妳能諒解……」

我實在不忍心拒絕山姆的請求，何況就算拒絕，也沒有任何意義，因為拒絕並沒有辦法讓父親重新活過來。反正家族的其他大猩猩，也都已經理解父親死亡的事實。於是我將拳頭舉到臉的旁邊，伸出食指，那意思是〈我知道了。〉

山姆見了我的手語，默默點了點頭，轉身回研究中心去了。

由於必須由五個成年人類男性合力，才搬得動父親的屍體。山姆找來了三個追蹤者，也就是在叢林裡擅長尋找大猩猩的人，另外再加上山姆自己，以及提歐共五人才勉強抬起父親的屍體。我雖然幫不上什麼忙，還是跟著一起前往了研究中心。

到了研究中心後，他們將父親的屍體放在貨車的車斗上，據說要送到位於喀麥隆首都雅溫德的某大學研究機構。看著貨車逐漸遠去，揚起不少塵沙。

此時，雀兒喜從後頭走了過來，將手搭在我的肩上。

〈大猩猩的家族失去了領袖，會有什麼下場？〉

這是我打從出生以來，第一次因為無法預測未來而感到不安。明明前幾天還在煩惱該不該離開家族，如今卻因為失去父親而感到極度恐慌。

雀兒喜看了我的問題，低頭沉思了一下。

「……一般情況下，家族成員會慢慢被其他家族吸收。以這附近的情況來看，若不是加入墨里斯家族，就是加入卡彭戈家族吧！阿加拉還不夠成熟，家族的兒女輩之中，或許只有妳有能力能夠單獨加入其他家族。哈瑪杜的年紀也還不夠大，沒有辦法領導整個家族，所以應該會有一陣子，你們的家族是以妮農或可洛蒂為核心。牠們雖然是雌性，但至少在年齡上足夠成熟。或許除了加入其他家族之外，還有不同的做法……」雀兒喜說到這裡，不知想起了什麼，臉色突然大變，改口問道：「妳呢？妳認為家族成員們會何去何從？」

〈我也不知道。除了父親之外，家族裡就屬妮農最偉大，或許大家會願意聽牠的命令吧？可是我母親不喜歡妮農，也不喜歡可洛蒂，所以可能會跟牠們分開。如果真的分開的話，我應該會跟隨母親……〉我略頓，思考了一會兒，將食指與中指交錯。〈也或許……我會獨自去找艾薩克。〉

我發現雀兒喜一看見我比出這樣的手語，表情立刻變得十分僵硬。手語並非只仰賴手部的動作，表情也是傳達訊息的重要環節，而我已經訓練出對表情變化的敏銳觀察力。

「關於這一點，我剛好有件事，想詢問妳的意見……是這樣的，我們或許有機會能夠將妳帶到美國。妳對在美國生活有興趣嗎？」

〈美國！〉

我幾乎不敢相信我的耳朵，趕緊將雙手手指交握，在肚子前面轉圈圈。

〈美國！是真的嗎？我想去看一看！〉

我完全沒有想到雀兒喜會對我說出這樣的話，興奮得將她緊緊抱住。

「還沒有定案，目前只是規劃的階段。」雀兒喜興高采烈地說著，同時伸手撫摸我的身上各處。「不過，看妳這麼開心，我也很高興。」

對我來說，美國就像是一個夢幻國度。電視上的影集及電影中的大都會，與我所生活的叢林可說是兩個完全不同的世界。正如同雀兒喜與山姆對大猩猩很感興趣，我也對人類很感興趣。在叢林裡生活，能夠遇見的人類相當有限，如果能夠搬到充滿人類的美國生活，那肯定會是非常刺激的體驗。我不禁想像著，在美國不曉得會遇上什麼樣的人類。轉眼之間，想像美國幾乎完全填滿了我的腦袋。相形之下，與艾薩克在叢林裡生活便顯得枯燥乏味。

我放開了雀兒喜，開心地圍繞著她跑跑跳跳。如果不盡情舞動身體，我感覺全身會因為太過幸福而炸開。

「等一下！雖然很高興妳喜歡我的提議，但有幾件事情，我得先跟妳說清楚。」雀兒喜見我興奮到難以自制，似乎顯得有些緊張。「我說的在美國生活，意思可不是租一間公寓，讓妳住在裡面。到了美國之後，妳必須住進動物園裡。如果可以的話，我們會盡可能把妳的母親約蘭妲也一起帶去，但能不能成功，目前還很難說。當然我會一直陪在妳的身邊，山姆應該也是。而且因為妳是特別的大猩猩，能得到的待遇應該會比其他大猩猩好得多。這樣的條件，妳能接受嗎？」

〈當然！我們什麼時候出發？〉

「山姆會幫我們安排，最快也是明年之後的事，所以妳可以慢慢來，不用急。」

〈我希望越快越好。〉

「我們會盡可能將時間提前。」雀兒喜笑著說道：「不過，有件事情得請妳幫忙。在我們出發前往美國之前，請妳盡可能在這個研究中心的附近生活，不要離我們太遠。我們要安排妳去美國，得獲得幾個人的幫助，因此隨時有可能讓妳跟他們見面，所以必須確實掌握妳的行蹤。」

〈當然沒問題！只要能去美國，我願意做任何事！〉

我非常地興奮，原本因父親過世，對未來充滿了不安，但此時聽了雀兒喜的話，卻讓我開心得手舞足蹈。

果然如同我們的預期，家族在父親去世之後，開始了由妮農帶頭的生活。不過，整個家族只剩下六頭大猩猩，其中只有妮農與可洛蒂是成熟的大猩猩，底下的哈瑪杜、阿加拉及年紀更小的娜汀、拉薩爾都還只是孩子，可說是處於相當不安定的狀態。

母親不願意受妮農指揮，決定和我一起在研究中心的附近生活。我本來有點為妮農牠們擔心，但山姆及雀兒喜說牠們過得還不錯。

據說，墨里斯家族此時已經遠離了妮農牠們的生活範圍，所以也不用擔心雙方會再起衝突。不過話說回來，這個家族已經失去了領袖耶沙烏，照理來說，也沒有理由再受到其他大猩猩家族攻擊。一來不會有任何家族將妮農牠們視為威脅，二來如果妮農牠們真的與其他大猩猩家族發生衝突，妮農牠們有很高的機率會直接被對方吸收。

這段日子裡，我與母親一直生活在叢林的邊緣，盡量不遠離研究中心。雖然這讓我們的行動範圍變得有些狹窄，但由於這一帶常有人類走動，一般野生動物不喜歡靠近，所以能夠輕易找到可以當成食物的果實。我們每天都有很長的時間待在研究中心，山姆及雀兒喜平常工作都很忙，每次看見我們最開心的人，反而是莉迪。

我喜歡跟在莉迪的身邊，看著她打掃、洗衣服及做菜。莉迪雖然身體嬌小，但工作相當勤奮。而且她會不斷向我搭話，或是用她那強健的嗓音，唱出他們的傳統民俗歌謠，因此跟她在一起一點也不無聊。當她有空閒時，還會陪我玩追趕遊戲，或是互相搔癢的遊戲，是一個相當棒的玩伴。

此外，我變得比以前更熱衷於看電視。過去一直以為電視裡的世界，是一個與我無關的世界，然則就在我得知自己即將前往美國之後，一切都有了不同的意義。

我將會像影集或電影裡的登場人物一樣，居住在都市裡；那裡的地面不是泥土，而是堅硬的混凝土；那裡並不像叢林有那麼多的樹木，樹木只生長在公園裡，以及道路的兩旁，而且那裡的樹木並不會結出果實。都市裡沒有大猩猩，當然也沒有其他野生動物，除了人類之外，就只有少數受人類飼養的狗，以及一些鳥類。不過，那裡有非常多的人類，多達幾萬個，甚至是幾十萬個人類。

雖然我知道我在都市裡的居住地點，是飼養了許多低地大猩猩的動物園，但或多或少還是有些不安。住在都市裡的大猩猩，與住在叢林裡的我們，會不會有所不同？我真的能夠適應動物園的生活嗎？我好想早日見到住在美國的那些大猩猩們。

美國之行讓我感到既期待又不安，每天都處在興奮的狀態。跟我比起來，母親卻顯得相當冷靜。一來或許是因為母親對於前往美國這件事還沒有切身的感受，二來也可能是因為母親對大都市的憧憬本來就沒有我這麼強烈。

母親和我不一樣，牠從以前就不愛看電視，對人類文化的興趣也很淡。對於母親這樣的態度，雀兒喜他們做出的結論，是母親屬於「缺乏影像學習能力」的大猩猩。據說大部分的動物，基本上都沒有辦法靠影像來學習新事物，我算是少數特例之一。

我在看電視時，母親若不是在打擾莉迪工作，就是在跟研究中心所養的一隻名叫貝蒂的狗玩，要不然就是在睡午覺。到了晚上，我們會回到叢林裡，就近找一棵樹木爬上去睡覺。

〈去美國的日子還沒到嗎？〉

我一天到晚拿這個問題詢問山姆與雀兒喜，搞得他們也心浮氣躁。這樣的日子大約持續了兩個星期，我們迎接了第一位客人。

當天一大早，我就依照山姆前一天的吩咐，在研究中心裡等著。直到太陽快下山，泰德・麥卡錫才抵達貝托亞類人猿研究中心。

我們都在研究中心裡迎接泰德的到來，當他走下卡車，我第一眼看到他，就感到十分有好感。他的黑髮微禿，藏在圓框眼鏡底下的表情相當柔和，有著圓滾滾的矮胖體格，肚子像大猩猩一樣向外突出，讓我有一種難以言喻的親近感。

泰德一看到我，就露出興奮又靦腆的笑容，朝著我用力動起了雙手，他的手上帶著茶褐色的皮手套。

〈幸會，妳就是蘿絲嗎？我是泰德，很高興見到妳。〉

他竟然是使用美式手語向我搭話，讓我大吃一驚，更讓我驚訝的事還在後頭。

『幸會，妳就是蘿絲嗎？我是泰德，很高興見到妳。』

慢了半拍之後，我聽見了他的說話聲，最令人感到不可思議的，是他在說這些話的時候，嘴巴完全沒有動。而且他的說話聲沒有明顯的抑揚頓挫，給人一種非常不自然的感覺。

我嚇了一大跳，忍不住往後退了一步。

〈真抱歉，嚇到妳了嗎？我的聲音其實是電腦語音。我因為天生耳朵聽不見，所以沒有辦法說話。〉

當他比完手語，過了半拍後，我又聽見了相同的聲音。

『真抱歉，嚇到妳了嗎？我的聲音其實是電腦語音。我因為天生耳朵聽不見，所以沒有辦法說話。』

〈真是嚇了我一跳！我是蘿絲，很高興見到你。〉

即使內心充滿了困惑，我還是很有禮貌地打了招呼。

他看見我的手語，這次輪到他驚奇不已。

〈妳真的會手語吔！而且比我原本所想像的更加清楚好懂。〉

他以手語這麼稱讚我，但這一次並沒有響起電腦語音。

〈謝謝，你的手語也很清楚好懂。〉

我以相同的話來稱讚他，他揚起嘴角，露出了笑容。他凝視著我的眼睛，慢慢走到我的面前，接著他脫下雙手的手套，遞到我的眼前，我以手指輕輕捏起手套。

〈那是魔法手套，裡頭藏著很小的電腦。當妳比出手語時，電腦會知道妳比了什麼，並代替妳說出來。而我就是發明它的人。〉

泰德的臉上洋溢著自信與驕傲。

〈好厲害喔！我完全不知道有這樣的東西。〉

〈我會為妳製作一個專屬於妳的手套。有了這個手套，以後妳就可以跟任何人說話。〉

〈真的嗎？我好開心！我喜歡你！〉

我比完這幾句話，撲上去抱住了泰德。

或許是因為太過突然的關係，泰德嚇得尖聲大叫。但他理解我沒有敵意之後，也伸手將我抱住。

到了隔天，泰德便著手開始為我們製作手套。

他在研究中心的房間裡，為我和母親仔細量測雙手的大小及可動的範圍，記錄下詳細的尺寸。聽說他還以特殊的攝影機拍攝出３Ｄ數據，傳回位於美國的總公司。泰德告訴我們，大約兩個星期後，我們就可以收到完全符合我們雙手尺寸的手套。

〈接著得訓練電腦掌握妳的手語特徵，妳必須配合做一些簡單的動作。一定要聽從我的指示，否則沒辦法製作出妳的手套。〉

泰德讓我與母親並肩坐在房間的中央，接著他拿出了一些小球。他稱那些小球叫標記球，並且將它們貼在我的雙手指尖及關節上。

我看見自己的雙手貼滿了膠帶，好像在玩什麼遊戲一樣，覺得很有意思，我興奮得跳了起來。泰德或許是還不適應跟我相處，他嚇得趕緊放開我的手，往後退了一步。

〈妳還好嗎？覺得不舒服？〉他不安地問我。

〈不會，我覺得很有趣。〉

〈那就好，我們開始吧！我會先比一個手語，請妳比出相同的動作。我們會先比英文字母，然後是數字。數字比完之後，我會請妳比各種單字。〉

泰德解釋完之後，在我們的面前擺了一張桌子及一張椅子，接著便正式開始操作。

我與母親依照他所比的手語，從A依序比出每個英文字母。泰德確認我與母親都比出正確的手勢後，便在筆記型電腦裡打上幾個字，他的表情相當認真。當我們比出J和Z時，他的眉毛微皺了一下，因為這兩個英文字母都必須使用動作來表示，而非單純的手指形狀。

〈看來妳們的手指動作，都會有一些習慣性的偏差。不過別擔心，電腦會記住這些偏差，以後妳們全部照舊，不必特地修正。〉

泰德說完，開始確認每個基本單字。

悲傷、開心、寂寞、人、朋友、家人、食物、更多、少、時間、理解、要求、水、什麼時候、誰、謝謝、對不起、慢一點、幫助、家、如果、活著、很多、男孩、女孩、記住、名字、書寫、學校、她、你、我、工作、再一次、奔跑……

我們花了很多時間，比出泰德隨機選擇的單字。整個過程單調而枯燥乏味，但一想到只要獲得這個美國來的手套，就可以靠手語說話，便一再提醒自己必須沉住氣。

在這個叢林裡，懂手語的人只有雀兒喜、山姆及母親。雖然美國懂手語的人應該不少，但跟一般說話的人相比，應該還是少數吧！如果我可以和所有人都能自由對話，那肯定會是一件非常快樂的事情。

剛開始的幾天，我們比的都只是一些簡單的單字，我勉強還可以配合，但母親沒有撐完全程就耗盡了所有的耐心。她撕下黏貼在雙手上的標記球，走出研究中心的房間，頭也不回地返回叢林去了。

母親的反應讓泰德感到相當困擾，我見了泰德那沮喪的表情，不由得對他有些同情。畢竟母親對外界世界的興趣不像我這麼強烈，這也怪不得牠。

為了彌補母親的失禮，我一直耐著性子待在泰德的身邊。

〈我想要早點獲得說話的能力，我們繼續吧！〉

〈謝謝妳！雖然只剩下妳，我們還是得繼續下去。〉

泰德嘆了一口氣，露出溫柔的微笑。

接下來有很長一段時間，我依然重複比著各種單字。為了讓不久後就會來到我身邊的魔法手套能夠代替我說話，我的每個動作都必須讓機器分辨得一清二楚。

允許、接受、幾乎、孤獨、動物、憤怒、爭執、態度、兄弟姊妹、書本、教室、懷疑、英語、例如、發生、重要、生命、輸、牛奶、錢、數字、問題、立刻、春天、故事、心願、年輕……

電腦訓練進展得相當順利。進入第五天之後，立場對調了過來，改為測試我的手語能否讓電腦判讀出正確語言。

而母親似乎已經對這件事徹底厭煩，這一天只有我依約來到研究中心。我一如往昔坐在房間的正中央，以肢體動作比出泰德隨機決定的單字。

給予、紙張、遊戲、關閉、反對、機場、平均、基本、避開、混亂、遙遠、包含、信件、舒適、疾病、睡眠、昨天、灼熱、每天、廁所、坐、意義……

大約持續了二十分鐘之後，泰德舉起手，指示我停下來。

〈已經可以了。到目前為止的正確率超過九五%，這個數字已相當完美。接下來，我們要決定妳的聲音。妳希望自己擁有什麼樣的聲音？〉

〈我也不知道。什麼樣的聲音比較好？〉

〈我們光是女性的聲音，就有超過兩百種模式。發音有英式英語、美式英語及澳洲英語可以選擇。〉

〈既然要去美國，當然是選擇美式英語。〉

〈好，美國人的模式有超過八十種。雀兒喜曾說過妳是成年女性，我們就先試試看二十多歲到五十多歲的女性模式吧！〉

泰德說完，便開始操作起筆記型電腦，我則是在一旁默默地看著。馬上就可以聽見自己未來的聲音了。這讓我興奮得不得了。未來的我，將擁有什麼樣的聲音呢？

另一方面，我也有些煩惱。一般的人類根本不會遇上必須挑選聲音的情況，泰德所能提供的聲音多達八十種，到底我該怎麼挑選自己的聲音？

〈好，我們先試試艾莉的聲音……可以了，妳隨便比個手語試試。〉

我抱著緊張的心情揮動手臂，由於不知道該說什麼才好，便隨便做了自我介紹。動作剛比完，我卻什麼也沒聽見，這讓我感到極度不安，下一瞬間，我聽見了聲音。

『午安，我叫蘿絲，是一頭出身於喀麥隆的大猩猩。』

聽到語音的瞬間，內心霎時有股想要繞著房間跑一圈的衝動。強烈的興奮，讓我幾乎無法保持冷靜。如果我沒有壓抑下想要手舞足蹈的情緒，想必此刻已弄壞了黏貼在我的手腕上的標記球，以及標記球所連接的電腦。

『成功了！泰德！我說話了！我真不敢相信！』

我忍不住發出叫聲，想要傳達心中的感動，可惜那電腦語音依然維持著冷靜的狀態。

我的心中充塞著過去不曾有過的成就感，以及些許沒有辦法傳達貼切心情的遺憾，強烈的感情隨時有可能爆發。

〈如何？妳喜歡艾莉的聲音嗎？〉

泰德一邊問，一邊觀察著我的表情。

艾莉的聲音非常纖細，儘管是很棒的人類女性聲音，卻比我所想像的女性嗓音更細上一些，而且更加尖銳。

我試著閉上雙眼，想像艾莉是個什麼樣的人類？她應該有著削瘦的身材、嬌小的臉蛋，以及一頭金色的及肩直髮，若不是端莊的大小姐，就是一個害羞的女學生。總覺得與我所想像的形象有一些落差，我希望成為一個更加強而有力的女性。

『我想試試其他的聲音。』

〈好，妳喜歡什麼樣的聲音？有什麼要求嗎？〉

『艾莉的嗓音有點太過年輕了，我想要的是更加沉著穩重的聲音，最好能夠有一股強盛的氣勢。』

泰德看了我的要求後，稍微想了一下，轉身面對電腦螢幕。

〈OK！接下來，我們試試娜塔莉的聲音，說兩句話試試看。〉

我像剛剛一樣，做了自我介紹。這一次的聲音確實強勢得多，那是一種對自己相當有自信的人類女人的聲音。這一點的確讓我很中意，只是對這個嗓音還是不那麼滿意。

我所想像的娜塔莉，是一個大企業的高階主管，她可能有著灰色的短髮，儘管少了幾分艷麗感，外型維持得相當完美。她是一個能夠讓屬下心生恐懼的女人，一個盛氣凌人的女強人。雖然我喜歡有傲氣的女人，但我希望能夠比較友善，聲音更加開朗明亮一點。

『更加開朗明亮的聲音……』

我對著等待回覆的泰德，提出了新條件。

泰德輕輕點了點頭，又在鍵盤上敲打了幾下。

〈那我們試試艾蜜莉的聲音，希望妳會喜歡。〉

第三種聲音同樣沒能讓我滿意。艾蜜莉的聲音確實很友善，卻友善過了頭。我可以想像艾蜜莉的頭髮一定染成了鮮艷的顏色，肌膚曬成了小麥色，總是穿著清涼火辣的衣服參加宴會。職業或許是個舞孃，擁有非常好的運動神經，身材總是維持著完美的狀態。不過，說起話來有些大舌頭，不是那種會讓人百聽不厭的聲音。

『我相信我能跟艾蜜莉當好朋友，這跟我要的聲音不太一樣。』

泰德見我這麼說，笑了起來。

〈接著我們試試辛西亞，我的同事們都很喜歡這個聲音。〉

辛西亞的優點是咬字清楚，說起話來字正腔圓。不愧是泰德的同事們喜歡的聲音，這個聲音聽起來充滿了知性美。顯然辛西亞的職業若不是研究人員，就是學校的老師。有著一頭油亮的黑色長髮，深藏在眼鏡後頭的雙眸閃爍著好奇心的光輝。放假的日子多半會待在家裡，看書或聽古典音樂。這樣的女性確實非常具有魅力。

不過，我想要的是更加活潑的聲音。這次我沒有多說什麼，只是對著泰德搖了搖頭。泰德見我不滿意，絲毫沒有露出失望的表情。我想這或許代表挑選聲音，真的是一件很困難的事情。使用這種手套的人，一開始可能都會為了挑選聲音而大傷腦筋。泰德一定是因為見過太多像我這樣拿不定主意的人，早已司空見慣，才會完全不放在心上。

挑選聲音遠比預期要困難得多，可說是非常不順利。泰德不斷看我抱怨各種聲音的缺點，卻沒有顯露出一絲一毫不耐煩的表情，依然盡全力幫我挑選。剛開始我還會嘗試比手語來發出聲音，後來自己也累了，便直接聆聽自我介紹的範本。

貝蒂的發音拉得太長、凱特的聲音聽起來像在生氣、汪達的聲音太過低沉、柔伊的聲音太過輕佻、安潔拉的聲音太過嚴肅、奧莉薇亞的聲音太過老氣、克莉斯蒂太過神經兮兮、儷瑪太過精力充沛……

〈聲音隨時可以改，並不是決定之後就改不了。〉

不知不覺已到了傍晚，房間越來越昏暗，泰德打開電燈後如此告訴我。

我想他的言下之意，是聲音隨時可以改，所以不必這麼在意，先隨便決定一個吧！當然我很明白泰德的心情，但我實在不想妥協，因為一旦妥協，就算再怎麼不喜歡，我還是必須將那個聲音認定為自己的聲音。因此想要從有限的選項裡，挑選出自己最能接受的聲音。

〈當然只要妳不滿意，我可以陪妳一直挑下去。〉

泰德或許是見我臉色不太好看，趕緊補上這一句。他真是一個善良體貼的人類，我也不能老是在抱怨。

〈下一個是香妲，試試看吧！〉

我已經聽了幾十種聲音，還是感覺不太對。或許天底下根本沒有能夠讓我滿意的聲音吧？我的心中乍然冒出這樣的念頭，不禁感到鬱悶不已。

『午安，我叫蘿絲，是一頭出身於喀麥隆的大猩猩。』

驀然間，那美麗的聲音令我幾乎忘了呼吸，彷彿香妲就站在我的面前，可以清楚地看見她的模樣。香妲有著貌似我毛髮的黑色肌膚，頭髮也像深夜一般閃爍著漆黑的光澤。每當她跨出一步，微捲的秀髮就會輕輕搖曳，那美貌足以吸引周圍所有人的目光。

我忍不住想要再聽一次她的聲音，於是我移動雙手，讓電腦再次發出她的聲音。

『這是我第一次前往美國。很希望有機會和更多人類說話，與更多人類交朋友，進一步認識更多的人。』

比起其他女性的聲音，我覺得香妲的聲音，更正確地傳達了我的心情。恰到好處的醇厚感，聽再久也不會覺得厭膩，甚至還會讓人欲罷不能。而且她的聲音給人一種真誠的感覺，卻又帶著會講冷笑話的幽默感，不僅溫柔，還有著獨立自主的女性所應具備的堅強。

『泰德，我終於找到了適合自己的聲音。真的是很棒的聲音，謝謝你！』

泰德看著我的手語，露出鬆一口氣的表情。

直到這一刻，我才想起一件事——泰德天生耳聾，聽不見任何聲音。

換句話說，不管我解釋得再多，他都不可能理解我對聲音的堅持。我一方面感到對他很抱歉，另一方面也不禁感到好奇。當初他是以什麼樣的基準，決定了自己的聲音？

『泰德，你的聲音是怎麼決定的？』

明明是剛剛才選出來的聲音，卻讓我有種熟悉的感覺，那是一種真摯、誠實的聲音。

〈我的聲音是我的妻子幫我決定的，她說這個聲音非常符合我的形象。其實我連自己的聲音都聽不見，所以對我來說，什麼樣的聲音都一樣。〉

我與泰德之間的對話不需要聲音，山姆及雀兒喜也會手語，因此當泰德待在研究中心時，會關掉手套的語音機能。然則我仍然清楚也記得當初剛見到泰德時，他說話的聲音。

『你的妻子說得沒錯，那個聲音非常適合你，真的非常棒，幾乎跟我的聲音一樣棒。』

泰德見了我的手語，露出靦腆的微笑。

泰德送了「聲音」給我，這肯定是我這輩子所收過最棒的禮物。不過，泰德聽不見我的聲音，甚至也聽不見他自己的，這讓我的心中充滿了歉疚。

『泰德，我很滿意自己的聲音。一想到可以用這個聲音和人類說話，就覺得好開心。你送給我一個很棒的寶物，但我沒有什麼東西可以回饋你。如果你希望我做什麼事，請告訴我，只要是我能夠做得到的，我什麼都願意。』

〈其實……〉泰德似乎有什麼話想告訴我，卻是欲言又止。他將頭別向一旁，伸手在後腦杓上搔了搔，接著才說出了實情。〈其實我跟山姆已經談好了。只要妳願意使用我製作的手套，對我就是最大的回報，因為妳將會成為我的另一個聲音。〉

『我將成為你的聲音？這是什麼意思？』

〈我這手套還在測試階段，並沒有拿到市場上販賣。山姆找上我，對我說了關於妳的事。雖然心中訝異不已，卻馬上想到一件事。那就是，如果我可以讓大猩猩說話，對這個商品來說，肯定是最佳的廣告。〉

泰德說到這裡，臉色顯得有些尷尬。

『謝謝你！只要是我做得到的事，我都不會推辭。能夠幫上你的忙，我也很開心。要我幫你的手套打廣告，當然沒有問題。』

〈謝謝妳，很高興妳這麼說。我大老遠來到這裡，一切都值得了。〉

泰德露出一臉欣慰的表情，我看了也很開心。

〈後面還有幾項測試，我們明天再繼續吧！今天能找到適合妳的聲音，已經算是相當大的突破。唯一的遺憾，妳的母親似乎不太願意配合。〉

『我會再勸勸她。或許她聽了我的聲音，會更認真接受測試也不一定。』

泰德小心翼翼地將黏貼在我的手指上的標記球一一取下，我們互相擁抱。我將臉貼在泰德的肚子上，心中深深感動於自己的幸運。

我的運氣真的是太好了，生下來就由母親及山姆他們教導我語言，現在泰德又給了我聲音，而這些都是一般的大猩猩永遠無法理解的事物。

語言讓我的世界變得更加遼闊，也加深了我與人類之間的關係。

我與泰德擁抱了許久才分開。

〈謝謝，我們明天見。〉我向他說道。

由於這時已經取下標記球，我的手語不再能發出聲音，這讓我感到有點寂寞。

雖然沒有聲音，泰德還是給了我回應。

決定聲音後的一個星期，我收到了來自美國的特製手套。

戴上它之後，就算不連接電腦，我也能自由靠手語發出聲音。那種難以形容的解放感，讓我興奮到晚上睡不著覺。而在那天之前，母親也已經完成了電腦的微調。

我在得到自己的聲音之後，興沖沖地讓母親聽。我以為母親會跟我一樣興奮，沒想到母親的反應相當平淡，接受電腦訓練的幹勁也沒有提升。後來母親不再與我一同接受泰德的訓練，幾乎都是早上我在接受最後的檢測，母親下午才開始接受電腦微調訓練。

我不明白為什麼母親不肯和我一起接受訓練，我猜測或許是因為我的手語能力比母親好，令母親產生了自卑與嫉妒。不過，除了訓練的時間之外，母親對我的態度完全沒有改變，所以我完全不曉得真相到底是什麼，只能自己胡亂猜測。

母親很快就決定了自己的聲音，這點可說是與我截然不同。聽說牠只聽了一種聲音，就不再聽第二種。而牠所選擇的，就是我當初第一次聽的艾莉。那個聲音在我聽來不僅太過年輕，而且太細。不知道母親聽了之後有什麼感覺，但至少在我聽來，那絕對不會是適合母親的聲音。

或許母親雖然能夠理解人類的語言，卻無法領悟聲音中所隱藏的微妙意義。因此每當我和母親對話時，母親的聲音聽來比我更加年輕，總是給我一種相當不協調的感覺。

在泰德拆開寄來的紙箱時，我感覺到自己的心臟跳動速度遠比平時快上許多。紙箱裡的手套，比泰德所戴的手套要大得多，就連泰德從紙箱裡取出手套的短暫時間，我都感覺過於漫長。我忍不住從後方不斷輕戳泰德的腋下，催促他快一點。

此時，我們已經變成了好朋友，他看我興奮得不得了，笑著安撫我。

〈稍等一下，我得先做些檢查。妳要是不乖，手套可就不給妳了。〉

泰德將剛收到的手套連接上筆記型電腦，把過去我們花了很長時間才蒐集完的動作特徵輸入手套的電腦之中。在這段時間裡，我只好靜靜地坐在後頭，看著他進行操作。

山姆與雀兒喜也都坐在我的旁邊，他們想要確認手套的訓練成果，唯獨母親並不在場。我和所有的人類都對這副手套抱持著滿心的期待，母親卻似乎不太放在心上，牠跟平常一樣，在外頭打擾莉迪做事。

完成了資料傳輸，初期設定也結束之後，泰德才轉頭看著我，以肢體動作指示我伸出雙手。我依照指示做了，泰德為我輕輕戴上手套。

〈已經可以用了，妳試試看吧！〉

我目不轉睛地盯著包覆雙手的手套。那手套的顏色是黑色，與我的體毛相同，非常柔軟、輕盈，而且透氣性極佳。戴在手上的感覺很舒服，就算長時間使用也不會有不適感。

『好漂亮，我很喜歡。泰德，真的很謝謝你這段期間為我們做的一切，我第一次收到這麼棒的禮物。』

那聲音跟我過去所體驗的完全不同。過去都是泰德的筆記型電腦，配合我的手部動作發出聲音，如今變成由我的雙手發音。當然嚴格來說，這與從喉嚨發聲，還是有些許差距。但至少我感覺到聲音是從自己身體發出，這和過去的感覺可說是有著天壤之別。

直到這一刻，我才真正獲得了自己的聲音。每當手套發出聲音時，埋藏著擴音器的手背部分就會微微振動。所謂的聲音，其實就是那輕柔的震動。

雀兒喜聽見我的噪音，以兩手摀住了嘴，眼眶含著淚水。山姆站在她的身邊，輕輕摟著她的肩膀，以充滿驕傲的眼神凝視著我。

〈很高興妳能喜歡，如果可以的話，我好希望能夠聽見妳的聲音。不過，雖然我聽不見，現在卻跟妳一樣興奮。此刻深深感覺到，自己所製作的這個產品，隱藏著連我也意想不到的可能性。〉

泰德的表情讓我明白，他所說的這些話絕非誇大其詞。他那肥厚的臉頰看起來似乎比平常更加紅潤，我相信絕對不是因為非洲太熱的關係。

『山姆、雀兒喜，也謝謝你們。如果沒有兩位，母親和我永遠都只是普通的大猩猩，不會懂人類的語言，也不會懂人類的文化。』

雀兒喜僅是看了我的手語，都還沒有聽見聲音，整個人就撲了過來。她以雙膝跪地，將我緊緊抱住。

「這也是因為妳非常努力。我們一開始也沒料到妳能把語言學得這麼好，甚至比出這麼正確的手語。世界上有妳這樣的大猩猩，可以說是奇跡。」山姆與泰德對看了一眼。「我相信妳的事情，必定能震驚全世界。全世界的人都會聚集到妳的面前，排成長長的隊伍，只為了和妳見上一面。妳會在一瞬間變成全球風雲人物，不，是風雲大猩猩。」

山姆話語剛落，便露出滿意的表情。但我聽不懂他在說什麼？

『什麼意思？為什麼人類會聚集在我的面前？』

「這是必然的結果。除了妳跟妳的母親，這世界上再也找不到第三隻，能夠像人類一樣對話的動物。對妳感興趣的人類，絕對不會只有科學家而已。不管是一般人還是公眾人物，都會想知道從你們的口中會說出什麼話。」

『這是必然的結果？』

我實在不太相信山姆的這幾句話。

「不信妳等著看吧！」山姆以自信滿滿的表情，說道：「不過，妳也別擔心，一切都會非常順利的。」

就在這個時候，我突然想到還有一個應該要道謝的對象，如果可以的話，我真的很希望那個對象此時能夠在場，可惜牠在屋外。那就是，我的母親。

『你們等我一下，我想讓母親也看一看。』

我對著三人說完，便轉身就要走出研究室。

我才剛走了兩步，正打算要開門，忽然聽見背後傳來可怕的尖叫聲。那是我從來沒有聽見過的聲音，讓我嚇得回過了頭。

發出聲音的人，顯然是泰德。只見他睜大了雙眼，張大了口。

〈怎麼了嗎？怎麼回事？〉

我伸出右手的拇指及小指，放在下巴的底下，但手套並沒有如我的預期發出聲音。

〈我應該要早點想到才對，真是個大笨蛋！〉

泰德以雙手抱著頭，蹲在地上，嘴裡如此咕噥。

我凝視著手上那不再說話的手套，那副黑色的手套，看起來沒有任何異常。

〈難道是壞掉了？〉我與泰德互相對看。

〈真的是很抱歉，我完全忘了妳是大猩猩！我明明知道，卻完全沒想到。〉

泰格不僅情緒激動，而且顯得相當沮喪。

〈為什麼會壞掉?〉

〈妳剛剛不是用拳頭抵著地面走路嗎?那手套的手背處藏有許多感應器,精密的電腦晶片,當然無法承受妳的體重,所以我得趕快設法改變手套的內部結構才行。〉

「改變內部結構?來得及嗎?羅德參議員可是下星期就要來了。」

我還沒有開口,山姆已搶著提出質疑。而我連羅德參議員是誰都沒有頭緒,看來山姆在私底下為我做了許多事。

〈別擔心,我會盡量想辦法趕工。〉泰德緩緩起身,如此告訴山姆。

我與手套只相處了相當短的時間,就必須分開了。儘管內心相當不捨,也只能遵從泰德的決定。

精密的感應器既然不能配置在手套的手背,當然掌心也不行。因為在抓東西或攀爬樹木的時候,掌心勢必會承受強大的壓力。這麼一來,感應器就只能裝設在每一根手指的側面。但裝在手指側面真的就沒問題嗎?沒有人能夠回答,就連我自己,也搞不清楚平常手指會承受什麼樣的力量。

幸好箱子裡還有另一個備用的手套,泰德修改了手套的內部線路結構,讓我可以在戴著手套的狀態下走路。想當然耳，改造之後的手套，無法正確地說出我想要表達的意思。

〈又要重新進行微調了。蘿絲，真的很抱歉！〉泰德帶著一臉歉意地向我鞠躬。

〈既然還能挽回，那就沒關係。只要能夠得到聲音，我做什麼都願意。〉

〈謝謝妳，現在我們得先確認新的線路配置沒有問題才行。能不能請妳戴著手套生活一整天看看？過了一天之後，如果感應器都沒有受損，我們再來進行電腦微調。〉

為了確認新的手套能不能適應大猩猩的生活，我與母親一同外出，走在叢林之中。我像平常一樣在泥巴中奔跑，吃果實，攀爬樹木，浸泡在沼澤中，吃植物的根。填飽了肚子之後就午睡。到了傍晚，我與母親一起在樹上搭建床鋪，準備迎接夜晚的來臨。

自從和泰德他們分開之後，我就非常擔心手套的狀況。這手套非常柔軟，完全服貼我的手掌，對日常生活並沒有造成任何妨礙。我甚至還覺得戴上手套後，走起路來更舒服。

不過，手套有沒有損壞，只有泰德才能確認。如果手套毀損，就代表其基本結構必須大幅修改，當然我得到聲音的日子也會變得遙遙無期；最壞的情況，研發計畫還有可能遭到放棄。一想到這點，我更是對手套小心呵護，彷彿將它當成了玻璃製品。

雖然泰德告訴我：「盡可能不要跟平常有所不同。」但不管是爬樹，還是敲破果殼，我都盡量不擠壓到指頭的側邊。甚至進入沼澤之前，我還先向泰德確認過手套有沒有防水功能，若不防水的話，我絕對不會靠近有水的地方一步。

正因為我一度以為已經得到了聲音，所以我非常害怕失去它；正因為我曾經夢想過可以跟很多人類對話，所以無法法忍受繼續當一頭平凡的大猩猩，過著一如往昔的日子，在叢林裡度過餘生。

我躺在樹床裡，把兩隻手掌安放在肚子上，完全無法入眠，很擔心一個翻身就有可能撞壞手套，所以根本不敢亂動。

經過了漫長的一夜，回到研究中心確認結果。泰德告訴我，手套的機能完全正常，並沒有毀損，我這才放下了心中的大石。

泰德馬上就想進入電腦訓練階段，但我懇求他給我一點時間，讓我回到叢林裡。畢竟昨天一整天，我的精神完全處於緊繃的狀態，現在如果不睡個午覺，可能會累倒。

從研究中心回到叢林裡，我立刻躺在一片灌木叢旁呼呼大睡，這一覺可是一直睡到了下午才醒來。

六

一星期之後，我們在貝托亞類人猿研究中心迎接了第二位客人，那就是羅德參議員。這一次，山姆與雀兒喜特地前往雅溫德的恩西馬蘭國際機場（Yaoundé Nsimalen International Airport）迎接客人。

山姆告訴我，羅德參議員是影響我能不能前往美國的最關鍵人物。山姆明知道我的個性絕對不會隨便亂咬人，還是特地再三提醒，在羅德參議員面前一定要規規矩矩。

「妳想要去美國，一定要設法讓他喜歡妳。」

『我是一頭最乖巧的大猩猩，每個人類都會喜歡我。』

我對著正要坐上吉普車的山姆如此說道，心中其實充滿了不安。

在山姆他們回到研究中心的三十分鐘前，我就已經坐在研究中心的門口，思考著該如何迎接羅德參議員。

我曾經見過的人類，就只有山姆、雀兒喜、泰德、提歐、莉迪，以及提歐帶進叢林裡的觀光客。山姆他們就像是我的家人，觀光客來到非洲就是為了看大猩猩。仔細想想，過去每個人類都喜歡我，可說是理所當然的事情。

這是我第一次與參議員這種擁有身分地位的人類見面，老實說實在沒有把握能夠被他喜歡。政治家這種人類，過去我只在電視新聞上看過，所以不知道自己應該表現得熱情親切，還是保持適當距離。

研究中心的外頭受到強烈日光蒸曬，地面燙得嚇人。叢林的上方有著厚厚的雲層，隨時都有可能下大雨。我在心中暗自期盼參議員進屋子之前，千萬不要下雨。如果他被雨淋成了落湯雞，對我的第一印象肯定也會變差。

我在研究中心門口等了好一陣子，終於看見山姆的吉普車自遠方駛來，揚起了大量塵土。黑色的吉普車開進了研究中心前方的停車區，我以拳頭在地上一頂，站了起來。

一個身材修長的男人，以瀟灑的動作從副駕駛座走了下來。那男人的年紀看起來介於中年至老年之間，一頭花白的短髮以髮蠟梳理得服服貼貼，身上穿著沒有一絲皺紋的平整襯衫及工裝褲，臉上戴著太陽眼鏡。

男人一看見站在研究中心門口的我，立刻取下了太陽眼鏡，隨手掛在襯衫的領口處。他朝著我上下打量，一雙靛青色的眼珠流露出強烈的好奇心。

「這就是你們說的那頭大猩猩？」羅德參議員轉頭望向山姆，問道。

『幸會，羅德參議員。』我不等山姆開口，已搶先招呼道：『我叫蘿絲，是一頭低地大猩猩。很榮幸能夠見到你。』

羅德參議員聽見我的聲音，背影微微彈起，似乎是嚇了一跳。他轉過頭來，睜大了眼睛直瞪著我瞧。

『參議員舟車勞頓，想必很累了吧？』我接著說：『聽說，你從前曾經在非洲住過一陣子，如今回到久違的非洲，不知有何感想？』

參議員似乎不敢相信眼前的景象，再度轉頭望向山姆，似乎懷疑是山姆在搞鬼。

「羅德參議員，請容我向你介紹，牠就是蘿絲。現在你應該明白，我為什麼希望你能見牠一面。」

山姆露出得意洋洋的表情，用力關上吉普車的車門。

「真是抱歉，儘管聽山姆說明過，但還是不太相信妳真的會說話。請原諒我的失禮！能夠見到妳，是我的榮幸！」

參議員似乎終於相信我是一個可以交談的對象，他朝我踏出一步，對著我伸出右手。我以雙手輕輕握住他的右手，與他行了握手之禮。

不知道是不是因為我的握手動作做得太過理所當然，他笑了出來。

『有什麼不對嗎？』

我有點擔心自己是不是做錯了什麼事。

「沒什麼，只是感覺自己像是在做夢。看來我得花一點時間才能適應，真的很抱歉，我沒有惡意。」

『我明白，我也是最近才得到聲音。剛開始自己也很驚奇，這兩天好不容易才習慣的。你應該很累了吧？請到屋裡坐坐。』

我一說完，便打開研究中心的門，走了進去。

羅德參議員見了我的言行舉止，一臉茫然地站在門外，一動也不動。

『現在是雨季，隨時都可能會下雨。』我回頭建議道：『最好不要一直待在屋外。』

羅德參議員再度笑了出來，他輕輕搖頭，甩掉臉上的笑容，走進屋內。

我抓住屋裡最漂亮的一張椅子的椅背，將它拖到參議員的面前。

『這裡名義上是研究中心，說穿了，不過是幾間能夠遮風避雨的小屋，實在不是適合招待參議員的地方，還請見諒！』

或許是因為我平常從來不曾用這麼客氣的口吻說話，這次輪到雀兒喜及山姆笑了出來。

當初明明是山姆要我在參議員面前規規矩矩，我照著做了，他居然來取笑我。我心裡有些悶氣，決定捉弄他一番。

『山姆，怎麼還不給客人泡杯咖啡？』

山姆聽了我的吩咐，露出一臉尷尬的表情，走到房間後頭泡咖啡去了。

「妳不僅會比手語，還知道怎麼招呼客人。」參議員坐在我拖出的椅子上，對著我說道：「才剛見面沒多久，我就已經被妳嚇了好幾次。能不能向我介紹一下妳自己？妳是怎麼學會語言的？」

參議員的表情非常認真，他的眼神有一股強大的力量，足以令我受到震懾。雖然他有著一對年輕的雙眸，但眼睛周圍及下巴的皺紋透露了他的年齡。

『我的手語是我的母親及雀兒喜、山姆他們教的。』

「妳的母親？」參議員皺起眉頭。

「我們最初的計畫，是教導蘿絲的母親約蘭妲手語。」雀兒喜一邊將椅子擺在我的身旁，一邊說：「我從前當學生時，學過美式手語。約蘭妲剛出生那時身體十分虛弱，罹患了肺炎，遭家族棄置不理，我們只好暫時把牠留在研究中心裡照顧。剛開始教牠手語，只是一時興起，沒想到牠學得非常好。」

「原來如此，現在我明白蘿絲為什麼會手語了。」參議員接過山姆遞來的咖啡，輕輕點頭致謝，接著問道：「有一點還是讓我百思不解，那就是為什麼過去從來沒有人知道這件事？現在這個年代，光是隨便一隻貓做出有趣動作的影片，都可以在全世界瘋傳。你們這裡有兩頭能夠和人類對話的大猩猩，照理來說，應該很快就會在全世界引起騷動。你們刻意保持低調，是不是有什麼理由？」

山姆與雀兒喜聽了參議員這個問題，對望了一眼，似乎有些不知如何回應。

「這說起來話長。」山姆清了清喉嚨，解釋道：「我們遇到的最大瓶頸，是以往人類與動物溝通的相關研究。在七〇年代，有很多學者嘗試讓動物學會使用語言，但這些研究最終引來懷疑派學者的嚴厲批判。到目前為止，這個領域幾乎沒有任何一位學者獲得成功，而這正是我們遲遲不敢對外公布成果的最大理由。我們倒也不是刻意要把蘿絲母女藏起來，只要是曾經來過德賈動物保護區的觀光客，其實都知道這裡有兩頭會手語的大猩猩。」

「原來如此。」參議員靜靜聽完了山姆的話，接著說道：「前人的研究反而造成了阻礙，這是多麼諷刺的一件事。這兩頭大猩猩可以用奇蹟來形容，竟然這些年來全世界沒有幾個人知道。」

參議員在說這幾句話時，我就坐在他的面前，他輕輕撫摸我的肩膀。

「聽說，妳想要去美國？妳知道美國是個什麼樣的國家嗎？」

『美國是自由的國土，是勇士的家鄉。』我隨口引用了美國國歌的歌詞。

參議員登時眉開眼笑，他輕輕舉起雙手，擺出一副投降的動作。

「我不知道你們用了什麼樣的手法來教育牠。」參議員看了看山姆，又看了看雀兒。

「但在我看來，這位蘿絲似乎比我的孫子還聰明。這真是太神奇了！沒想到大猩猩能夠有那麼高的智力。你們有辦法評估出，牠的智力到什麼程度嗎？」

「我們曾經讓蘿絲接受過各種測試，目前牠的智力大約相當於人類的高中生，而牠的母親約蘭妲只相當於人類的五歲孩童。蘿絲或許是因為從小接受母親教導語言的關係，牠的學習能力比母親好得多。」

「原來如此。」參議員聽了雀兒喜的說明後，用力點頭，接著對著我說：「妳如果想去美國，還得把《效忠宣誓》（Pledge of Allegiance）*背熟才行。」

參議院的口氣充滿了玩笑的意味，還用手掌輕輕拍了我的頭。這種把我當成孩童看待的舉動讓我有些不滿，我決定嚇一嚇他。

『你如果想聽，我現在就可以背給你聽。』

「妳背得出來？」

參議員似乎把我的玩笑話當真，他上半身朝我湊來，拉高了音量。

「真是抱歉，牠很喜歡開玩笑。」雀兒喜急忙在旁邊插嘴道：「牠目前再怎麼厲害，也還不到那個程度。」

「哈哈哈，看來我被反將一軍了。」參議員縱聲大笑，表情看來有些鬆了口氣。

我暗自下定決心，一定要把《效忠宣誓》背得滾瓜爛熟，讓美國人大吃一驚。

「牠不僅懂得禮數，腦袋聰明，而且還喜歡說笑話。把牠帶到美國，一定會大受歡迎吧！」參議員在自己的膝蓋上輕輕一拍，接著說：「好，我會盡可能幫助你們前往美國。你們需要什麼樣的協助，儘管告訴我吧！」

聽到這句話，我終於從緊張感中獲得解放，一時興奮，便忍不住撲上前去，抱住了參議員。我的衝動行為讓參議員嚇得發出一聲驚呼，但他隨後也將我抱住，輕輕撫摸我的背。

「妳很開心嗎?能讓妳這麼開心，我也很開心。」

『謝謝你，參議員。我一生都不會忘記你的恩德。』

「這次我提早結束在法國的假期，大老遠來到喀麥隆，看來是來對了，我交到了一個很棒的朋友。可惜我能夠待在這裡的時間不多，今天晚上就得搭班機離開。」

參議員的表情相當誠懇，看得出來他真的捨不得與我分開。

『你要走了?不是才剛來嗎?』我很想跟參議員多聊一聊。

「妳放心，等妳來到美國，我們還有很多機會可以見面。話說回來，要把妳送到美國，並不是一件容易的事。我想妳自己應該也很清楚，妳是瀕臨絕種的保育類動物，不是什麼單純的行李。在把妳送到美國之前，美國政府得先與喀麥隆政府進行交涉才行。或許透過你們的關係，美國與喀麥隆能夠建立更深的合作關係也不一定。所以妳的立場就像是一名親善大

＊注解：《效忠宣誓》（Pledge of Allegiance）是美國民眾向國家表達忠誠的誓詞。背誦這則誓詞，是美國重要集會的基本儀式之一。

使，不僅是由喀麥隆送入美國的親善大使，更是由叢林送入人類社會的親善大使。我非常期待你們的未來表現。」

『我從來沒有這麼想過。親善大使這種重責大任，我實在是背負不起。畢竟我從來沒有離開過叢林，就連對喀麥隆，也是一無所知。』

參議員的話帶給我些許不安，果然他眼中的視野跟我是不能比的。突然接觸這種政治家的思維，讓我感覺到一抹恐懼在心中油然而生。

「不用擔心，妳只要做妳自己就行了，什麼問題都不會發生。我剩下的時間不多了，還得跟山姆及雀兒喜談一談今後的計畫。妳先到外頭去玩，好嗎？我要走之前，會再跟妳打個招呼。」

蹤使我很想繼續待在房間裡，和他們在一起，不過參議員的話，帶著一股不容他人違背的無形壓力。或許他們要談的事情，並不適合讓我聽見吧？儘管不太願意，我也只好無奈地走出屋外。

我本來打算回到叢林去尋找母親，但實在對他們的談話內容感到好奇，於是我悄悄地繞到了屋子的後頭。一如我的預期，小屋的窗戶並沒有關上。我站在窗外，能夠將三人的對話聽得一清二楚。

「……大猩猩竟然能夠說出那麼流利的語言，真令人不敢相信！當初我讀信時，還半信半疑，現在親眼目睹，終於完全相信了。如今我的心情，就像是見證了一場奇蹟。這頭大猩猩所能帶來的經濟效果，大得令人難以估計。但我還是得再確認一次，牠真的不具危險性嗎？牠剛剛朝我撲過來，嚇得我差點心臟麻痺。」

「真的非常抱歉！」雀兒喜代替我向參議員表示歉意。「牠的夢想終於可以實現，所以有些興奮過了頭。平常牠絕對不會做出那樣的舉動，當然也不會做出任何加害人類的行為。我們相信牠沒有任何危險，而且我們也會叮嚀不要再做出那樣的舉動。」

我坐在地面上，仰靠著小屋，耳中聽著屋內三人的對話，心裡暗自反省剛剛的行為實在是太魯莽了。

「聽妳這麼說，我就放心了。今後在這方面要是出了問題，事情可能會相當棘手。畢竟不管再怎麼聰明，牠還是一頭禽獸。若想要進入人類社會，前提是牠不能做出任何危害人類的舉動。不，就算沒有實際的舉動，光是讓社會輿論認為牠對人類懷抱惡意，都會惹出不少麻煩。既然牠能夠與人類交談，過去牠是否曾經對人類惡言相向，或是頂嘴反抗？」

「牠是一個很溫柔的孩子，雖然喜歡開玩笑，但從來不曾對人惡言相向。而且也很乖巧，不曾發生過頂嘴反抗這種事情。不過，牠在這裡畢竟是受到保護的動物，一旦進入人群之中，或是遇上懷抱敵意的人類時，牠會做出什麼樣的反應，老實說，我們也無法預測。」

「原來如此，妳這麼說也有道理。就算牠對人類沒有惡意，但在特殊的狀況下，誰也不能保證牠會做出什麼事。為了保險起見，將來牠到了美國，身邊最好隨時有人跟著。對了，按照你們剛剛的說法，蘿絲的母親也會手語？牠為什麼不在這裡？」

「真的很抱歉，約蘭妲的脾氣比較古怪，我們也沒有辦法掌控。關於去美國的事情，牠也顯得興致缺缺，不像蘿絲那麼積極。牠現在在叢林裡，我想應該就在這附近……」

「原來是這麼回事。既然母親也會使用手語，最好是把母親也帶到美國。最讓我感興趣的一點，是蘿絲小時候曾由母親教導手語，這是否意味著將來母親如果又生了孩子，或是蘿絲自己生了孩子，那孩子也能學會手語？」

「老實說，這一點我們也不清楚。如果蘿絲教自己的孩子學手語，或許孩子會願意學，只是能學到什麼樣的程度，就很難說了。畢竟我們無法找到合適的比較對象，來證明為什麼蘿絲擁有這麼高的智力及辨識能力，目前一切都還只是假設的階段。或許來自母親的教導，是學習手語的重要環節；也或許大猩猩必須在叢林裡過著原本的生活，才能擁有語言學習能力。現階段我們只能推測蘿絲的性格，很可能是重要的原因之一。」

這次輪到山姆回應參議員的疑問。

「性格？」參議員揚起了眉毛。

「只要仔細觀察大猩猩，就會發現每一頭大猩猩的性格都不一樣。這說起來是理所當然的事情，有些大猩猩的警戒性比較強，有些大猩猩的好奇心比較旺盛。蘿絲就是好奇心特別旺盛的大猩猩，牠對周遭事物的興趣及關心，遠遠超越其他大猩猩。自從學會語言之後，牠就像人類的孩子一樣，不管遇上任何事情都會想要問個一清二楚。相較之下，牠的母親約蘭妲幾乎不曾詢問任何問題。還有一個關鍵，那就是蘿絲能夠透過觀看影片學習新知識，但包含約蘭妲在內，其他的大猩猩都做不到這一點。目前我們還沒有找出確切的原因，只能說恐怕這也是蘿絲的性格使然。」

「原來如此。總而言之，你們也不知道蘿絲為什麼如此聰明？儘管不清楚蘿絲變得這麼聰明的理由，一旦牠生下了孩子，教導孩子學會手語的機率並不低，是嗎？」

「沒有錯。」

「好，我明白了，這個問題特別重要。美國政府若真的要向喀麥隆政府商借蘿絲母女，牠們未來生下的孩子屬於哪一國，是首先必須釐清的問題。既然牠們的孩子也可能使用手語，我們必須設法讓美國獲得孩子的養育權。」

我的孩子？聽到參議員的這幾句話，我嚇得差點叫出聲音來。

我只不過是想要到美國去看一看，沒想到他們對我的期待遠遠超越了想像。什麼親善大使、什麼經濟效果、什麼孩子的養育權，許多讓我摸不著頭緒的事情，就這麼在我不在場的情況下被討論著。

泰德那件事不也是這樣嗎？即使我確實很想得到泰德的手套，不過早在我跟他見面之前，他們就已經說好要讓我替泰德的公司打廣告。

雖然參議員告訴我：**「只要做自己就行了。」**但他們每個人都對我抱持著不同的期待。我替泰德的公司打廣告，或許到頭來只是給他添麻煩。我就算好不容易到了美國，最後面臨的下場可能是沒有人類願意理我。

到那時候，我該如何是好？他們是不是會將我趕回叢林裡，拿走我的手套？

「還有一點，你們之前曾提到過，牠手上戴的那個手套的製造公司，希望以牠的影片來打廣告？」

「是的，ＳＬ科技的泰德・麥卡錫負責這件事情。他上個星期還在這裡，如今回位於加州的總公司去了。」

「拿蘿絲的影片來打廣告，肯定可以引發相當大的話題。只不過，蘿絲的名氣越響亮，我們與喀麥隆政府的交涉就會越困難。如果可以的話，我希望在我們與喀麥隆達成協議之前，先不要對外公開蘿絲的影片。如果是在達成協議之後，炒熱話題反而能夠有加分的效果。我相信只要手套製造公司與我們互相配合，一定能夠創造出雙贏的結果。ＳＬ科技的泰德・麥卡錫，是嗎？等等把他的聯絡方式告訴我，由我來跟他談一談。」

「好的，我們也會告訴泰德，參議員有事與他聯絡。」

「謝謝，那就麻煩你們了。另外，就是關於大猩猩的基本特徵。牠們的壽命有多長？如果把蘿絲母女送進動物園裡，牠們有辦法適應嗎？」

「野生大猩猩的壽命大約三十至四十年。養在動物園裡的大猩猩，壽命會更長，超過五十歲的例子也不少。一般的野生大猩猩，突然從叢林進入動物園，恐怕會不太能適應，但蘿絲及約蘭妲都已同意將來住進動物園。當然有很多問題得等實際到了美國才會察覺，不過牠們能夠明確表達自己的想法，要改善牠們在動物園內的生活應該不是難事。尤其是蘿絲，牠對前往美國抱持著相當大的期待，就算遭遇什麼困難，應該也能夠忍耐。」

「原來大猩猩的壽命這麼長，看來要租借多少年，是個必須謹慎評估的問題。最好能夠借個十年至十五年，而且要加上能夠延長的條件。」

租借！原來我不是單純搬到美國，而是由喀麥隆政府租借給美國政府。剛剛參議員明明說他是我的朋友，現在卻把我當成了任憑擺佈的玩具。我心裡不禁感到有些懊惱。

就算我去了美國，將來總有一天也得回到這裡，而且什麼時候回來，不能由我自己決定。有一天，如果美國認為不需要我了，不願意延長租借年限，我就會被丟回喀麥隆。假如我的孩子被認定歸屬於美國，一旦我被送回喀麥隆，就再也見不到自己的孩子。

當初雀兒喜對我提起前往美國的事時，我真心覺得這一切有如一場美夢。當美夢化為現實之後，我才明白這背後有著太多不知道的利害關係。

這真的是我所追求的夢想嗎？

當然我心裡很清楚，不管我再怎麼無法接受，這都是我前往美國的唯一方法。

我是一頭瀕臨絕種的大猩猩，無法像貓、狗之類的寵物一樣，被輕易帶往國外。為了保護動物而簽訂的《華盛頓公約》，如今卻成為奪走我自由的枷鎖。

就算得知更多隱情，也只是讓自己變得更加痛苦而已。我決定遠離小屋，走向叢林。

過去我總是認為母親對於自己的人生太過漠不關心，如今看來，或許漠不關心才是正確的做法。一旦抱持太大的期待，必定會遭到背叛。

參議員後來又與兩人談論了兩個小時左右，就出發去機場了。在宛如瀑布一般的傾盆大雨中，山姆所駕駛的吉普車載著參議員，很快就已看不見蹤影。

七

羅德參議員造訪貝托亞類人猿研究中心後，大約有半年的日子，我們的生活沒有任何變化。我雖然拿到了泰德製作的手套，但日常生活中根本沒有使用的機會。

雀兒喜和山姆都會手語，與他們對話根本不需要會發出語音的手套。莉迪不會手語，卻由於個性太過急躁，從來不曾等上一、兩秒，讓我的手套發出語音。在她的觀念裡，對話似乎不是一種溝通與交流，而是一種音樂，她沒有辦法忍受對話的節奏，因任何理由而受到妨礙，所以她不願意聽我的手套說話。到頭來她需要的只是一個能夠聽她說話的對象，所以手套對她來說，是毫無意義的東西。

我決定把手套交給雀兒喜保管，而雀兒喜把手套放在抽屜裡，我幾乎每天都會請她打開抽屜讓我看一眼，確認那手套並不是我在做夢。

每天早上，我都得先確認手套還在抽屜裡，才會開始一天的作息。我相信這對雀兒喜來說，是一件相當麻煩的事情。然而，她從來不曾露出不耐煩的表情，每次打開抽屜，總是會告訴我：「看，手套在這裡，不用擔心。」

與羅德參議員的相遇，讓我的心情變得有些複雜。接下來的半年時間，只能用枯燥乏味來形容，彷彿要前往美國的事情打從一開始就不存在。再也沒有其他人前來拜訪，我也不必再為任何事情做準備，唯一要做的，就是等待。只不過，我越是等待越是感覺時間的流動，異常的緩慢。

如果我過的是從前的生活，至少每天可以跟家族裡的孩子玩耍，應該能夠過得還算充實。我還可以在叢林裡到處閒晃，每天生活在不一樣的地點、吃不一樣的果實、睡在不一樣的樹木上。然而，這段期間因為雀兒喜及山姆的吩咐，我跟母親只能在研究所的附近活動，每天做著相同的事情，那樣的生活實在令人難以忍受。

有一天山姆告訴我，失去了父親之後的妮農家族，被生活範圍剛好重疊的卡彭戈家族吸收合併了。我仔細查看貼在研究中心牆壁上的叢林地圖，發現卡彭戈家族正在研究中心的附近。只要我在一大早出發去尋找卡彭戈家族，應該趕得及在晚上回到研究中心。

一成不變的生活，已經讓我感到難以忍受，我想要回去見一見那些久違的同伴。算起來已經有半年的日子沒見到牠們，當初還年紀幼小的娜汀及拉薩爾或許已經長大了不少。

到了隔天，我根據地圖上記載的地點，展開了一場小小的旅行。我對這附近一帶已經相當熟悉，不可能會迷路，而且就算稍微遠離研究中心，山姆及雀兒喜應該不會發現。

我走向叢林的深處，明顯感覺到周圍的空氣變得越來越濃稠而沉重。到處瀰漫著青草味及花香，每當我將拳頭抵在地面上，都會濺起不少泥土，同時揚起一股獨特的氣味。更重要的一點，是叢林裡的那些動物氣息及鳴叫聲，令我感到好懷念，心情也跟著變得愉快。雖然能夠待在這裡的時間並不多，但心境上像是回到許久未歸的家園。

一群模樣看起來像是留著白鬍子的長尾猴（Guenon），從樹上俯瞰著我，不時發出叫聲。另一棵樹上的變色龍動也不動，正靜靜等待著昆蟲靠近。一隻巨蜥趴在附近小溪的岩石上休息。蕨類植物的陰影處，有一群雨蛙正發出可愛的歌聲。

一旦去了美國，不知道什麼時候還能再回到叢林裡。內心突然冒出了這樣的想法，緊緊束縛住我的心，令我不由得停下腳步。叢林裡的景色、聲音、空氣及味道，一切的一切，此時都讓人感到難以割捨。

我緩緩環顧四周，想要將這一切深深烙印在眼底，用力吸了一口氣，試著將那芳香刻畫在記憶的深處。

這裡是我出生的地方，是我從小生活的故鄉。母親在這裡擁抱著我，父親在這裡守護著我，家人們和我在這裡共同生活。我現在正要出發前往尋找我的家人、我的同伴，相信如果我沒有好好向牠們道別，內心一定會留下遺憾。

當初只是抱著輕鬆愉快的心情開始這趟旅程，如今卻變成了遠行前的告別儀式。

我不斷走向叢林的深處，踏在那由綠色及茶褐色所組成的道路上。不管我望向哪個方向，看見的都是熟悉的景色——與同伴們玩耍的岩石堆、一邊抱著提歐一邊與觀光客交流的窪地、聽父親教導什麼樣的果實可以食用的樹叢，每個地點都充滿了各種回憶。

此刻的心情，就像是在回顧過往的人生，每一段回憶都是如此閃亮耀眼，彷彿是在說服我回心轉意，不要離開這片土地。一想到接下來必須揮別幸福的叢林生活，走上新的人生道路，內心便著實感到依依不捨。

正當我沉浸在懷舊的氛圍而難以自拔時，不遠處的灌木叢忽然傳來大型動物移動的聲響，將我拉回了現實。地面的青草不停發出沙沙聲響，那大型動物似乎正在朝我靠近。我緊張地蹲了下來，擺出隨時可以逃走的姿勢，靜靜地等待對方的出現。

撥開灌木出現在我眼前的，是一頭大猩猩，而且不是普通的大猩猩，那正是半年前我尋找了很久都沒有找到的艾薩克。許久不見的艾薩克，體格比以前更加強健，儼然帶著一股氣勢。從前那有點畏縮的態度已經消失得無影無蹤，取而代之的是充滿自信的倨傲之姿。那昂首闊步的模樣，令我想起了昔日的父親。

艾薩克一看見我，便緩步朝我走來。從枝葉縫隙灑落的陽光，照亮了牠的黑色體毛。那壯碩而氣派的身體，在昏暗的叢林中搖擺前進，散發出一股令人肅然起敬的威儀。牠背上的毛似乎正從黑色轉變為銀色，這也使得牠看起來，完全不像是當年跟我一起遊玩的牠了。

這突如其來的重逢，令我一時慌了手腳。但很高興能夠再見到艾薩克，當初我到處找不到牠，心中留下了相當大的遺憾。不過，這次如果牠又像上次一樣要我與牠一起生活，我還是沒有辦法答應，畢竟我準備要前往美國，而且許多人都在為著這件事到處奔走，這已經不是我自己一個人的事情。

艾薩克來到我的面前，發出了代表歡欣的低沉鳴叫聲。我受到牠那欣喜的態度影響，也以歡喜的鳴叫聲回應牠。半年前看起來還觸目驚心的額頭傷痕，如今已痊癒了大半，反而更加增添牠的威嚴。被牠看著的感覺輕飄飄的，讓我不禁有些害羞。

好想再一次跟牠在山林裡奔跑，跟牠一起覓食，跟牠一起睡午覺。我心裡雖然這樣想，卻不好意思主動邀約。而艾薩克已不再像從前是個孩子，牠也沒有邀我一起遊玩，只是在我的周圍緩緩繞著圈子，似乎是在觀察著我。

艾薩克繞著我轉了幾圈之後，發出短促的鼻音，接著轉身走回牠剛剛出現的那片灌木叢。在鑽入灌木叢內之前，牠又發出一次鼻音，催促我跟牠走。我心裡有點猶豫，因為牠的前進方向與我想要去的方向不同。掙扎了半晌後，還是決定跟隨在牠的身後，我想要跟牠多相處一段時間。至於加入了卡彭戈家族的那些舊家人，可以晚一點再去找牠們。

跟隨在艾薩克的後頭，走了大約五分鐘，來到一片寬廣的沼澤地。艾薩克毫不遲疑地走進水裡，我也跟著進入了水中。回想起來，我已經好久沒有像這樣浸泡在水裡了。

皮膚接觸沁涼的沼澤水，感覺非常舒服。移動時，包覆著身體的體毛會隨之擺動，如今的我甚至對這種感覺也無比懷念。我們的腰部以下都浸泡在水中，艾薩克將手伸到沼澤底部掏摸，抓起一些水草的根部，而我也模仿牠的動作，抓起水草放進嘴裡。最近我吃的都是研究中心周邊的植物及果實，如今終於嚐到新鮮的水草，那脆嫩的口感令我感動不已。我們就這麼默默吃了好一會，艾薩克心滿意足地打了一個飽嗝，我也打了一個嗝來回應牠。

這讓我感覺自己終於回歸到了大猩猩該有的野地生活，這半年來內心不斷累積的緊張感，終於在這一刻獲得釋放。在大自然之中過著原始生活，是一件多麼美好的事啊！當我和艾薩克在一起時，能感覺叢林中有著一切我所需要的事物。

這裡和羅德參議員所置身的世界，可說是恰恰相反。在這裡，我不必顧慮他人的心情，不必勉強自己配合他人，也不必為了經濟或政治的問題而煩惱，我可以擁有自由自在的生活。當然，大自然的世界也有其嚴苛的一面。這裡有著不存在於都市中的危險，往往只要一個不留神，就會丟掉寶貴的性命。然而，只要跟隨一個優秀的領袖，與眾多的同伴一起行動，就可以避免大多數的危險。

如今的我，就像一頭平凡的大猩猩，嚮往著大自然的生活。就在我的腦袋裡充塞著這樣的念頭時，我遇上了另一樁更棒的事情。原來在我沒留意時，還有另一頭大猩猩來到了沼澤附近。那頭大猩猩搖晃肩膀的動作，是那麼靈動而優雅，而我只看了一眼，就認出了牠來。那正是當初在我們的家族之中，與我感情最好的阿美娜。

阿美娜的年紀比我稍長一點，我們總是玩在一起，對我而言，牠就是一個溫柔體貼的姊姊。正因為我們的感情實在太好，所以當阿美娜離開家族，進入波波勒家族時，我真的很難過。而波波勒家族的活動範圍，在距離我們非常遙遠的西邊，所以自從阿美娜離開之後，這是我第一次和牠重逢。

我看見阿美娜，心裡又驚又喜，立刻爬上岸邊，朝牠走去。阿美娜看見我，發出雀躍的打招呼聲音。我像從前一樣，以右手輕輕撫摸牠的腰際及背部，牠也伸出手，在我的頭上輕拍，接著我們互相在對方的身上搔癢，在地上翻滾嬉戲。

我有好多話想要對牠說，有好多事想要告訴牠。我想要讓牠知道，自從牠離去之後，我有多麼寂寞；我想要告訴牠，當初經常和我們玩在一起的約基姆，如今也已過起了獨立生活；我想要告訴牠，薇薇生了一個名叫卡里姆的可愛孩子，但我們家族遭墨里斯父子攻擊，卡里姆被殺死了；我想要告訴牠，我們的父親耶沙烏已經死了，而我不久之後就會前往美國。當然我很清楚，阿美娜不會語言，以上這些事情，我根本沒有辦法告訴牠。同樣的道理，我也無法得知牠在進入波波勒家族之後，過著什麼樣的生活。

大猩猩的世界沒有語言，這讓我有如隔靴搔癢般難以忍受。阿美娜絕對不可能理解我心中的感受，牠只是單純地因為與我重逢而開心不已。或許牠的內心也存在著無法傾吐心事的苦悶，但我們永遠無法分享自己的感覺。

正當我撫摸著阿美娜那油亮的體毛，心中忽然產生了一個疑問：阿美娜應該屬於波波勒家族，如今為什麼會出現在這個地方？記得研究中心的叢林地圖中，波波勒家族應該還是待在遙遠的西邊才對，阿美娜沒有理由獨自來到這裡。難道阿美娜已經離開波波勒家族，加入了卡彭戈家族？畢竟牠加入波波勒家族已經是兩年前的事了，如今就算在其他家族也不奇怪。如果是這樣的話，代表我現在離卡彭戈家族很近，而自己完全不知情？我以為卡彭戈家族還在很遠的地方，但妮農牠們與我近在咫尺。

為什麼阿美娜會出現在這裡？我不停思考著這個問題的答案。然而，阿美娜的下一個舉動，讓我察覺自己的推測完全錯誤。

阿美娜陪我嬉戲了一會，轉身離開我而進入了水裡，接著走到艾薩克的身邊，將手搭在牠的肩膀上。我站在遠方看著牠們的親密舉動，頓時明白了一切。阿美娜確實離開了波波勒家族，牠卻沒有進入卡彭戈家族，而是選擇成為艾薩克的伴侶。艾薩克看起來比以前成熟、穩重得多，正是因為身旁多了阿美娜的關係。

我忽然感覺到胸口悶痛不已，不由得將視線從水裡的兩頭大猩猩身上移開。我聽見牠們親熱地互相打招呼的聲音，還是有一種遭到背叛的感覺。我的心中充滿了懊悔，沒有辦法繼續忍受下去，於是選擇了離去，巴不得立刻離開艾薩克及阿美娜的身邊，把剛剛看到的所有景象忘得一乾二淨。

我循著原路往回狂奔，感覺到胸中的懊悔正在轉化為憤怒。我好氣阿美娜，過去我們感情那麼好，牠突然離開家族，棄我而去；而今我們久別重逢，牠卻奪走了我的艾薩克。我好氣艾薩克，牠表面上對我示好，背地裡卻和阿美娜一起生活。當然艾薩克與我之間並沒有任何約定，而且當初還是我拒絕了牠的求愛。我知道自己生氣毫無道理，但就是無法壓抑對牠們的滿腔怒火。

或許阿美娜已經懷了艾薩克的孩子？心中充滿了無法宣洩的懊惱、悲傷及強烈的怒火，我沒有辦法控制自己的情緒，只能強迫自己停止思考，不停奔跑在叢林之中。我想要拋開所有負面的情緒，如果能夠藉由奔跑將它們全部甩出腦海，不知該有多好。但不管我跑得多麼急促，那些負面的感情還是如影隨形地糾纏著。

剛剛我還在幻想著叢林裡的生活有多麼美好；剛剛我還在告訴自己，當一頭野生的動物才是最適合大猩猩的自然狀態；剛剛我還認為那才是真正屬於我的幸福。如今才驚覺，或許我根本沒辦法當一頭普通的大猩猩。我無法眼睜睜地看著艾薩克與阿美娜，在我的面前做出親密的舉動，就是不能原諒牠們的這種行為。

就在這一刻，我明白了「嫉妒」這個詞的意義。

在大猩猩的世界，一頭雄性的大猩猩同時和許多雌性大猩猩在一起，明明是天經地義的事情。唯有這樣的制度，才能建立起安全的族群，擁有一大群自己的家人。然則我就是接受不了這件事，完全無法容忍艾薩克接近我以外的雌性大猩猩。

為什麼我沒有辦法忍受這麼簡單的事情？自己也說不出個所以然來。現在的我，完全能夠體會雀兒喜與山姆分手時的心情。在不知不覺之中，我似乎擁有了人類的感情，這或許是因為我學會了人類的語言，也或許是我太過習慣人類的文化。我優先選擇了私人的感情，而摒棄了生存的本能。

奔跑許久之後，我累得精疲力竭，仰天躺在地面上。眼前有著許多高聳入雲的樹木，枝葉不斷搖曳，發出沙沙聲響。從枝葉縫隙間穿透的細長光柱，貫穿了昏暗的叢林。我凝視著那有如箭矢般的光芒在眼前輕輕搖擺，努力調勻自己的呼吸。

到頭來，還是整頓不了自己的心情。但我很清楚一件事，那就是我無法繼續住在叢林裡。既然不能忍受一夫多妻制，這就意味著我沒辦法生活在大猩猩的家族之中。在這個叢林裡，雌性大猩猩是沒有辦法獨自存活下去的。

如果不能以野生大猩猩的立場生存下去，那我也沒有辦法以人類的身分活下去。就算到了美國，也只能住在動物園裡。在動物園之中，真的有我的棲身之所嗎？就算是在動物園裡，大猩猩應該還是過著群體生活，我可以適應那種新的環境嗎？除了忍耐之外，或許別無選擇。至少在去了美國之後，我能夠找到理解我心中情感的人類。如果把今天的事情告訴雀兒喜，她一定能夠體會。

我不是大猩猩，但也不是人類，我只能無助地徘徊在大猩猩與人類之間。

我好希望能夠找到理解我的人，理解我的感受，也理解我的孤獨。

我躺在地面上，有如一具屍體。樹上的白腹長尾猴（Mona monkey）臉頰上長著金色鬃毛，看起來相當可愛，卻不斷朝我叫喊著，宛如在取笑我。牠們那嗚嗚、嗚嗚的叫聲有些可笑，一點也不像是猴叫聲，反倒像是正在爭奪地盤的狗。其中有幾隻猴子的臉頰高高鼓起，或許是塞滿了某種果實吧？猴子的數量非常多，大約有三十隻，當牠們移動時，黑色的長尾巴會不斷地蠕動，有如黑蛇一般。我看著那成群結隊的猴子，內心逐漸恢復平靜。

我不是大猩猩，也不是人類，那也沒什麼不好，這正意味著我的與眾不同。

就像羅德參議員所說的，我擁有無與倫比的價值。叢林裡沒有我的棲身之所，那也沒有關係，反正有很多人類需要我，有很多人類正衷心期盼著我的到來。

既然這就是我所面臨的現實，那我就照那些人的期望活下去吧！人類希望我怎麼樣，我就滿足他們的期望，相信這一定能夠讓我找到適合屬於自己的地方。

就這樣，我完全斬斷了對叢林及艾薩克的依戀，起身返回研究中心。

見到艾薩克的一個星期後，我們前往美國的日期終於敲定了。

山姆告訴我，多虧羅德參議員動用他的人脈，兩國政府才能順利達成協議。

在參議員的主導下，我所生活的第一個動物園，是位於俄亥俄州的克里夫頓動物園，因為俄亥俄州是參議員的政治地盤。

據說，克里夫頓動物園非常重視培育大猩猩，從開園至今已有超過五十頭大猩猩在園內出生。由這一點也可看出，他們都很期待我能生孩子。雖然這樣的期待帶給我不小的壓力，但既然那個動物園有著能夠安全生產、安心養育孩子的環境，我應該可以放心。

由於他們判斷我和母親最好住在不同的動物園裡，雙方才比較能夠快速融入新的族群環境，因此他們預計將母親送入位於紐約的布朗克斯動物園。理由是，因為那個動物園裡有許多成熟的雄性大猩猩，母親在那裡再度生產的機率比較高。

布朗克斯動物園也跟克里夫頓動物園一樣，擁有許多大猩猩生產經驗。為了保險起見，不管是運送我，還是運送母親，山姆及雀兒喜都會全程陪同。也因為這個緣故，母親的搬遷時間將會比我晚一年。換句話說，我在克里夫頓動物園住了一年之後，母親才會前往紐約。到那個時候，我應該已經完全適應克里夫頓動物園了。

老實說，我很羨慕母親，比起俄亥俄州，我更想要去大都市紐約。但不管去哪裡都好，只要能夠立刻前往美國就行。他們告訴我，將在兩個星期後搬遷，我心想：**半年也都熬過去了，兩個星期不過是一眨眼功夫而已。**

另一方面，泰德的公司所拍攝的電視廣告，也已確定了播放日期。大約在半年前，泰德拜託我幫忙拍攝廣告，完成之後的影片連我也還沒看過，心裡一直很期待。而這支廣告影片，將會安插在衛星直播的體育競賽中。由於這裡看不到那個節目，所以我們約定好了，泰德會把廣告影片放在官網上，我們可以一起在研究中心觀看。

廣告的一開頭，先大大打出了泰德的公司「ＳＬ科技」的商標圖案。那商標圖案反射著光輝，看起來熠熠發亮。緊接著泰德出現在畫面上，他親自戴著手套，以手套的語音說明這項產品的使用方式。『我們希望讓全世界聽見聾啞人士的聲音，我們希望讓每個人的人生都擁有無限的可能。』泰德以手套說出這幾句話時，表情非常誠摯，然後他使用手套實際與一個小女孩對話，展示產品的機能。

過了一會，畫面背景切換到我所熟悉的貝托亞類人猿研究中心。如今我們就在畫面上的那個地方，看著這支廣告影片。一看見那畫面，我們全都發出了歡呼聲。

「我們的產品，能夠讓所有手語使用者獲得聲音。這項產品能夠打破一切隔閡，不管是國界還是人種，都不會對溝通造成阻礙。即使是跨越物種，也不是難事。」

泰德一說完這句話，我便出現在畫面上。我興奮得不停以鼻子發出哼聲。

『大家好，我叫蘿絲，我是一頭大猩猩。SL科技的手套，讓我擁有聲音。現在我終於能夠跟人類交談了。我的夢想是遇見更多的人類，說更多的話。』

「謝謝妳，蘿絲。我們的手套用起來感覺如何？」

『它能夠正確且快速地把我的想法轉換成聲音，我非常滿意。謝謝你，泰德。』

廣告影片就在我與泰德的相擁畫面結束。

『就這樣?拍攝時，我說的話比這個多好幾倍!』

我心裡有點驚訝，自己在廣告裡的戲份竟然這麼少。當初至少拍攝了三十分鐘，沒想到實際被使用在廣告上的臺詞，竟然只有寥寥數語。

山姆與雀兒喜察覺了我的不滿，各自露出苦笑。

「拍廣告就是這麼回事。不過，畫面上的妳真的很可愛，不輸給女明星。看了這支廣告的人，一定都會很想認識妳。」

我實在無法理解。當初泰德說過，他製作我跟母親專用的手套，是為了替公司做宣傳、打廣告。但我出現在電視廣告上的時間，竟然只有短短的二十秒。而為了這二十秒，他竟然願意大老遠跑到喀麥隆來，還願意為了改良手套而在這裡待上兩個星期。不管怎麼想，我都覺得自己的那一小段影像，根本沒有那麼大的價值。

當初拍攝時，我明明說了很多手套的好話，為什麼要把我的登場時間縮減到這麼短?我想，這或許就跟其他事情一樣，人類在心裡頭打著我所無法理解的算盤吧!

到了隔天，泰德特地打了一通視訊電話來，告知我們那支廣告影片所獲得的迴響。根據他的說法，我的登場時間被刻意縮短，果然有其理由。

〈那支廣告的效果，遠遠超越我們的預期。〉

雖然是透過電腦螢幕，我還是可以清楚感受到泰德的興奮情緒。他的每個手語動作都異常誇大，光從他的表情及肢體動作，就可以看出他有多麼驚訝與激動。

〈真令人不敢相信！自從廣告播出的第一天，辦公室的電話就響個不停，電子信箱裡收到的信件多到讀不完。職員們全都忙不過來，日常的業務都停擺了。〉

『泰德，你很煩惱嗎？』我心裡有些擔心泰德的狀況。

為了避免電腦的鏡頭沒拍到我的手語，我還特地戴上了手套。

〈不，我當然很開心，這代表我們的廣告在社會上引起了注意。不過，只有少數人詢問關於產品的細節，大多數人想知道的還是關於妳的事。現在每個人都在猜，這頭大猩猩是真的還是假的。〉

『我是真的還是假的？你有沒有告訴他們，我是真的？』

泰德見了我的困擾表情，露出了有點開心的苦笑。

〈我們只會給一個罐頭回覆，那就是『恕難回答關於產品以外的任何問題』。羅德參議

員嚴格要求我們，不能洩漏關於妳的任何細節。〉

『為什麼？實在無法理解。我明明就在這裡，為何不能說？參議員到底在想什麼？』

泰德的話讓我有些生氣，忍不住發出了咕噥聲。

〈妳先冷靜下來！參議員說，這次的電視廣告，就像電影的預告片一樣。最重要的是引起大家的期待，讓大家對妳產生強烈的好奇。如果太快公布真相，大家就不會繼續關心這件事了。在人類的世界裡，越是充滿神祕感的女人，越能吸引男人的目光。所以一定要留下一些祕密，不能全部公開。〉

我原本並沒有全盤相信泰德的話，直到那天晚上，看了電視才發現他說的都是真的。不管是新聞還是談話性節目，討論的全都是關於我的話題。

在新聞節目中，擔任特別來賓的類人猿專家，主張廣告裡的大猩猩是真貨，而另一名同樣擔任特別來賓的廣告製作公司高階主管，則主張那一定是經過後製的電腦動畫，兩人的看法完全背道而馳。

同樣的狀況，也發生在網路上。約有七成的網路留言認為那是製作得幾可亂真的電腦動畫，兩成認為大猩猩其實是機器人，剩下的則認為大猩猩是由演員所假扮。幾乎沒有人認為一頭真正的大猩猩，能夠學會那麼複雜的手語。

雖然每個人的見解都不相同，但大多數的民眾，似乎都對泰德的廣告抱持良好的印象。大家雖然無法理解為什麼要使用一頭假的大猩猩來拍廣告，卻都認同這個手套產品的社會意義，所以這個廣告可說是非常成功。

「暫時保持現狀就好，不要再公布任何訊息。」羅德參議員也這麼說道：「ＳＬ科技的知名度大增，股東們也很高興。泰德接下來得忙著應付各種聲音，但你們不用擔心，不會有人知道蘿絲的真相，也不會有人知道你們住在哪裡。我們已經再三確認過了，那段廣告裡不包含任何可以推測出研究中心所在位置的線索，所以絕對不會有人前去打擾你們的生活，你們可以安心為搬到美國的事情預作準備。」

被當成機器人跟電腦動畫，著實讓我有些不滿。不過，既然大家都說這是最好的做法，我也不好多說什麼。

不滿歸不滿，至少這天晚上我還能放心地好好睡上一覺。

因為就在不久之後，情況發生了巨大的變化。

隔天一大早，參議員再度與我們聯絡。這時間在美國應該是凌晨三點，參議員竟然緊急來電，讓我們都嚇了一跳。

「現在事態有些棘手，蘿絲的底細被人挖了出來，貝托亞類人猿研究中心也上了新聞。不久之後，可能會有大量記者跑去採訪你們。我會立刻聯絡喀麥隆政府，請他們派人保護你們的安全。你們可能會接到很多電話及電子郵件，請一律回答無可奉告，什麼話也別說，責任由我一肩扛起。我相信你們應該能拿捏分寸，但我還是要提醒，一定要小心謹慎。今天你們可能會遇上一些突發狀況，千萬不能輕忽大意。」

參議員沒有告訴我們詳情，直到我們看到新聞，才知道發生了什麼事——某個曾經來到這裡的觀光客，對外公開了自己拍攝的影片。

〔專門研發可穿戴式手語發聲裝置的新創企業SL科技公司，最近公開了一支影片，在全世界引發話題討論。〕

身穿美麗藍色套裝的新聞主播背後，播放著我的擴大影像畫面。直到這一刻，我依然不敢相信，關於我的事情竟然會在全世界鬧得沸沸揚揚。

〔每個人都在猜測廣告中的大猩猩到底是真是假，如今我們終於得知了真相。接下來，請看一段由觀眾提供的影片。」

畫面的背景變成了一片熟悉的叢林，那正是我們所生活的德賈動物保護區。

「你們看，牠就是蘿絲，我剛剛提到的那頭會比手語的大猩猩。」

電視上傳來熟悉的說話聲，讓我再度吃了一驚。提歐的臉短暫出現在畫面上，接著鏡頭一轉，我正在緩緩靠近鏡頭，而在我的肩膀上，還趴著讓我懷念不已的可愛娜汀。畫面中的娜汀，正以牠那小小的身體努力攀附在我的肩膀上。我以手語向提歐搭話，但提歐不懂手語，所以向觀光客胡亂解釋。

當時的回憶，驀然湧現在我的心頭。沒錯，那正是我第一次遇到艾薩克的日子。

「太不可思議了，牠真的會手語！剛剛牠說什麼？」

拍攝影片的婦人，如此詢問提歐。

「牠說：『歡迎來到我們的叢林。』」提歐對著婦人隨口胡謅。

我看著自己接下來對提歐比的手語，終於明白了事態的嚴重性。

「現在呢？牠又說了什麼？」婦人再度詢問。

我不敢再看下去，因為我清楚記得後面的對話。

〔牠在關心我的家人。謝謝妳，蘿絲。我的孩子每個都很有精神，不過我的妻子朱蜜兒打從上個月就生病了……〕

當時我聽了提歐的回答，忍不住說了一些取笑他的話。為什麼偏偏是這段對話被公開？這簡直是一場惡夢。

叢林內的影像只到這裡為止，接著電視畫面切換成了攝影棚內的影像。

〔各位觀眾剛剛看見的影片，拍攝的時間大約半年前。現在我們來聽聽專家的意見。今天我們邀請到了在市區內開設手語教室的馬克・卡西迪先生，以及長年研究大猩猩的史丹・克里格博士。〕

「那個混帳東西！」山姆一看見主播所介紹的特別來賓，立刻破口大罵。

「山姆！」雀兒喜趕緊制止在我的面前情緒失控的山姆。

『你們認識這個人？』我好奇地問道。

山姆與雀兒喜同時點頭。

「這個討人厭的傢伙，在剛果的維龍加（Virunga）火山地帶研究山地大猩猩。這下糟糕了，這傢伙認識我們，也知道我們這個研究中心。這渾蛋，可絕對別把我們的事說出來！要是敢說一個字，下次在學術研討會上見到面，看我不踹爛他的屁股！」

山姆的口吻異常焦躁，讓我的心中充滿了不安。

電視上的新聞主播完全不知道我們這邊的狀況，繼續主持著新聞節目。

「首先，我們請教克里格博士。影片中的嚮導說，那頭大猩猩的名字是蘿絲，請問這個蘿絲，與SL科技的廣告裡頭那個大猩猩蘿絲，是同一頭大猩猩嗎？」

「我們研究大猩猩的人，分辨大猩猩的方式，主要靠的是鼻子的形狀。我們稱大猩猩的鼻子形狀為『鼻紋』，鼻紋就像人類的指紋一樣，每一頭大猩猩都不相同。」

畫面中的學者說完這句話之後，叢林影片及廣告影片中的我的鼻子分別被切割下來，並排在畫面中央。我看見自己的鼻子幾乎占滿了整個電視畫面，心裡感到怪不好意思，鼻頭也覺得癢癢的。

「仔細比較兩邊的影像，可以看出大猩猩的鼻子都是整齊的八字形，鼻孔及周圍的形狀也相同。光從這一點，我們就可以說這是同一頭大猩猩的可能性非常高。接著我們再比較大猩猩的頭頂，可以看到這邊的體毛顏色特別明亮，有點像是橘紅色。雖然大猩猩偶爾會有這種身體特徵，但機率並不高。若再加上鼻紋的特徵，幾乎可以肯定兩邊影片中的大猩猩是同一頭。」

電視上的學者說得眉飛色舞，讓我越看越是惱怒。

「接著我們請教卡西迪先生。影片裡這頭大猩猩所比的手語是否正確？如果正確的話，這些手語是什麼意思？」

「這兩支影片中的大猩猩，比的都是非常正確的美式手語。任何一個會美式手語的人，只要一看影片，必定能夠理解大猩猩想要傳達的意思。首先，牠雙手握拳上下敲打，接著手指彎曲，又打了一次，這意思是稱讚嚮導〈你工作相當認真〉。」

「工作相當認真？但這位嚮導對觀光客的說法是『歡迎來到我們的叢林。』」

「這位嚮導顯然不懂手語，只是隨口胡說八道，騙騙觀光客而已。影片裡的大猩猩也很清楚這一點，因為牠接下來比的手語是〈趕快學手語吧，收入會增加〉。」

「你的意思是說，連大猩猩也在教導這位嚮導如何增加收入？」

主播故意擺出誇張的表情，口氣充滿了取笑提歐的意味，攝影棚內登時揚起一陣笑聲。

「是的，這位嚮導聲稱大猩猩在關心他的家人，這完全是錯誤的翻譯。他說自己的孩子很有精神，但妻子生了病。你們知道大猩猩聽了之後，比了什麼手語嗎？大猩猩比的手語是

〈大家別聽他胡說八道，我知道提歐根本還沒有結婚〉。」

主播一聽，登時捧腹大笑。

〔哈哈哈，真是太好笑了！恐怕這位嚮導做夢也沒有想到，自己正在被一頭大猩猩取笑。不過，有一點讓我感到有些好奇，這段影片的提供者表示，影片的拍攝地點是喀麥隆的德賈動物保護區。為什麼一頭生活在喀麥隆的大猩猩，會使用美式手語？克里格博士，關於這一點，你有什麼看法？〕

〔這個嘛，影片的拍攝地點是德賈動物保護區，那裡有一座名為貝托亞類人猿研究中心的研究設施。在那個研究設施裡，有兩位長年研究大猩猩的學者，分別名叫山姆．惠勒及雀兒喜．瓊斯，或許是這兩位學者教了這頭大猩猩美式手語。〕

〔這兩位學者所做的研究，是教導大猩猩手語嗎？〕

〔就我所知，這兩位學者沒有明確的研究方向，也沒有發表過值得一提的研究成果。〕

克里格博士以滿不在乎的口吻，說道。

「這個渾蛋！」這次輪到雀兒喜對著電視破口大罵。

「雀兒喜！」山姆變成在安撫雀兒喜的情緒。

這還是我第一次看到雀兒喜說出這麼粗野的話，不由得與山姆面面相覷。

「這可有點不太妙。看來就像參議員所說的，今天我們要提高警覺才行。」

山姆說著，關掉了電視機的電源。

就在這時，研究中心的電話響了起來。

這裡的電話很少會在一大清早的時間響起，我們互相對望，心裡都有不好的預感。

「喂，這裡是貝托亞類人猿研究中心。是的，沒有錯。請問你是哪位？」

山姆接起了電話，神情顯得相當緊張。

「抱歉，我沒辦法回答你的問題，我們也拒絕任何採訪。」

山姆不等對方說完，強行掛斷了電話。

「說什麼要來採訪我們。看來我們今天會接到很多這種垃圾電話。」

山姆一句話才剛說完，電話鈴聲再度響起。

「喂，這裡是貝托亞類人猿研究中心。我不清楚什麼大猩猩，應該是你搞錯了吧？」

山姆再度強行掛斷電話，這次他直接拔掉了電話線，嘴裡嘀咕，似乎是在低聲咒罵。

「參議員說過，會派人過來保護我們。」山姆以右手搔了搔後腦杓，愁眉苦臉地說：

「看來在護衛人員抵達之前，我們最好別隨便亂跑。對了，還得把約蘭妲找來，跟牠說明現在的情況。」

山姆與我立刻前往叢林尋找我母親，才走到叢林的入口處，就看見母親睡在樹叢裡。

正當我們帶著母親返回研究中心時，一台保安車朝著我們這個方向快速駛來。那是一輛灰色的吉普車，在研究中心的門口停了下來，從車上走下兩名高頭大馬的男人，身上穿著相同的迷彩制服。

「我是雅溫德保安隊的西里爾‧阿巴卡爾。請問你是惠勒博士嗎？」

其中一名男人冷冷地詢問山姆，他的頭上戴著顏色與吉普車一樣的貝雷帽。

山姆神情緊張地點了點頭。

「我們已經獲得總統授權，我的兩名部下會在這條路的前方進行道路封鎖，不讓任何未經許可者進入研究中心。除此之外，德賈動物保護區也暫時不接受一般觀光客入內遊覽。從現在開始，我們兩人將執行研究中心的護衛工作。若有任何需求，請儘管吩咐。」

男人說完之後，朝山姆遞出名片。

「謝謝你們。你們來得真快，現在我終於可以放心了。不過……」山姆目不轉睛地瞪著兩個男人揹在肩上的長槍，吶吶地問：「有必要帶著那種東西嗎？」

「下達命令的是總統，我們只是執行任務而已。如果你認為沒有必要，我們也可以向總統這麼回報。」

男人低頭看著山姆，口氣簡直像在恫嚇一般。

「呃，不必麻煩了。」

於是，我們就在兩個高大男人的護衛下，走進了研究中心。

剛開始，我們都覺得這樣的護衛有些小題大作。但過了短短一個小時，我們便改變了想法，這樣的護衛措施果然是必要的。

各大新聞媒體的特派員，可以說是前仆後繼地往研究中心湧來。有些媒體記者在想盡各種辦法依然無法取得採訪許可之後，乖乖地知難而退了，但畢竟不是所有的媒體記者都這麼好應付。德賈動物保護區的範圍實在太大，並非所有的區域都有圍牆或柵欄，有很多媒體記者私下委託本地居民當嚮導，從沒有封鎖的區域侵入保護區內。

「我一再告訴他們，德賈動物保護區現在禁止進入，而且我也直截了當對他們說，蘿絲現在不在叢林裡，就算進了叢林也見不到。」提歐情緒激動地說道：「但那些記者說基於職責，一定要拍到現場的照片。或許他們只要能拍到其他大猩猩的照片，就能回去交差了事吧！他們請我當嚮導，當然我是拒絕了，只是對村子裡的其他人來說，這是少有的賺錢機會，所以很多人都接下了嚮導的工作。其實接下工作的那些村人，大多數根本沒有在叢林裡尋找大猩猩的經驗。」

提歐見事情越鬧越大，來到研究中心向我們抱怨。我一想到他接待觀光客的影片在電視上被播放出來，就覺得對他很抱歉，不好意思地瞧了他一眼。

「像我這種平常就做嚮導工作的人，很熟悉叢林裡的環境，帶人進叢林當然沒有任何問題。不過，那些班圖人（Bantu）平常從來不進叢林，如今卻為了賺一點小錢而幹起嚮導的工作，實在很讓人擔心。一來那些記者可能會有危險，二來他們或許會做出危害大猩猩及其他野生動物的行為。」

提歐的擔憂確實有其道理。優秀的嚮導在場時，觀光客能夠知道在接近大猩猩時應該採取什麼樣的行動；若是由不清楚大猩猩習性及叢林內規矩的人帶隊，很可能會沒有辦法與野生動物保持安全距離。尤其是像大猩猩這種性情有些神經質，且力氣相當大的動物，一旦受到驚嚇，可能會做出傷人的行為。

「蘿絲暫時不要進入叢林比較好，也請你們也幫忙勸勸蘿絲。要是被那些記者們發現的話，真不曉得會受到什麼樣的對待。既然這裡有人保護，蘿絲還是待在這裡比較安全。」

提歐一邊說，一邊溫柔撫摸我的肩膀。

『提歐，真的很抱歉！』我裝上手套，對提歐誠懇道歉。

「妳為什麼要向我道歉？」提歐露出納悶的表情。

『因為影片的事情。你是我的好朋友，我卻因為你不懂手語而取笑你，對不起！』

「噢，妳說那件事啊！多虧了那段影片，我現在是超級名人，不管走到哪裡，大家都說在電視上看到我，那種感覺挺爽的。所以妳完全不必對我道歉，反而是我要謝謝妳呢！」

提歐那毫無心機的開朗笑容，讓我有種如釋重負的感覺。

對我來說，關於我的那些騷動根本不是重點。不管有再多的記者蜂擁而來，或是研究中心出現攜帶槍械的保安員，在我的眼裡都不是什麼大不了的事情。

電視上播出了我取笑提歐的影片，才是最大的問題。因為提歐看了電視之後，可能會討厭我，這件事或許會讓我失去一個重要的朋友；而這對我來說，這比什麼都嚴重。

「不過，妳下次上電視時，如果能夠幫我宣傳一下，我會更加開心。就說提歐是德賈動物保護區裡，最棒的嚮導。」

『好，我答應你。下次上電視，一定幫你挽回名譽。』

我朝提歐撲了上去，他緊緊抱住我，一邊呵呵笑了起來，一邊像從前一樣輕拍我的背。

到了這天下午，美國差不多已經迎接清晨的到來，山姆立刻去電向羅德參議員回報當前的事態。羅德參議員得知有好幾名記者闖入已經封鎖的叢林內，似乎認為事態相當嚴重，旋即答應會立刻設法處理這個問題。

參議員辦事相當有效率，他立刻在各種社群網路軟體上，以自己的帳號公布了他與我對談的影片。這個舉動登時吸引了全世界的目光。參議員同時對外宣布，將在今天的傍晚舉行記者會。

在這場記者會上，參議員公開了我與母親的一切資訊，同時宣布我將在兩個星期後進入克里夫頓動物園。經兩國政府交涉之後，喀麥隆政府決定將我借給美國十年，而且如果我或母親生下孩子，孩子將會留在美國。

就連我自己，也是第一次聽到這些細節。不過，那單純是因為我不想知道這件事情背後的利益瓜葛，所以一直沒有開口詢問任何人。

克里夫頓動物園的園長霍普金斯，也出席了這場記者會。他向記者們說明了動物園內的大猩猩飼養區「大猩猩樂園」的細節，並且強調克里夫頓動物園有著協助大猩猩生產及養育孩子的豐富經驗。他帶著緊張的神情，描述動物園內的職員們有多麼期待我的到來，更提到他打算進一步擴充動物園內的各種設施，好讓出生於叢林的我生活得更加無憂無慮。我看這個園長的態度相當誠懇，內心不禁感到欣慰，果然有很多美國人都在引頸期盼著我前往美國的那一天。

有記者問到動物園將會如何「展示」我，霍普金斯園長的回答：「還沒有決定。」他接著說明，如果可以的話，希望讓我與動物園的遊客有對話交流的機會，但這種事情還是得先問過我的意見之後才能決定。我聽了園長的回答，對這個人產生了相當大的好感。

這時，另一名記者問了一個相當尖銳的問題。

「據傳言，大猩猩蘿絲前往美國的計畫，是由羅德參議員所主導。請問，這是否會對下下個月的選舉有正面的影響？」

羅德參議員聽了，卻露出從容不迫的微笑。他告訴那名記者，自己多年來一直在為俄亥俄州的州民們謀求福利，就算沒有今天這件事情，他也不可能會落選。

然而，我心裡十分清楚，這件事情演變到今天這個地步，其實正是由羅德參議員一手策劃。我雖然在泰德的SL科技的廣告上露了臉，但在羅德參議員的指示下，泰德的公司完全沒有辦法針對我的事情公開任何資訊。羅德參議員靠著這種手法來刺激民眾的好奇心，引發話題討論，進一步演變成今天這場騷動。或許在羅德參議員的心裡，早已預期有人會將我的影片放上網路，以及德賈動物保護區及貝托亞類人猿研究中心這些關於我的資訊，遲早會被人公開。

多虧羅德參議員以最快的速度召開了記者會，我們這裡的騷動很快就平息了。而這也連帶讓全世界的目光，聚集在羅德參議員身上。

我能夠前往美國，確實得感謝羅德參議員；從另一個角度來看，我也遭到了他的利用。

我很喜歡人類，想要多多接觸人類，但人類經常讓我感到恐懼。

在叢林裡，需要害怕的對象只有敵人；在人類的世界裡，並非只有敵人才需要害怕。

八

我的忍耐幾乎已經到了極限。

終於等到了前往美國的日子，沒想到抵達美國之後，所面臨的還是長時間的等待。

這一天傍晚，我們乘坐大卡車，從研究中心出發，前往雅溫德的恩西馬蘭國際機場。他們將我關進又冷又硬的牢籠裡，聲稱這是輸送野生動物的必要措施。他們給了這玩意一個很帥氣的稱呼，叫做「動物運輸箱（Crate）」。其實不管叫什麼名稱，既然以鐵欄桿圍起來，那就是一個牢籠。從小生活在叢林裡的我，感覺自己成了囚犯。

當天晚上，我們搭乘法國航空，離開了雅溫德。隔天一大清早，抵達了法國的巴黎戴高樂機場。我連好好靜下來休息片刻的時間都沒有，就被搬上達美航空，繼續飛往辛辛那提的北肯塔基國際機場。當抵達時，已經是下午一點。

「這趟空中之旅感覺如何？」

山姆或許是太久沒回到美國，顯得相當興奮。

『這哪是什麼空中之旅?就只是被關在一個吵死人的牢籠裡，整天搖來搖去，連睡個覺也不行，搞得我頭痛死了。』

「是嗎?好吧!我很遺憾。不過，妳終於來到了朝思暮想的美國，現在的心情如何?」

聽到山姆這句話，這才意識到我已經來到了美國。

我環顧左右，實在沒有已來到美國的感覺。但這個機場確實比雅溫德的機場要豪華一點，而且也大上一點。聞不到泥土及樹木的香氣，取而代之的是一股過去從來沒聞過的氣味飄蕩在空氣之中。

『我也說不上來，沒什麼特別的感覺，只覺得很累。』

後來我又被搬上了大卡車，行駛在州際高速公路上，花了三十分鐘的時間，抵達了克里夫頓動物園。當車子進入動物園時，我早已累得精疲力竭。

事後回想起來，我完全沒印象這段時間發生了什麼事。只記得身邊突然聚集了一大群人，他們準備了一個房間讓我睡覺。那是一個相當寒酸的房間，放眼望去只看得見白色的混凝土牆壁。不過，至少房間裡安靜、涼爽且不會搖晃，這已經讓當時的我感覺彷彿置身在天堂。地上鋪滿了稻草，我像平常睡午覺一樣慵懶地躺了下來。他們關掉了照明燈光，我很快就進入了夢鄉。

不知道自己到底睡了多久，然則這一覺讓我徹底消除了舟車勞頓的疲累，醒來後感覺神清氣爽。我迫不及待想早點見到那些在美國出生的大猩猩們。未來我會在什麼樣的地方生活？我會遇到什麼樣的同伴？我的內心充滿了期待。

豈料山姆及雀兒喜察覺我已經清醒之後，走進房間裡，說了一句令我難以置信的話——我必須在這個寒酸又狹窄的房間裡住上一個月。

「真的很抱歉！他們說美國已經有五十年，不曾迎接過野生的大猩猩。畢竟妳過去一直生活在叢林裡，為了避免身上的細菌感染到動物園裡的其他動物，必須接受一個月的隔離。」雀兒喜一臉歉意地解釋道：「我知道這會讓妳很不舒服，但我們會每天陪伴在妳的身邊，希望妳忍耐一下，撐過這段日子就好了。」

我一聽情緒相當激動，實在沒有辦法因為她這幾句話而善罷甘休。苦苦等了這麼多日子，好不容易來到美國，竟然要我在這裡繼續枯等一個月？我的忍耐已經到了極限！

『我們明明已經到了動物園，卻要我在這個狹窄的房間裡待上一個月？我很生氣！我想早點見到其他的大猩猩！』

我盡全力放大手語的動作，來表達心中的怒火，但電腦語音聽起來依然是那麼冷靜。我為了讓他們知道自己有多麼憤怒，比了一個平常絕對不會比的動作。

我伸出右手的食指及小指，彎成牛角的形狀代表「牛」，然後再將左手抵在右手手肘上，左手手指開闔數次，代表「牛拉屎」，這是我所知道最惡毒的髒話。

『真的是……』

泰德的手套只翻譯了一半就沒有再翻一下去，顯然在設計上，他為了避免發生無法控制的狀況，故意不將髒話翻譯出來。

山姆看了我的動作，忍不住哈哈大笑，雀兒喜的表情卻相當嚴肅。

『請妳答應我，絕對不能在其他人類的面前做出這個手勢。絕對不行！』

光是這個動作，還沒有辦法讓我消氣，所以我又做了另一個偷偷學起來的不雅動作。

我豎起雙手的中指，然後用力甩動手臂。就算是完全不具備手語知識的人，應該也能看得懂這個動作的意思，當然手套同樣沒有把這個動作翻譯出來。

「夠了，妳就在這間房間裡好好反省！如果妳想要早一點離開這間房間，我勸妳不要再做這些動作！」

最後我將左手彎成圓圈，然後把右手中指伸進圓圈裡。雀兒喜見了這個動作，氣得全身發抖，轉身衝出房間。

「我對天發誓，那些動作真的不是我教的。」

山姆追出去的同時，半開玩笑地說。

我成功激怒了雀兒喜，心裡有些洋洋得意。只不過，當我吃著房間裡的水果，想起接下來我得在這裡待上一個月，不由得感到相當不安，這段日子恐怕會比在叢林裡等待前往美國的日子更加痛苦難耐。

到了隔天，霍普金斯園長來向我打招呼。

他的臉上依然掛著和善的微笑，顯然前幾天在記者會上那誠摯的態度，並非只是作作戲而已。他頭頂的頭髮相當稀疏，肚子圓得像大木桶。一對隱藏在圓框眼鏡後頭的黑色眼珠，正不停盯著我瞧。

人類的眼睛與大猩猩的眼睛最大不同，就在於人類眼白部分比較多，比較能夠傳達較細微的感情變化。當初在喀麥隆的叢林裡，我就從觀光客的眼中看出了明顯的好奇及不安。

然而，眼前的霍普金斯園長似乎與一般的人類頗不相同，他不僅相當習慣與大猩猩相處，眼神中還充滿了慈愛與敬意。仔細觀察他的雙眼，就會發現他內心非常沉穩平靜。

從霍普金斯園長那緩慢的動作，以及朝著我走過來時的態度，我甚至不必交談，就知道他是一個值得信賴的人。走進房間之後，他並沒有立刻朝我靠近，似乎是在等待我習慣他的存在，顯然他非常清楚如何安撫動物的情緒。

非常高興能夠遇到像他這樣的人，當然我也相信美國這個地方，絕對不是所有的人都如同霍普金斯園長這麼好，甚至可以說應該是少數。不過，剛來到美國就立刻碰到能交心的人，實在是太幸運了。

他似乎察覺我對他抱持好感，便朝我走近了一步。他每個動作都非常柔和，簡直就像是以全身來表達出他對我不帶敵意。當走到我的面前，他蹲了下來，讓眼睛的高度和我相同。

「妳叫蘿絲，是嗎?歡迎來到克里夫頓動物園。妳在這個隔離房裡，應該很不舒服吧?真的是非常抱歉!如果可以的話，我也想早點讓妳與我們動物園裡的大猩猩們見面。」

『幸會，我是蘿絲，很高興見到你。我能來到美國，真的非常開心!我好想早點離開這個房間。』

昨天我對雀兒喜的態度確實有些太過惡劣，我在心中暗自反省了。所以此時和園長說話，我故意顯得恭謙有禮。面對霍普金斯園長的誠懇態度，心情自然也平靜得多。

「我相信妳待在這種地方，一定會覺得既狹窄又寂寞。但真的很抱歉，這是一個沒有辦法省略的步驟。如今我們的大猩猩區，住了約十頭大猩猩，牠們都已經相當習慣動物園裡的生活了。對我來說，牠們就像我的家人一樣，如果生病的話，我會非常難過。妳應該能夠體會這種心情吧？在我的眼裡，這個動物園裡的所有動物就是我人生的一切。為了守護牠們的健康，請妳務必忍耐一段日子。」

不知道為什麼，聽了霍普金斯園長這番話，心中的憤怒與不安都消失了。那種感覺就像是他走進了我的內心，把原本骯髒凌亂的房間徹底打掃得乾淨整齊一樣。我接納了動物園的規則、接納了隔離規定，彷彿一切都是理所當然。

『我明白了！為了大家，我一定會忍耐。在叢林裡，大猩猩為了活下去，必須聚集在一起。在這裡，大猩猩為了活下去，必須暫時分開，是嗎？為了其他的大猩猩著想，這段期間我一定會忍耐的。』

霍普金斯園長聽了我的話，驚訝得瞪圓了雙眼，這讓我感到有些得意。

「真是太驚人了……我不知道該怎麼形容。過去我可以說是把所有的人生，都奉獻給了動物們。其理由很單純，因為我很喜歡動物。打從我還是個孩子，就每天推敲身邊動物們的想法，希望能夠改善牠們的生活環境。畢竟動物沒有辦法傳達自己的心情，對吧？所以我只能靠觀察動物的行為來推敲。現在的我每天一定要做的事情，就是巡視整個園區，查看園區內的動物們有沒有什麼異狀。」

園長說到這裡，目不轉睛地盯著我。此刻的他眼神中散發著一種特別的神采，與剛剛那單純的溫柔態度頗不相同。

「但妳可以跟人類溝通，這是多麼美好啊！我想妳可能無法理解，在聽了妳的話之後，我內心有多麼感動。」

霍普金斯園長摘下眼鏡，伸手抹去眼角的淚水。

我心裡有點訝異，沒想到園長竟然有著如此感性的一面。

「妳一定不相信，在這個世界上，有很多人認為人類是唯一擁有心靈的動物。另外，也有很多人認為，人類是唯一的高等動物。但我跟那些人不一樣，一直認為所有的動物都擁有心靈，只是我們不曉得如何與動物溝通。」

或許是因為蹲累了，他跪了下來，低垂著頭。

「從妳的幾句話，我可以肯定妳擁有不輸給人類的智慧。不僅如此，我還感受到了妳的善良與道德感。這是多麼讓人驚喜的一件事……我感覺自己人生的一切都受到了肯定，現在終於能夠確定自己是對的。」

他說完，對著我露出微笑。

劃過臉頰的淚水是多麼美麗，深深打動了我的心。

『沒錯，你是對的，我們都擁有心靈。只是我們生活在不一樣的環境裡，遵循著不一樣的規則。雖然我們有著不一樣的外觀，卻擁有相同的心靈。』

我緊緊抱住了他的身體，感覺得到他在我的雙臂之中微顫著，同時露出歡愉的微笑。

「這可真糟糕，我竟然哭了！妳可得幫我保守祕密，不要告訴別人。」

他一邊擦拭著眼淚，一邊以雙手抵住膝蓋，站起身來。

『當我看著你，我會想起我父親。牠是一個很照顧家人的父親，更是一個勇敢的家族領袖。父親為了家族而戰鬥，可惜最後死了。你是這個動物園裡所有動物的領袖，是嗎？我能夠來到一個擁有溫柔領袖的動物園，真的是太幸福了。』

「沒錯！而且從今天開始，妳也是這個動物園的一分子。以後妳有什麼需求，儘管對我說。我相信以妳的能力，要適應我們動物園裡的環境絕對沒有任何問題，但我還是會盡可能提供給妳舒適的生活。」

園長說完，便緩步走了出去，那動作與他當初進來時一模一樣。

與霍普金斯園長的一番談話，對我來說有著相當重要的意義。這段時間由於舟車勞頓，完全沒有已經來到美國的切身感受。疲勞與不安在不知不覺之中侵蝕著我的精神，害我對最要好的朋友雀兒喜使用了不該使用的言詞。與園長的一席話，令我深刻體會到自己在這個新天地是被需要的，自己也擁有撼動他人心靈的力量。

我告訴自己，現在不是唉聲嘆氣的時候，要下定決心轉換心情，努力適應新的環境。

儘管一再告訴自己要堅強，但畢竟現實是殘酷的。

房間同樣是那麼擁擠，瀰漫著與叢林完全不同的難聞氣味。就連園方為我準備的水果，吃起來的口感也與故鄉的水果完全不同。

住了一個星期，我就因為累積了太多壓力，而出現腹瀉的症狀。園方怕我無聊，給了我很多玩具，但對我來說，最能打發時間的東西是電視機。我有時會一口氣看完從前的電視劇，有時則會看電影。

最讓我印象深刻的電影，是《金剛》（King Kong）及《決戰猩球》（Planet of the Apes）。當初山姆就曾經大力推薦我看這兩部電影，理由是「將來一定會有很多人拿這兩部電影來問妳的感想。」他還說：「雖然這兩部電影都有很多系列作及重拍版，但妳只要看第一集就夠了，其他的劇情都只是畫蛇添足。」所以我依照他的建議，兩部電影都只看了第一集。這兩部電影也真的非常有趣，並沒有讓我失望。

除此之外，山姆還推薦了我各式各樣的電影，只是大部分都非常難看。像是《剛果（Congo）》，雖然裡頭出現了會使用手語的大猩猩，讓我有點開心，但讓人類與會殺人的大猩猩戰鬥實在是太荒唐了。另外還有《霧鎖危情（Gorillas in the Mist）》，那簡直是我這輩子看過最爛的一部電影，尤其是電影的結局，實在是太悲慘了，心裡很懊惱山姆怎麼會推薦我看這種東西。

隔離的這段期間，是我從出生以來從未嚐過的痛苦時光。這段除了等待還是等待，令我感覺時間彷彿永無止境一般漫長。

事實上，並非只有我這麼覺得。全世界都對我感到無比好奇，無不引頸期盼我再次現身。如今我已住進了克里夫頓動物園，這件事靠著新聞媒體的報導，早就傳遍了全世界。就我所知，還有很多聲音要求我出面召開記者會，但都被霍普金斯園長拒絕了。他很清楚我承受不了太大的壓力，主張不應該隨便讓我接受新聞媒體採訪。

站在為動物園宣傳的立場，他應該很想要立刻將我對外公開，但為了我的健康著想，他一直忍耐著。不過他也很清楚，現在的我覺得生活太枯燥乏味，十分渴望與人類進行交流。所以在隔離生活進入第二週之後，開始有一些公眾人物前來拜訪我。

首先是俄亥俄州的州長，接著是本地的共和黨及民主黨的政治家，甚至連美國總統也帶著他的家人一起來了。不知道為什麼，每個政治家給我的感覺，都與羅德參議員非常像，簡直是同一個模子印出來的。不論是他們穿的衣服，還是說話方式，甚至是他們的每個舉動，全都一模一樣。

當初聽到美國總統要來看我，心裡也很期待，實際見了面之後，我實在不認為自己能跟那個人當好朋友。或許在人類的世界裡，他是一個非常優秀的領袖，但對我來說，肯定是霍普金斯園長更值得信賴。

除了政治家之外，還有各式各樣的公眾人物出現在我的面前，像是大企業的老闆、演員、藝術家、音樂家、運動選手、作家，什麼樣的人都有。跟他們說話，比跟政治家說話有趣多了。他們都對我的未來可能性，抱持著相當大的期待。藝術家們則是想知道我眼中的世界是什麼模樣，而運動選手們想了解我的體能極限。

有些人類建議我畫畫、有些人類建議我拍電影、有些人類建議我挑戰運動、有些人類希望和我一起演奏樂器，每個人都對我提出了各種不同的建議和要求，讓我感到相當有趣。只不過這時候的我，還無法靜下心來好好思考自己應該做什麼？現下我只想當一頭普通的大猩猩，和新的夥伴們好好相處。

與泰德再次見面為我帶來的喜悅，遠勝於會見那些公眾人物。他送給了我一個禮物，那是一對擁有新功能的手套。

〈在美國的生活，和叢林完全不同。當全世界的人都知道妳的事之後，會發生什麼樣的狀況，沒有人能夠事先預測。我想妳應該會很希望，隨時都能夠與妳所信任的人聯絡吧？〉

新的手套比舊的手套大一些，而且上頭竟然有一個可以放入手機的暗袋。

〈這支手機是雀兒喜送妳的禮物，體積小，堅固耐用，功能很單純，只能用來撥打電話和傳送簡訊。使用的方法也很簡單，想要打電話時，就依序比出「手機．電話．對方名字」的手語就行了。如果是手機的電話簿裡沒有存入的號碼，只要以電話號碼取代名字，就能夠撥號。在這支手機裡，已經存入了山姆、雀兒喜、我及霍普金斯園長的號碼。現在妳試著撥打電話給我看看。〉

我做夢也沒有想到，自己竟然能夠擁有手機，當然也從來沒有想像過自己能夠在任何時候，和任何一個我想說話的對象說話。我立刻將舉起食指的右手放在臉頰上，接著彎曲雙手的食指，將右手在左手上滑動，然後以手指比劃出了泰德的英文拼音。

『手機．電話．泰德……』手套發出了語音，緊接著出現另一名女性的聲音：『請問要撥打電話給泰德嗎？』

〈現在回答「是」。〉泰德下達了這樣的指示。

我點了點頭，伸出右拳，做出類似敲門的動作。

『撥打電話給泰德。』

剛剛那女性的聲音再次響起，同時泰德從自己的褲子口袋中掏出手機，按下接聽鍵。

〈嗨，蘿絲，以後妳可以隨時打電話給我。如果手套出問題的話，麻煩妳打電話通知

我，好嗎？〉

泰德比了這樣的手語，收藏在我手套口袋裡的手機傳出泰德的聲音，這讓我開心得在房間裡繞起了圈子。

『泰德，謝謝你！每次你來見我，都會送我不可思議的禮物！能夠當你妻子的人，真的是太幸福了！』

〈但願如此。對了，要掛斷電話時，就以手語比出「手機・掛斷電話」，當聽到語音詢問後，再回答「是」就行了，很簡單吧？〉

我依照泰德的指示，掛斷了電話。

〈如果是要傳送簡訊，則是以手語比出「手機・簡訊・對象名字」，接著比出想要傳送的訊息，最後再比「送出」就行了。很簡單吧？就算是猴子也能學會。〉

『猴子應該學不會，大猩猩就沒問題。』

我調侃地說完，兩人一起哈哈大笑。

接著我走向房間角落，面對牆壁，以泰德看不見手語的角度送出簡訊後，回到他身邊。

『泰德，謝謝你，你徹底改變了我的人生。』

泰德拿出手機一看，露出戲謔的微笑。

〈能夠看見妳的人生往好的方向改變，我也很開心。或許妳沒有發覺，妳也徹底改變了我的人生。在電視上播出那個廣告之前，我只不過是個愛做夢且沒沒無聞的工程師。研發可穿戴式手語發聲裝置的團隊，在世界上多得數不清，我的腳步只是比其他研究團隊快了一點而已。科技這種東西，只要一個不留神，馬上就會被超越，我可以說是每天都活在恐懼之中。如今多虧了那個廣告，在大家的心中建立了「說到可穿戴式手語發聲裝置，就想到SL科技」的印象。現在可是有好多人捧著大把銀子，想要投資我的公司呢！〉

泰德一臉興奮地說起了自己的事，這也是我第一次看見泰德自顧自地說個不停。

『那真是太好了，能夠回報你的恩情，我也很開心。』

〈自從那天之後，我的公司可以說是脫胎換骨。在那之前，我隨時都要擔心可能會被競爭企業超越，如今再也不用擔心那種事情了。就算競爭企業擁有和我相同的技術，但知名度完全不能比，那些具威脅性的企業，將來反而都會被我併購。現在全世界有數不清的企業團體想要與我接洽，我的商品已經在美國上市販賣；未來還會與全世界的語言學家合作，設計出對應世界各地手語的不同版本。儘管手語發聲裝置的市場規模並不大，如果能夠將商品賣往全世界，情況可就截然不同了。再加上把技術運用在其他領域的延伸獲利，規模更是可觀。搞不好我的公司在不久之後，也會變成獨角獸企業呢！〉

『呃！抱歉，我聽不太懂。你的意思是說，你已經沒有敵人了嗎？獨角獸？那不是想像中的生物嗎？』

我一邊強忍著笑意，一邊在頭頂上畫出獨角獸的角。**難道泰德是在開我玩笑嗎？**

〈抱歉，是我沒向妳解釋清楚！所謂的獨角獸企業，指的是成長速度非常快，讓大家都嚇一大跳的企業。我的競爭對手，不久之後就會完全被我吸收。若要加以比喻……就像是叢林裡的一個弱小的家族，有一天突然壯大起來，吸收了其他全部的家族。〉

『泰德，過去我一直不知道，原來你也住在叢林裡？這世界可真小呢！』

我開心地以鼻孔發出嗚嗚聲。

〈沒錯，我們都住在叢林裡。不僅如此，如今我還成了叢林之王。妳或許以為自己離開了叢林，但其實妳只是來到了另外一座叢林。在這座叢林裡頭，有著妳所不熟悉的規則，而且隱藏著讓妳意想不到的危險。所以妳一定要把手機帶在身上，當遇上麻煩時，才能夠向信任的對象求助。〉

我和泰德互相擁抱，他又比了一次〈妳隨時可以打給我〉的手勢，接著轉身離開房間。我目送著泰德離去，心中卻存在著一股難以形容的芥蒂。

對我來說，泰德是非常重要的朋友。他給了我聲音，現在又給了我能夠和遠方的人通話的工具。他的臉上永遠帶著溫和的微笑，而且始終給予我最大的尊重。打從第一次見面，我就很喜歡泰德這個人類。

然而，如今我才知道，我所熟悉的泰德，不過是他人格的一部分。當聽見他說要吸收叢林裡的所有敵人，我內心著實吃了一驚。因為就算找遍全世界，也找不到會做這種事的強壯大猩猩。在他講述著那些未來時，我的心裡想到了墨里斯。

墨里斯帶著兒子維克托，攻擊了我的家族，搶走家族裡的雌性大猩猩。但就算是墨里斯，也不可能吸收叢林裡的所有大猩猩家族。或許在那個性溫柔的泰德心中，隱藏著連墨里斯也望塵莫及的猙獰面孔，只是過去的我一直沒有看見。

泰德為聾啞人士設計出了發聲工具，那是相當具有社會意義的產品，相信他的公司能夠讓這個世界變得更好。但另一方面，他的公司也可能會奪走對手的希望，在其競爭的過程中，也會樹立相當多的敵人。到底哪一邊才是泰德的真面目，我已經搞不清楚。

過去我以為語言能夠將我們緊緊相繫，也以為語言就像一座堅固的橋樑，能讓我們能夠跨越人類與大猩猩之間的鴻溝。後來我才發現，語言正在逐漸失去意義。

或許人類與動物之間，有著語言之外的某種巨大阻礙，讓我們永遠難以互相理解。

「真有妳的，這才是真正的狂野。」趙莉莉將臉從手機畫面上抬起，說道。

此時，我滿腦子還在想著早上泰德所說的那些話，完全不明白她這麼說是什麼意思。

『妳指的是哪一件事？』

「當然是妳說拉就拉這件事啊！一般人可不會在別人的面前做這種事。但想解放時就解放，才是最自然的狀態，這才是真正的自由啊！」

我聽她說到這裡，才明白她指的是我即使是在人類的面前，也會毫不思索地排便。

山姆及雀兒喜即使看了，也總是一副理所當然的態度。到目前為止，我從來不曾因為排便的事情而遭受人類指責。那些前來拜訪我的人，從不曾針對這件事有過隻字片語。此時回想起來，或許他們只是假裝沒看見而已。

『對不起，我過去一直沒有思考過，或是在意過這件事。仔細想想，當初總統來的時候，我似乎也做了這件事。』

為什麼我過去從來沒有思考過這個問題？我突然感到極度不安。

沒想到趙莉莉聽了我的話，反而拍手大笑。

「我真是太佩服妳了！妳是我見過的人當中，最瘋狂的一個！可惜有點美中不足，當初妳應該抓起大便丟他才對。我超討厭那傢伙的！」

趙莉莉一邊說，一邊做出丟東西的動作。

『妳為什麼討厭他？』

「那種假惺惺的男人，大概只有坐在皮卡*上、聽著鄉村音樂的白人大叔才會喜歡吧？像我這樣的人，幾乎每個都討厭他。」

趙莉莉是個韓裔的年輕饒舌歌手，似乎很受年輕人類歡迎。當她一走進房間，馬上就拉著我拍了一張合照。接下來的時間，她只是不停滑著手機，幾乎不跟我交談。我看她一直靠著牆壁坐在地板上，本來以為她對我絲毫不感興趣，沒想到當她得知我在總統的面前排便之後，竟然興奮得不得了，和我越聊越是起勁。

『像妳這樣的人……指的是什麼樣的人？』

「我是韓裔美國人啊！像我這樣的人，簡單來說就是移民者，或是有色人種。」

『有色人種？妳的意思是說，這個世界上有些人類沒有顏色？』

「是啊！難道妳看不出來嗎？有些人的皮膚比較黑，有些人是茶褐色，或是像我一樣的黃色。」

我拿起身旁的一根香蕉，和她比對了一下。

『我覺得妳的顏色稱不上是黃色。』我認真地應道。

「確實不像香蕉那麼黃……」莉莉皺起了眉頭，解釋道：「但在那些人的眼裡，亞洲人的顏色就是黃色。」

『對不起，我從小就住在叢林裡，實在分辨不出你們的差異。』我歉疚道。

「不用道歉啦！這是一件好事。這世界上本來就不應該存在偏見。」她目不轉睛地看著我，問道：「妳的眼神是如此純真，讓我有點好奇。在妳的眼裡，這個世界是什麼模樣？」

＊注解：皮卡（pickup truck），是一種兼具客車及貨車功能的跨界車種，車身的前半段看起來像客車，但是後半段有著像貨車一樣的開放式車斗。

『我從來沒有看過這個世界。自從來到美國，我就一直被關在這個房間裡。』

「真是可憐！不過再過一陣子，他們應該就會把妳放出去了。我聽說，他們打算讓妳和其他大猩猩一起生活。」

『是的，下星期我就會跟這個動物園裡的大猩猩們住在一起。』

「妳不害怕嗎？這裡的環境跟叢林完全不一樣，真的有辦法和其他大猩猩好好相處？」

『害怕是害怕，但我正是為了過這樣的生活，才來到這裡的。我不僅很想見一見住在美國的大猩猩們，還很想和許多人類交流。』

「妳見了美國總統，還見了韓裔的饒舌歌手，交流過的人類已經算是夠多了吧？那妳對美國人有什麼感想呢？」

『我也說不上來……』我隨口回應道：『不過，跟饒舌歌手交流，肯定比跟美國總統有趣得多。』

趙莉莉聽到一半，雙眼忽然閃爍著興奮的神采。

「這個動作太有趣了吧！這在手語裡是什麼意思？」

只見她舉起雙手的食指及小指，在胸口前後移動。

我也做出相同的動作，語音代替我回答了這個問題：『饒舌歌曲。』

「真的假的？這是饒舌歌曲的手語喔！是哪個天才想出來的？真是太傳神了！給人一種很快樂的感覺！」

趙莉莉似乎很中意這個手語，反覆做了好幾次。

「手語好像很有意思！妳能不能教我手語？」

『當然可以，妳想知道什麼？』

「當然是髒話囉！最好是惡毒、下流一點的。」她的雙眼閃耀著好奇心。

『我能教妳，但沒辦法發出語音。這個手套只要遇到髒話，就會保持沉默。』

「這也太莫名其妙了！簡直就像是審查制度，實在太不合理！妳應該有權利說出自己想說的話才是！」

『這也是沒辦法的。在這個世界上，會使用手語的大猩猩，只有我和我的母親而已。所以我們就像是所有大猩猩的代表，甚至是所有野生動物的代表。至少霍普金斯園長的心裡是這麼覺得，而羅德參議員和我見面時，也曾說過我是叢林派往人類社會的親善大使。我的肩上背負著重責大任，所以一定要遵守禮節，才能符合大家的期望。』

「哇，多麼沉重的壓力！如果是我的話，肯定難以忍受。我在美國也是一樣，屬於少數族群，雖然現在已經比以前好得多，但偶爾還是得承受異樣的眼光。以前在學校時，因為只跟亞裔的學生往來，還被取了一個綽號叫FOB。妳知道那是什麼意思嗎？FOB是Fresh Off the Boat的縮寫，意思就是『剛剛搭船來到美國的外國人』。然而，那些想盡量融入白人生活的亞裔學生，也被取了一個很難聽的綽號叫Whitewash，意思是『假裝自己是白人的有色人種』。不管我們怎麼做，都會引來嘲諷譏笑。在美國，我們永遠都會被冠上『韓裔』或『亞裔』之類的字眼；但當我去了韓國，又被當成美國人。因此我下定決心，不再理會別人是怎麼看我的。」

趙莉莉皺起眉頭，露出厭惡的表情，或許是想起了過去的不愉快經驗吧！

「自從我開始小有名氣之後，就經常有人希望我站在亞裔美國人的立場表達意見，甚至是將我當成了全韓裔人士的代表。光是這樣的期待，就已經讓我感覺過於沉重。妳竟然要當所有野生動物的代表，可以想像那是多麼可怕的重擔。不過，我衷心建議妳不要把這種事情過度放在心上，一定要活得像自己，否則總有一天妳會心灰意冷。妳的名氣接下來應該會越來越大，我得先告訴妳一個殘酷的事實。不管妳多麼努力展現出最好的一面，終究還是會遇到一些討厭妳的人，而且那些人討厭妳，並不需要任何理由。如果妳活得像一頭大猩猩，他們會譏諷、嘲笑妳；如果妳活得像一個人類，他們會貶低、批評妳。妳唯一能做的事情，就是不要把他們說的每一句話都放在心上。」

『謝謝妳，莉莉，妳真是一個善良的人類。』

「那還用說，妳現在才看出來嗎？我是個心地善良的女孩，還是個端莊賢淑的好女孩。好了，現在輪到妳來教我囉！我想要知道最惡毒、最下流的手語。例如：FUCK的手語要怎麼比呀？」

我豎起中指，舉到她的面前。

「我竟然忘了，這正是所有手語之中，我唯一會的一個！」

她在自己的膝蓋上用力一拍，哈哈大笑起來。

「那『拉屎』呢？要怎麼比？」

我比出了前幾天惹惱雀兒喜的動作。先以右手擺出牛角的樣子，然後以左手做出「拉屎」的動作。

莉莉則笑到眼眶含淚。

「那『屁眼』呢？」

我將左手拇指與食指彎成圓圈，再以右手食指繞著圓圈轉動。

莉莉已經笑到在地上翻滾。

「那『蕩婦』呢？」

我張開右手手掌，將手背對著莉莉，然後彎曲左手的拇指、無名指及小指，圍成圓圈，將圓圈套在右手的拇指上，接著以相同動作，依序套在右手食指、中指、無名指及小指上。這個動作跟剛剛那些動作比起來，稍微複雜了一點。

「看不懂，這是什麼意思？」莉莉歪著頭反問。

『右手的五根手指頭代表五個男人的性器官，左手代表女人，意指女人不斷更換發生關係的男人。』

莉莉聽了我的解釋，驚訝地瞠大了雙眸，然後她做出優雅的鼓掌動作，似乎想要表達由衷的敬佩之意。

「真是太了不起了！想出這個手語的人，肯定是個天才，真應該頒發個什麼勳章。過去我完全不知道，原來用手勢罵人還能有這麼多花樣。我是個饒舌歌手，罵髒話對我來說，就像是工作的一部分。我有自信能夠說出非常下流的話，但在手語方面，妳是我的啟蒙老師。真是讓我深深體會到，原來罵人是一門這麼深奧的學問。真是太有意思了！我應該好好鑽研手語才對。」

『手語不是很好學，但妳看起來是個很聰明的人類，相信很快就能學會。』

「話說回來，他們不是禁止妳比髒話嗎？那這些髒話的手語，妳是怎麼學會的？那個女學者看起來是個腦筋死板的人，我想她絕對不會教妳這些手語。」

『我有兩個手語老師，一個是好的老師，另一個是壞的老師。』

「壞的老師，才是最棒的老師。今天我不曉得笑了多少次，真的太謝謝妳了，和妳聊天很開心！」

莉莉站了起來，拍拍屁股上的灰塵，看起來似乎打算離開。但我實在不想讓她離開，和她說話能帶給我一種相當特別的快樂，而這種快樂是和其他人類說話時得不到的。

『妳的衣服……』我趁著莉莉還沒說出道別的話之前，說出了這句話。她默默看著我，等著我繼續說下去。『非常好看，那鮮艷的顏色很適合妳。』

「謝謝，這衣服是我的朋友設計的。她剛創立了一個服飾品牌，希望我穿她設計的衣服，幫她打打廣告。我也很喜歡她的設計，所以每次開演唱會或是拍攝影片時，都會穿她送的衣服。」

『我一直在思考妳剛剛說的那件事。過去我總是當著人類的面直接排便，但未來我會有越來越多的機會面對人群，所以很希望能改掉這個習慣。問題是，我們大猩猩對壓力很敏感，才會經常拉肚子。若只是包著尿布，實在不太好看，因此我也想穿像妳身上這種漂亮衣服。只要穿著衣服，就能把尿布蓋住。』

「既然妳喜歡這件衣服，我到是可以問問我朋友，能否製作出符合妳尺寸的衣服。」莉莉以手指抵著下巴，思索了片刻，繼續說道：「而且穿在妳身上的宣傳效果，肯定會比我要好得多。」

「既然妳喜歡這件衣服，我倒是可以問問我朋友，看是否能製作出符合妳尺寸的服裝。」莉莉以手指抵著下巴，思索了片刻，說道：「而且衣服穿在妳的身上，宣傳的效果肯定比我穿還好得多。」

莉莉說完之後，立刻打起了電話。

「喂，是我。妳猜我現在在哪裡？錯，是辛辛那提。妳不知道嗎？辛辛那提已經變成世界的中心了。我現在跟蘿絲在一起。對，就是妳想的那個蘿絲。我告訴妳，蘿絲很喜歡妳的衣服呢！對，我穿著妳上次送給我的外套跟寬鬆牛仔褲，蘿絲說她也想要一樣的衣服。妳有辦法做出大猩猩尺寸的衣服嗎？想一下？這種天大的事情還要想一下？不管妳現在有什麼事，全都給我取消，立刻趕到辛辛那提來。顧店？妳那間芝麻大的小店，叫妳老爸幫忙顧一下就行了。反正妳在店裡應該也沒什麼事情，對吧？一到辛辛那提，立刻通知我，拜！」

莉莉這番話，幾乎全是單方面的要求。我雖然聽不見對方說了什麼，卻可以想像對方正露出困擾的表情。

「搞定！我朋友說她能夠製作妳的衣服，應該會在兩、三天之內趕到這裡，大概吧！」

儘管莉莉對我這麼說，總覺得她在對方回答之前，就已經掛斷了電話。

「下次我會帶著她一起來找妳，敬請期待！對了，如果我想要聯絡妳，得找誰呀？那個叫雀兒喜的女學者嗎？」

『我也有手機，妳可以直接打電話給我。』我得意洋洋地說道：『傳簡訊也沒問題，我的手套會讀給我聽。』

早上泰德才給我手機，下午就派上用場，果然與人類建立良好關係是一件很重要的事。

「妳有手機？真的假的！那妳能把我的電話號碼輸入到手機裡嗎？」

『我今天才拿到手機，不知道怎麼輸入。』

我頓時喪失了剛剛的自信，看來在這個世界上，還有太多我必須學習的事情。

「不然這樣好了，我把我的電話號碼告訴妳。妳能現在打電話給我嗎？妳知道怎麼打電話嗎？」

我點了點頭，做出打電話的動作。先比出〈手機．打電話〉的手勢，接著比出莉莉告知的號碼。這時，莉莉的手機響了起來。她看了一眼上頭顯示的電話號碼，沒有接起電話，直接將電話切斷。

「這是妳的號碼，我會存在我的手機裡。等等妳也要把我的號碼存進妳的手機，好嗎？那我們下次見了。」

莉莉輕輕揮了揮手，轉身走向出口。

眼看她就要離開，心裡相當捨不得，好想繼續跟她聊天。但我告訴自己，她還會再來看我，何況我跟她隨時都可以通電話。

她雖然離開了，並不代表我跟她的關係結束了。想到這裡，心頭萌生一股暖意。

「對了。」莉莉將手搭在門板上，像是想到什麼，突然轉頭對我說：「在我的心裡，妳並非只是一頭會手語的大猩猩，當然也不是什麼野生動物的代表。妳就是妳，妳是蘿絲，是我的朋友。和我說話時，不必背負任何責任。」

莉莉一說完，旋即走出了門外。

這就是她的性格吧！喜歡強迫別人，總是單方面做出決定，但我好喜歡這樣的她。

『謝謝妳，我真的很高興能夠遇見妳。』

手套的語音慢了半拍，迴響在空蕩蕩的房間內。

莉莉是我來到美國之後，交到的第一個朋友。

三天後，莉莉再次來訪，身邊帶了一個名叫優娜的朋友。

我向優娜客氣地打招呼，她還是一副畏畏縮縮的態度。在前來拜訪我的人類之中，她是最怕我的一個。我看她毫無理由地嚇成那樣，心裡實在有點不舒服。

「真的不要緊嗎？我真的可以靠近牠？」

「Bitch！牠可是我的朋友，難道妳不相信我的朋友？我向妳打包票，蘿絲真的是個好女孩。妳忘記妳來這裡的目的了嗎？還不快把妳的量尺拿出來！」

莉莉或許是察覺到了我的心情，對朋友很不客氣。

「自從妳介紹那個男生跟我約會之後，我就再也不相信妳的朋友了。」

「那件事情，我已經向妳道歉過一百遍了！我不知道那個傢伙是個大混帳，隨便介紹給妳，真的很抱歉，那次是我不好！我對天發誓，蘿絲絕對不會像那個傢伙一樣在妳的屁眼塞奇怪的東西，妳完全可以放心！」莉莉誇張地高舉雙手，仰天說道：「蘿絲，趕快稍微把手舉起來，讓她量一下妳的身體尺寸。」

我模仿莉莉的動作，將雙臂舉平在身體的兩邊。

優娜戰戰兢兢地走上前來，將量尺抵在我的手臂上。她是個身材嬌小的人類，只比莉迪稍微大一點，留著一頭超過肩膀的黑色直髮，看起來油亮美麗。她身上穿著華麗顯眼的服裝，但似乎是個害羞、內向的女孩，當然也有可能只是太害怕我而已。

優娜量完我的手臂長度，忽然伸手在我的手臂上輕輕摸了一把。

「好美喔……為什麼可以這麼美……？」

站在我身邊的她，眼神中已不帶驚恐之色。她看著我的體毛，越看越是入神，露出了陶醉的表情。

「穿上了衣服，不就把這些美麗的毛蓋住了嗎？真是太可惜了！」

她不停撫摸我的手臂，嘴裡低聲呢喃。

「蘿絲有牠自己的考量。好像是因為不想在人類的面前拉屎，只穿尿布又太難看，所以想穿一件衣服好把尿布蓋住。」

莉莉早已盤腿坐在牆邊，滑起了手機，那姿勢與我們第一次會面時一模一樣。

『並非什麼樣的衣服都好，我想穿帥氣的衣服，就像莉莉穿的那樣。』

「這不是很剛好嗎？妳就幫她做一套吧！反正也只是做稍微大一點的衣服而已。」莉莉說到這裡，瞥了我一眼，又笑道：「我穿的尺寸是大號，看來妳得穿超級大號。」

『我才不是超級大號，以大猩猩來說，是很普通的尺寸。』

優娜稍微遠離我一步，繞著我轉了一圈。

「這可不是什麼簡單的事情，什麼稍微做大一點就行，問題沒有那麼簡單。首先，既然是想要遮住尿布，褲子就得做得更寬鬆一些。如果做得太寬鬆，以大猩猩的走路方式，又有可能會勾到布料。畢竟大猩猩的身體結構及移動方式都與人類完全不同，如果按照人類的體型去做，很多地方的布料一定不是太多就是太少，而且應該選擇什麼樣的布料，也是一大問題。我對大猩猩完全不了解，如果用錯了布料，可能會導致牠穿在身上感覺太熱。還有就是既然要做衣服，最好能夠設計成牠可以自己穿脫。唔……這真的是很困難，可能得修改很多次才行。」

「那也沒什麼關係，反正蘿絲最近閒得發慌，妳就先試做幾套來穿穿看嘛！這感覺起來很有意思呢！下次見面，就是蘿絲的時裝表演秀時間。」

九

來到美國一個月之後，我的隔離期間終於結束了。

在結束之前，園方還為我做了一次身體檢查。工作人員們都很驚訝，我竟然能夠完全遵循所有人的指示，沒有做出任何脫序的行為。雖然園內的大猩猩都經過簡單的調教，在接受健康檢查時能夠不吵不鬧，但據說工作人員們幫我做了健康檢查之後，都深深體會到「語言能通」是一件多麼可貴的事情。

霍普金斯園長領著我，走出了那個伴隨我度過漫長隔離期間的小房間。

「我上次也提過，在妳即將入住的大猩猩區裡，總共有六頭大猩猩。領袖是五年半前從德州的布朗斯維爾動物園搬過來的銀背大猩猩奧馬里，牠的性情相當溫和。目前牠有兩個妻子，分別是卡貝蒂及卡妮佳，卡貝蒂及卡妮佳都是溫德的女兒，在長大之後離開了溫德家族。溫德是在我們園內出生的大猩猩，今年已經四十七歲了。溫德家族生活的區域跟妳不一樣，所以不必太在意。卡貝蒂生了個兒子叫瑪西尼，最近還生了個女兒叫萊莎。卡妮佳也有個叫塞倫蓋的兒子。

奧馬里是個很照顧孩子的父親，牠與孩子享受天倫之樂的模樣十分可愛，是我們園內相當受歡迎的大猩猩。我相信妳一定能夠和牠們好好相處，所以不必感到焦慮。在妳融入這個家族之前，我們會封鎖大猩猩區，不對外開放，妳不必擔心會有遊客看見。在妳適應環境之後，我們才會慢慢增加妳和遊客交流的機會。現階段就不必想那麼多，只要和新朋友好好相處就行了。」

『我並沒有感到焦慮，感到焦慮的是你吧？』

由於園長看起來比上次見面時緊張得多，所以我故意開了個玩笑，想要緩和他的情緒。

「哈哈哈，被妳發現了。其實不瞞妳說，我真的很緊張。為了讓妳早點適應我們這個動物園，我盡可能想要保持低調。但那些媒體記者都巴不得立刻對著妳猛拍，我每天都要拒絕好幾組提出採訪申請的媒體記者。總而言之，我們會盡一切努力，讓妳能夠安心生活。妳有任何生活上的需求，都可以儘管提出來，不必客氣。」

我們一同走在大猩猩區的工作人員專用通道內，來到一片什麼都沒有的牆壁前，霍普金斯園長猛然停下了腳步。

「我只能陪妳到這裡，接下來妳得自己前進。做好心理準備了嗎？」

要我自己前進，但前面這片牆壁並沒有門呀？我試著想理解園長所說的話。

『我已經做好心理準備了，只是這裡並沒有門，其他大猩猩在哪裡呢？』

園長聽了我的話，伸出手掌在自己的額頭上一拍。

「我忘了說明，真是抱歉！這裡沒有門，從下面這個洞可以離開通道，奧馬里牠們就在通道的外頭。」

那個入口的模樣，跟我當初想像的可說是截然不同。那並不是一扇供人類使用的門，而是一個供大猩猩使用的孔洞。

第一次看到這樣的洞，我心裡著實吃了一驚，另一方面，也感到相當雀躍與興奮。因為我只要穿過這個狹窄的洞穴，就可以進入另一個完全不同的世界。

『那我進去了，祝我好運吧！』

對著園長說完，便轉身鑽進了洞裡，倏忽我想到了一件非常重要的事情。

『我在裡頭不需要手套，你能幫我保管嗎？』我再次鑽出洞穴，詢問園長。

他笑著點了點頭，於是我取下雙手的手套，遞給園長。他接過手套，朝我揮了揮手。

通往大猩猩區的洞穴並不深，才走了兩步，就鑽出了牆壁，來到了洞外。

剛才明明和園長一起走在太陽底下，此時竟感覺陽光異常刺眼。

洞外確實是另一個世界，但對我來說，那並不是一個陌生的世界。那裡與我最熟悉的叢林有著幾分相似，有著故鄉的氣味，一種來到美國後早已忘懷的氣息。

我聞到了泥土的香氣，聽見了枝葉的呢喃細語，以及潺潺流水聲，空氣中飄著一絲獨特的味道。那是我絕對不會搞錯的、大猩猩的味道。我頓時有種置身在叢林之中的感覺，彷彿看見了鬱鬱蒼蒼的參天高木。

然而，現實中的眼前，當然沒有叢林，只是與叢林有幾分相似。那裡有岩堆、有泥土、有青草、有沼澤，甚至還有小河及瀑布，廣大區域的中央，有一棵巨大的樹木。但仰頭看不見遮蔽天空的枝葉，能夠用來阻擋日照及當作休憩地點的樹木也不多。整體而言，雖然樹木的數量不少，卻都是低矮的樹木，並非我所熟悉的叢林裡頭那些高大樹木。

我往前走了數步，放眼環顧四方。前方的地形呈現下坡，最底部是一灘池水。池水的後方是一面高度超過十公尺的高牆，那面牆非常高，以大猩猩的能耐絕對爬不上去。牆壁的頂端有個展望臺，原本應該是讓遊客觀看大猩猩的地點，如今以一塊深灰色的布簾罩住了。

正如園長所說的，在我適應環境之前，他們不會開放遊客參觀。

雖然附近不斷傳來瀑布的隆隆聲響，但我還是隱約可以聽見展望臺布簾的後方，傳來嘈雜的人類說話聲。即使看不見人影，聲音也若有似無，可以肯定那裡站著不少人，這讓我不由得有些緊張。

驀然間，一道黑影猛地竄過我的面前，我嚇得一屁股坐倒在地上。那生物發現了我，陡然停下腳步，目不轉睛地盯著我。仔細一看，原來是一頭年幼的大猩猩，性別是雄性，年齡大約五歲。由於我事先看過照片，所以知道那是瑪西尼。

瑪西尼有著一身黝黑油亮的體毛，正以一雙大眼看著我，露出無法理解的表情。我這個突然出現的外人，似乎引起了牠的好奇。

我希望給瑪西尼留下良好印象，所以發出了低沉的聲音，友善地向牠打了招呼，不過瑪西尼並沒有回應我，只是動也不動地盯著我，我完全猜不出牠的心裡在想些什麼。當然我也不曉得在接觸其他大猩猩時，該表現出什麼樣的反應。

我應該一下子就裝出跟牠們很熟嗎？但隨便靠近牠們，可能會被認定為危險對象，第一印象一旦形成就很難改變。

這時瑪西尼已經來到我的面前。我要假裝沒有看見牠嗎?從前住在叢林裡時,我的家族有時會遇上其他家族的大猩猩,而我只要跟隨父親或其他成年大猩猩的行動就行了。像這樣單獨進入其他大猩猩家族,對我來說,也是打從出生以來頭一遭。

苦苦等了一個月,如今終於見到了其他大猩猩,我卻不知該怎麼辦才好。我與瑪西尼就這麼大眼瞪小眼好一會,最後是瑪西尼先採取了行動。牠見我愣愣地坐著不動,似乎對我失去了興趣,轉身走向生活區的中央,我也只能一臉茫然地望著牠離去。

其他的大猩猩們就在瑪西尼的前方。銀背奧馬里坐在中央的大樹下,牠的妻子卡貝蒂坐在牠的身旁。才剛出生不久的萊莎,在卡貝蒂的懷裡蠕動著身體。奧馬里的另一個妻子卡妮佳則在稍遠處睡著午覺,卡妮佳的兒子塞倫蓋在下方的水池裡玩水。

未來牠們應該都會成為我的家人,如今我在牠們眼裡,只是一頭陌生的大猩猩。現在到底該怎麼辦才好,我完全沒了主意。

假如能夠以語言溝通,事情就會好辦得多。只要告訴牠們,我來自喀麥隆的叢林,希望成為牠們的家人就行了。可惜我跟牠們之間並沒有任何能夠溝通的語言,對牠們來說,我就只是一個可疑的外來者。到底該怎麼做,才能融入一個大猩猩家族,我完全沒有概念。

不過稍微仔細一想，我發現自己並非完全不具備相關的知識。因為在我的腦海裡，忽然浮現了一件往事。

有一次，山姆曾經告訴我「接近一群大猩猩而不引來敵意」的技巧。

「妳知道要和一群大猩猩混熟，最重要的是什麼嗎？」山姆對我說的話，在腦中迴盪著。「那就是，讓那些大猩猩明白我沒有敵意。第二個重點，則是讓牠們相信我也是一頭大猩猩。總而言之，就是要讓牠們認定『這傢伙雖然有點古怪，但並不危險』。」

沒錯，當時山姆在大猩猩的眼裡，就是一個「有點古怪的傢伙」。他總是假裝若無其事地坐在大猩猩的附近，裝出一副正在吃野草的樣子，在叢林裡的泥地持續坐上好幾個小時。在這段期間裡，他絕對不與大猩猩有任何直接的眼神接觸，只是以眼角餘光觀察著大猩猩的一舉一動。

看著山姆的這些舉動，我心裡只覺得很好笑。不過，那些大猩猩家族們，真的就在不知不覺之中，接納了山姆這個人類。或許牠們把山姆當成了「一頭剛好在附近吃草的無害動物」吧？當年我的父親耶沙烏甚至還曾經接近山姆，和他一起嬉戲。

我身為一頭大猩猩，要融入大猩猩的族群，竟然得使用山姆這個人類教我的技巧。這說起來實在是很滑稽，但除了這麼做之外，實在不知道該怎麼辦才好。

於是，我跟在瑪西尼身後，朝大猩猩們緩緩靠近。我已經有好一段時間不曾不戴手套走路，也好久不曾走在泥土上，手背直接抵在泥地上的感覺，讓我相當懷念。

我慢慢朝著奧馬里牠們靠近，牠們也都注意到我，轉頭朝我望來。只要牠們一轉頭看我，我就會停下腳步，將臉轉向一旁。有時我會拔起附近的野草，放進嘴裡。每次我這麼乖乖待在相同位置，不久之後牠們就會對我失去興趣，轉頭望向其他地方。等到牠們全都沒在看我時，我又會緩緩朝牠們靠近。就這樣，慢慢拉近跟牠們的距離，接著裝出若無其事的態度，躺在地上假裝睡覺。要表現出自己沒有敵意，原來是這麼辛苦的一件事。

過了一會，瑪西尼再次主動朝我走來。牠繞著我不停奔跑，似乎想要將我觀察得一清二楚。我近距離感受到瑪西尼的興奮，不禁有些開心，在內心的深處，也回想起從前和家族裡的孩子遊玩時的回憶。我猜瑪西尼或許正感到無聊吧，牠應該很希望我能陪牠一起玩。

我朝瑪西尼伸出了手，沒想到就在此時，遠處傳來了尖銳的叫聲。原本正在睡午覺的卡妮佳，竟然朝我奔了過來。我看牠來勢洶洶，顯然不是要找我玩耍，唯一目的，就是驅趕我這個外來者。牠的敵意令我心生恐懼，我決定背對著牠拔腿逃走。

我跑下岩堆，朝著坡下的水池奔逃，但卡妮佳並不放過我，持續追趕過來。我逃到了水池邊，再也無處可逃，此時卡妮佳追趕上來，朝我打了好幾拳。我不禁感到相當惱怒，不明白自己為什麼會遭受這種對待。我趁機從卡妮佳的腋下鑽過，爬上了岩堆，卡妮佳氣呼呼地大喊，又追了過來。

我奔到岩堆的頂端，跑向生活區的中央，滿腦子只想著要躲開卡妮佳的攻擊。沒想到我轉頭一看，銀背奧馬里就坐在我的面前。**領袖對我的第一印象，肯定是糟糕至極。**我一面奔跑，一面懊懊惱地思忖著。

下一秒，奧馬里竟然站了起來，朝我的方向奔來。奧馬里是體重超過兩百公斤的巨大銀背大猩猩，我震懾於那驚人的氣勢，一時之間竟然全身動彈不得。

就在我停下腳步時，奧馬里來到了我的身邊，目不轉睛地看著我。卡妮佳也追趕過來，從奧馬里的身旁繞過，又想朝我揮拳。

這時，奧馬里朝卡妮佳的肩上拍了拍，接著又朝牠發出低吼，似乎是在阻止牠這麼做。

卡妮佳不停以鼻子發出嗚嗚聲，表達心中的不滿，沒過多久牠就放棄轉身走向一旁。

多虧了奧馬里的調解，我終於得救了，暗自鬆了一口氣，同時向奧馬里打了招呼。奧馬里也向我打了招呼，顯得有些開心，接著牠不停打量著我，彷彿想要看穿我的底細。或許是因為突然出現一頭雌性大猩猩，引起了牠的興趣，牠在我的身邊慢條斯理地走來走去，不斷盯著我看。

這讓我不禁回想起了從前的艾薩克，當然奧馬里與艾薩克一點也不像。奧馬里的體格比艾薩克更加壯碩，年齡也較大，而且跟艾薩克比起來，奧馬里的身體太過完整漂亮，沒有任何嚴重的傷痕。

奧馬里的一舉一動都非常從容自在，充滿了自信的表情也很美。但不知道為什麼，當我看著奧馬里，內心想到的是那個曾經受過重傷，嚐過孤獨滋味的艾薩克。艾薩克如果從小生活在動物園裡，就不必吃那些苦頭了。相反地，奧馬里如果生活在叢林裡，應該也沒有辦法這麼春風得意。

奧馬里似乎接納了我，牠以鼻子發出得意的呼聲，轉身回樹下去了。

就這樣，領袖允許我加入牠的家族。

我與奧馬里一同生活了一個星期之後，園方拿掉了大猩猩區的布簾。

此時，我與奧馬里牠們已經相處得很好，卡妮佳與卡貝蒂雖然剛開始還對我抱持著一些戒心，由於奧馬里接納了我，所以牠們也不再對我做出明顯的攻擊行為。我跟牠們的孩子瑪西尼、塞倫蓋遊玩了一陣子之後，兩個母親似乎也把我當成了同伴。

園方不僅舉辦了開幕儀式，還召開了一場記者會，霍普金斯園長與我一同出席了記者會。工作人員在會場內布置了階梯式的長椅，我們一走到記者們的面前，大量的閃光燈瞬間讓整個會場變得燈火通明。

我感到前所未有的緊張，但還是維持著自信，表現出落落大方的態度。我之所以能做到這一點，是因為身上穿著優娜特別為我量身製作的衣服。這套衣服正是趙莉莉當初第一次來拜訪我時，身上穿的那套衣飾。紅色的外套，配上寬鬆的牛仔褲，這樣的打扮使我充滿了自信，也讓我能夠在人類的面前抬得起頭來。多虧了優娜的努力，才讓這套完全合身的衣服趕上了這次的記者會。

我本來以為尿布應該也得配合大猩猩的體型特別製作，沒想到莉莉從超市買來的大尺碼尿布就完全合用。這讓我有點驚訝，人類的超市竟然會販賣符合我體格的尿布。莉莉理所當然地對我說：「別說是妳的尺寸，就算是更大尺寸的尿布也買得到。」

霍普金斯園長首先說了一些開場白。

「很高興今天能夠舉辦這場記者會。對於讓蘿絲進入本園，我更是感到無比榮幸。我真的很想早日對各方人士公開表達感謝之意，更希望讓大家一睹蘿絲的手采。不過，為了減輕蘿絲的壓力，我們最後還是決定先等上一段時間，讓蘿絲習慣本園再說。」

以上就是開場白的大致內容。

霍普金斯園長說起話來，依然是那麼恭謙有禮，但從他那豐腴的臉頰微微脹紅，可以看出他的心情相當亢奮。

園長呼喚了我的名字，接下來是我自我介紹的時間。

『美國的各位朋友，很高興認識你們。我叫蘿絲，是一頭低地大猩猩。』

當我一開始說話，記者席上登時響起一陣騷動。

『我出生於喀麥隆的德賈動物保護區。貝托亞類人猿研究中心的雀兒喜·瓊斯博士及我的母親，教導了我手語。我的母親也跟我一樣，是因為瓊斯博士的教導，才學會了手語。直到去年為止，我一直住在叢林裡，因為父親過世的關係，我來到了美國。我能夠以手語對著各位說話，全多虧了這副ＳＬ科技所研發的手套。沒有諸位人士的幫助，就沒有今天的我。所以我想藉由這個機會，表達心中的謝意。歷經了一個月的隔離之後，如今我已進入這個克里夫頓動物園的大猩猩區，與奧馬里家族一同生活。奧馬里是非常溫柔的家族領袖，我們每天都過著和平的日子。我能夠來到克里夫頓動物園，真的是非常幸福。很期待與美國的各位朋友相見，歡迎大家隨時來看我，謝謝大家。』

自我介紹完畢之後，就是記者們的提問時間。坐在我們正前方的記者們全都舉起了手，園長逐一請他們提出問題。

「看來妳是真的會使用手語呢！對妳來說，手語的學習會不會很辛苦？」

『我從一出生就開始接觸語言，除了瓊斯博士之外，我母親也對我施予恩威並濟的指導。對我來說，手語的學習是理所當然的。學習新的語言，能夠拓展自己的世界，我認為這是非常快樂的事，從來不覺得辛苦。』

我回答了第一個問題。

「這是我第一次看見妳穿衣服的模樣，有點驚訝。請問妳平常一直穿著衣服嗎？穿衣服是園方的點子，還是妳自己的想法？」

『我的朋友趙莉莉來拜訪我時，身上穿的衣服很漂亮。我說想要穿跟她一樣的衣服，莉莉於是委託同一家服飾店，為我製作了這套服裝。其品牌叫Borealis，是莉莉的朋友姜優娜所創設的，今後我還會繼續請她幫我製作衣服。當然我在奧馬里牠們的面前是不穿衣服的，只有在面對人類的時候才穿。這是我自己的想法，並非園方的點子。』

第二名記者的提問，讓我有機會說出莉莉及優娜的名字，很高興能報答她們的恩情。

「聽說，妳已經在大猩猩區住了一個星期。妳喜歡那裡的環境嗎？妳對其他的大猩猩有什麼樣的想法？」

『一進入大猩猩區，我就非常喜歡那裡的環境，那裡和我的故鄉有一點像。奧馬里很溫柔，只要有同伴發生爭執，牠都會居中調解，是個很值得信賴的領袖。卡貝蒂很細心照顧才剛出生不久的萊莎，卡妮佳也是個很好的母親。瑪西尼與塞倫蓋都是很有精神的男孩子，我們總是玩在一起。我覺得自己很幸福，進入了一個很棒的家族。』

「妳對美國有什麼樣的印象？會不會懷念故鄉的叢林？」

『雖然來到了美國，但除了這個動物園之外，我哪裡也沒去過。到目前為止，我遇到了很多很好的人類。大猩猩區有著一切大猩猩生活上所必要的東西，只是畢竟不是叢林，我確實有時候會非常懷念。當我想念起叢林時，各位知道我會做什麼事嗎？我會在園內散步，走到森林步道區，那裡住著黑白疣猴、紅毛猩猩、倭黑猩猩等各種動物，還有許多美麗的鳥類。坐在那裡頭，我會感覺彷彿回到了叢林之中。那裡也是適合孩子們遊玩的地方，非常推薦各位前往一遊。這個動物園裡，有著許多珍貴的動物及可愛的動物。各位既然來了，建議欣賞其他的動物再離開。』

「既然妳跟奧馬里的感情不錯，我們是不是能期待，再過不久你們的孩子就會出生？」

這個記者的問題讓我感到相當吃驚。**他真的知道自己在問什麼嗎？我打算給這個失禮的傢伙一個教訓。**

「你先跟其他記者們分享你的性生活，我再回答你的問題。」

我這句話一說出口，整個會場揚起一陣笑聲。

「抱歉，我收回剛剛的問題。」

記者露出一臉後悔的表情，沒有多說什麼。

『奧馬里是很棒的父親，我也希望能有孩子，目前我沒有辦法給予明確的答案。』

「妳有什麼話想要對美國人說嗎？」

『克里夫頓動物園是很棒的動物園，歡迎大家來玩。另外，雖然我的故鄉是為了讓野生動物生活而特別保護的地區，但在這個世界上的其他地區，森林正在逐年減少，許多野生動物都失去了故鄉。希望大家能夠更加關心，這個世界上的野生動物。我也很建議大家進入叢林看一看，畢竟有些事情必須到了當地才會明白。我從前居住的德賈動物保護區是一片非常棒的叢林，只要在當地委託提歐擔任嚮導，就可以看見許多野生的大猩猩。』

我心裡有些得意，因為我實現了與提歐的約定，在記者們的面前為他打了廣告。

不過，如果能夠讓更多的人類願意進入森林，親眼看一看野生動物，並對其付出關懷，那是多麼美好的事，這個世界一定會變得更加完美。

記者提問時間結束後，緊接著是山姆與雀兒喜向記者們宣布，他們將成立「**大猩猩蘿絲研究基金會**」，並宣稱這個基金會的目的是「**持續研究包含我在內的大猩猩**」。

其實真正的目的，是讓山姆與雀兒喜賺取生活費。他們還強調，只要捐款金額達到一定程度，就可以獲得基金會的回禮。說得更明白一點，就是只要付出夠多的錢，就能夠獲得跟我對話的機會。

這也意味著，未來我得和贊助者建立良好關係才行。我和一般的動物園飼養動物不同，肩負著特定的職責與任務，但我實在沒有自信能夠做得好。

最後由霍普金斯園長再度致謝，記者會便宣布結束。園長稱讚我的應答表現非常好，我的心裡也有些自豪。

在動物園裡的生活，真的非常快樂。

我每天除了在大猩猩區裡與奧馬里牠們相處，也與好幾組遊客見面，享受與人類對話的樂趣。動物園內的工作人員及遊客都是很好的人，在辛辛那提的日子讓我非常滿意。

為了能夠因應突發的狀況，山姆與雀兒喜一直待在動物園裡，但我完全不需要他們。我有什麼生活上的需求，只要告訴動物園裡的工作人員就行了；如果想和朋友聊天，可以打電話給莉莉。

舉行了記者會的兩個星期後，動物園內有一件相當特別的喜事——最近在園內出生的一頭河馬寶寶，終於決定了名字。他們決定河馬寶寶名字的方法，是公開向全世界募集，然後從募集來的名字當中挑選一個。

動物園為了帶給遊客們歡樂，真的做了很多的努力。我內心有些羨慕那頭河馬寶寶。

我將自己的心情告訴園長，園長幫我想到了一個好點子——向全世界募集我的「姓氏」。於是，園長和我一起以網路直播的方式徵求我的姓氏，沒想到影片的留言欄一下子就被灌爆了。這時我才深深體會到，原來有很多人想要來動物園看我，卻無法實現這個心願。我一想到有這麼多人類關心我，有這麼多人類願意幫我想姓氏，就覺得相當感動。

募集來的姓氏實在太多，我沒有辦法一一過目。但其中有一個姓氏，讓我一看就非常中意，那就是「納庫沃克*」。這名稱既獨特又帥氣，而且一聽就知道是一頭大猩猩。

從那天起，我的全名變成了蘿絲・納庫沃克。

我在動物園裡的適應狀況非常好，超過了人類的預期，所以他們決定提早半年讓我的母親來到美國。山姆與雀兒喜也為了這件事而離開美國，返回了喀麥隆。依照他們的計畫，母親將會進入布朗克斯動物園，山姆與雀兒喜也會在那裡陪伴牠一年的時間。如此算起來，我與山姆他們必須分離長達一年半的時間。但我的心中並沒有任何不安，因為我已經完全成為克里夫頓動物園的一分子。

克里夫頓動物園不僅很懂得如何取悅遊客，也非常擅長為動物的生活增添樂趣。例如，在炎熱的夏天，他們會為我們準備好幾個水桶，裡頭裝滿了結冰的水果。那是我第一次吃結冰的水果，興奮得緊咬著水桶裡的冰塊不放。水桶裡的冰一直不融化，我得費盡千辛萬苦，才能從裡頭挖出冰涼的水果，那真的是一個非常有趣的遊戲。高牆上方的展望臺上有許多遊客，他們一邊笑，一邊為我們加油打氣。

進入十月之後，動物園內到處是萬聖節的裝飾物，非常有節慶氣氛。工作人員給了幾顆看起來像骷髏的鏤空南瓜，裡頭裝滿了我們喜歡吃的水果。只要我們一拿起南瓜，遊客們就會高聲歡呼。

然而，遊客們最喜歡看的，還是我們大猩猩之間的互動。例如，塞倫蓋、瑪西尼這兩個調皮的小男孩，有時會因為和小妹萊莎玩耍時動作太粗魯，而遭父親奧馬里處罰。每當遊客們看見這一幕，都會興奮地歡呼雷動。或許那是因為兄弟姊妹吵架之後遭父母責罵，在人類的世界裡也是相當常見的事情。又例如，卡貝蒂及奧馬里小心翼翼地抱著萊莎，萊莎卻拚命掙扎想要離開的畫面，似乎也能讓人類回想起養育孩子的辛苦。

每當遊客在我們身上看見人類與大猩猩的共同點，就會非常開心。父親的威嚴、孩子的

＊注解：納庫沃克（Knuckle – Walker），直譯為指關節行走者。這是大猩猩及黑猩猩的典型行走方式，又稱作「猩猩步」。

調皮、母親的關愛等等，都能帶給人類一種莫名的感動。

與奧馬里牠們一同生活，感覺就像是置身在從小到大所待的家族裡，讓我覺得非常安心。奧馬里的強壯，深深吸引了我，牠是一頭相當溫柔的大猩猩，對我非常好，所以我也非常珍惜牠。

不，我珍惜的不止是奧馬里，而是整個奧馬里家族，如今都已成為我的新家人。

如果說我還欠缺什麼，那就是我與奧馬里之間的孩子。當然此時的我，也已經不是一個不懂得如何吸引男性的青澀女孩。

十

「好久不見了，最近好嗎？有沒有什麼有趣的事？」

這天，莉莉來探望我，與我輕輕擁抱。距離她上次與我見面，已經是一個月前的事。她說起話來還是那麼直率，一陣子沒見到她，光是聽到她的聲音，內心就雀躍不已。

由於我們不想被其他遊客打擾，所以見面的地點，是從前我接受隔離的房間。

『對了，前陣子我遇到一件很莫名其妙的事情。有個看起來像非洲裔的男人，用黑鬼語*對我說話。』

「哈哈哈，那可有意思了，後來呢？」

『我當然沒有使用黑鬼語，我也請那個男人不要使用。』

＊注解：黑鬼語（N-word），意指對黑人帶有歧視意味的詞句。此處的「N」為黑鬼的英文 Nigger 的縮寫。美國黑人之間會使用黑鬼語交談，但十分忌諱黑人以外的人種對他們使用，會讓他們感覺受到歧視與羞辱。

「妳真是個好寶寶。然後呢？他對妳說了什麼？」

『他告訴我，非洲裔和非洲裔講話，使用黑鬼語並不會怎麼樣。我嚇了一跳，因為我從來沒有想過自己也是非洲裔。當然我是非洲來的，如果照這樣的邏輯，所有的大猩猩都是非洲裔……但我還是告訴他，我不是非洲裔。沒想到那個男人對我說：「妳很黑，不是嗎？妳也是被人從非洲帶到這裡，不是嗎？妳跟我們黑鬼有什麼不同？」』

「哈哈，妳應該認為這是一件很光榮的事，因為他把妳當成了同伴。這真是太有趣了！對那個人來說，妳是不是大猩猩並不重要，重要的是妳的身體是黑的。」

『我也搞不清楚，仔細想一想，非洲裔的遊客確實對我特別親切，原來是這個緣故！對了，還有亞洲裔的遊客似乎也特別喜歡我，不知道是不是我的錯覺？』

「噢，這我可以理解。畢竟妳穿的都是優娜設計的服裝，而且妳還是我的朋友，所以亞洲裔的人對妳特別容易產生好感。」

『妳的意思是說，非洲裔的人認為我是非洲裔，亞洲裔的人認為我是亞洲裔？我明明是一頭大猩猩，他們卻憑我的體毛顏色及服裝，擅自想像我的「人種」？雖然被當成同伴是一件很令人開心的事，但總覺得好像怪怪的……』

「沒錯，人類是一種自我中心的動物。大家不僅會擅自定義自己的族群，還會強迫別人接受自己的定義。不過妳也不用想太多，既然他們把妳視為同伴，妳就把自己當成他們的同伴，說些討好他們的話就行了。」

『這當然沒有問題。但說實在的，明明是來看大猩猩，怎麼硬要把我當成人類？他們表面上是來看我，其實看的並不是我，只是來看他們心目中所想像的我。』

「這就是人類啊！妳感到很失望嗎？」

『不，我只是覺得很有趣。人類擁有豐富的想像力，每個人類看見的事物都不一樣，而這點跟大猩猩可以說是截然不同。』

「看來妳已經是個成熟的大人了。最近跟其他大猩猩相處得好嗎？」

『嗯，我們感情非常好。我經常和孩子們玩在一起。最近我跟奧馬里的距離，似乎也拉近了不少。』

「怎麼說？妳跟奧馬里之間發生了什麼特別的事情？」

『我們交配了。』

「真的假的！那可是不得了的大事！其他人知道嗎？」莉莉瞪大了眼睛，顯得很激動。

『我還沒有告訴任何人，但園內的工作人員應該已經發現了。園長應該也不希望隨便走漏消息，在確認懷孕之前，是不會正式對外公布才對。』

「原來如此，這真是個好消息呢！快告訴我詳情，是奧馬里先誘惑妳？」

『不，是我趁沒有其他大猩猩看見時，誘惑了奧馬里。』

莉莉聽我這麼說，驚訝地張大了口，接著用力為我鼓掌。

「妳真行！我果然沒有看錯妳這個朋友！」

她興奮地說完這句話，高高舉起右手。我也舉起手掌，與她的手相觸。

『我是個堅強的女性。不過，我做的事情在大猩猩的世界裡並不特別，通常都是雌性的大猩猩掌握主導權。』

「真的嗎？原來大猩猩這種生物，比我所想像的還要更加帥氣得多。公的大猩猩很強壯，我以為母的大猩猩只會服從公的大猩猩。」

『雌性大猩猩，其實生活非常自由。跟隨家族移動時，必須服從領袖的命令，但如果雌性大猩猩不喜歡這個領袖，或是覺得牠不夠可靠，隨時可以離開，去投靠其他的家族。』

「原來如此，這聽起來很棒，果然自由還是最可貴的。既然妳已經跟奧馬里交配，這表示妳應該已經把艾薩克忘得一乾二淨了？」

我曾經向莉莉提過艾薩克的事情，也告訴她艾薩克對我來說，是相當有魅力的大猩猩。如果沒有來美國的話，應該會跟艾薩克一起生活吧！

『艾薩克在喀麥隆，我見不到牠，所以我決定在奧馬里的家族裡追求自己的幸福。奧馬里對我很好，是一個溫柔又值得信賴的領袖，所以我沒有尋找其他雄性大猩猩的必要。自從來到這個動物園之後，我感覺自己過得非常幸福。』

* * *

「媽媽，妳看！大猩猩！牠在玩水！」

剛滿四歲的尼奇，第一次來到動物園，顯得相當興奮。

此刻已接近傍晚，園內的遊客數量並不多，但大猩猩區的周圍還是聚集了不少人。每個遊客都在尋找著蘿絲的身影，當他們發現蘿絲並不在大猩猩區內，都流露出了失望的表情。

即便如此，大多數的遊客還是選擇逗留在大猩猩區，只是看看奧馬里等其他大猩猩，依然能帶來不少快樂。

「是啊，大猩猩真的很大呢！」

安潔莉娜只是隨口應了一句，並沒有轉頭看向尼奇。由於安德魯鬧起了脾氣，不肯繼續走，安潔莉娜只好把他抱起來。此時的安潔莉娜，根本沒有多餘的心思好好回應尼奇的話。

一個母親帶兩個孩子逛動物園，真的是一件很累人的事。安潔莉娜的疲勞已經到達了極限，連朝大猩猩看上一眼的力氣也沒有。由於尼奇興奮得到處亂跑，安潔莉娜光是追趕他，就耗盡了所有的體力。

「媽媽，我也想跟大猩猩一起在游泳池裡玩水！我能進去裡面嗎？」

調皮的尼奇，平日總是讓母親傷透腦筋。如今尼奇看見各種動物，早已興奮得過了頭，完全處於無法掌控的狀態。

「當然不行！絕對不能進入柵欄裡面！」

安潔莉娜依然看著懷裡的安德魯，並沒有轉頭確認尼奇的狀況。

「我要進去了。」

「我說不行，你聽不懂嗎？」安潔莉娜發起了脾氣。

「我想跟大猩猩玩！」尼奇不停說著任性的話。

「別說那種傻話了！走吧，我們該回家了！」

不耐煩的安潔莉娜，打算拉住尼奇的手，硬將他帶離現場。正當她終於轉頭望向尼奇，這才察覺到，他早已不在剛剛原本站的位置。

「尼奇！你跑到哪裡去了？」安潔莉娜急著張口大喊。

就有這時，周圍的遊客們倏忽出現了一陣騷動。

「糟糕，有個小男孩掉下去了！」

站在附近的一名男遊客如此大喊，場面登時陷入一片混亂。

「尼奇！尼奇！」

安潔莉娜以上半身越過大猩猩區的柵欄，往下一望，高度超過十公尺的牆壁下方，有一件熟悉的藍色襯衫，正懸浮在池面上。

沒錯，那正是尼奇。他臉部朝下，浮在水中一動也不動。

這完全脫離現實的意外事故，頓時讓安潔莉娜嚇得臉色蒼白。尼奇死了！我只不過是將視線移開了一小段時間，他竟然爬上柵欄，墜入了牆內。安潔莉娜頓時全身使不出半點力氣，整個人癱坐在地上。

「他還活著，那個小男孩還活著！」剛才那名男遊客，再度大聲喊道：「因為下面是水池，他掉進水裡，所以沒有摔死！」

他還活著？安潔莉娜重新鼓起勇氣，將身體從柵欄上方探出去，尋找尼奇的身影。正如男遊客所說的，尼奇還活著。只見尼奇從水中站了起來，放聲大哭。

「尼奇！媽媽在這裡！」安潔莉娜扯開喉嚨大喊。

為了讓哭個不停的尼奇聽見自己的聲音，安潔莉娜不斷竭盡全力嘶喊，殊不知這是一個完全錯誤的決定。

大量遊客的吶喊聲，讓大猩猩們感到不舒服。遊客們的激動情緒，感染了底下的奧馬里。奧馬里察覺到站在牆下的那個小男孩是這場騷動的主要原因，於是朝他走了過去。

「糟糕，大猩猩來了！」

「誰快去告訴工作人員！有個小男孩掉進了大猩猩區的柵欄內，而且有一頭大猩猩正在靠近他！」

奧馬里開始走向小男孩，牆上遊客們的喧鬧聲更是攀升到了頂點，那刺耳的聲音讓奧馬里受到驚嚇。奧馬里一把抓住小男孩的手腕，在水裡拖著他往反方向奔逃。由於小男孩的體格太過嬌小，根本無力抵抗，只能任由奧馬里拖著走。接著奧馬里爬上了岸邊，繼續在陸地奔跑，小男孩的頭部狠狠地撞上混凝土地面。

此時，安潔莉娜的思緒已經亂成了一團，如果不是懷裡還抱著安德魯，她可能也會翻越柵欄，跳下高牆，盡可能靠近自己的兒子。

「尼奇！媽媽愛你！媽媽在這裡！」

強烈的恐懼，讓安潔莉娜什麼事也做不了，只能像這樣不斷呼喊兒子的名字。

霍普金斯園長得知這件事，是在四點多的時候。從時間上來看，差不多是小男孩掉進柵欄內的兩分鐘之後。

當園長聽到小男孩被驚惶的奧馬里不斷拖行，心中的一股直覺，讓他立即做出了判斷。他告訴祕書，立刻通知射擊班緊急出動。

「是否指示射擊班使用麻醉彈？」祕書朝坐在辦公室最深處的園長，問道。

「還有實彈！除了麻醉彈之外……實彈也得帶著！」

發生墜落意外的十分鐘之後，霍普金斯園長帶著射擊班人員抵達現場。

這時奧馬里變得有些歇斯底里，依然抓著小男孩不肯放手。工作人員已經將其他的大猩猩全部隔離到這個區域之外，除此之外，原本在附近的遊客們也都被請離，避免喧鬧聲繼續刺激奧馬里。

從奧馬里的舉動，明顯看出牠只是有些驚慌失措，並沒有攻擊小男孩的意圖。但只要牠抓住小男孩的力氣稍微大一點，小男孩的手腕馬上就會被折斷。如果牠抓著小男孩隨意甩動，可能也會在非常短的時間內使其丟掉性命。

霍普金斯園長明白自己必須立刻做出判斷，不能有一秒鐘的猶豫。

「用實彈，拜託你了。」

園長向等候指令的射擊班人員，如此下令。

男人一接到命令，立即以長槍對準了奧馬里。為了應付像今天這樣的狀況，男人接受過嚴格的訓練。

「神啊，請原諒我……」

園長的祈禱，帶來的不是神的回應，而是一發槍響。那可怕的銳利槍聲傳遍整個園區，讓一切的喧鬧瞬間恢復寂靜。

「對了，蘿絲。妳打算給自己的孩子取什麼樣的名字？」

莉莉的口氣帶著三分取笑。

『還沒有想過。莉莉，妳這個問題問得太急了，我根本還沒有懷孕。』

「只要持續交配下去，遲早會懷孕，不是嗎？如果是女孩子，可以取我的名字。」

『女兒的名字和好朋友一樣，很容易搞混，得取不一樣的名字才行。』

我根本沒有想過孩子該取什麼樣的名字，對我來說，談這些還太早。

「妳想要生女孩，還是生男孩？」

莉莉不斷對我拋出問題。

『我還沒想那麼多。只要是自己的孩子，是男是女都很好。』

與莉莉聊了一會，我終於深刻體認到自己未來也會有孩子。當我還住在喀麥隆時，就一直想要有孩子，如今真的有可能懷孕，反而有種說不上來的奇妙感覺。

『想起來真是不可思議，我總覺得自己還是個孩子……』

我一句話還沒有說完，外頭突然傳來巨大聲響，讓我嚇了一大跳。我轉頭朝聲音傳來的方向望去，一時說不出話來。

「剛剛那是什麼聲音？聽起來有點像槍聲。」莉莉如此說道。

我沒聽過真正的槍聲，不知如何回應，只是內心有股非常不好的預感。一股強烈的可怕不安，重重地壓在胸口上。

「或許是有人在動物園裡開槍也不一定。我們先暫時待在這裡比較好，隨便走出去可能會有危險。」

莉莉這麼建議，我點了點頭。

過了一會，我的手機響了起來，來電者是霍普金斯園長。我立刻詢問園長，剛剛的槍響是怎麼回事？園長沒有回答我，只說有重要的話要對我說，還特別說明現在外頭很安全，希望我回大猩猩區一趟。

突然被園長召回，我內心充滿了驚惶，所以拜託莉莉跟著我一同前往。

大猩猩區的前方，籠罩著一股難以形容的緊張氛圍。明明還不到休園時間，放眼望去卻看不到一個遊客。詭異的寂靜更加增添了我心中的惶恐。我請莉莉在外頭等我，獨自穿過工作人員專用通道，進入了大猩猩的生活區。

不知道為何，大猩猩區裡竟然一頭大猩猩也沒有，我只看見霍普金斯園長站在高牆邊，另有幾名工作人員留在區域內。

霍普金斯園長一看見我，立刻走了過來。但他什麼話也沒說，只是將我緊緊抱住。我不明白發生了什麼事，腦袋一片混亂，靜靜地等著園長開口說話。

「蘿絲，妳不在的這段期間，發生了不得了的事情。我真的很對不起妳，我沒有預料到會發生這種事。這個大猩猩區已經成立三十八年了，還是第一次遇到這種狀況。」

平常總是沉著冷靜的霍普金斯園長，此時竟顯得有些驚慌失措，說起話來顛三倒四，讓我越聽越是焦急。

『請你告訴我，到底發生了什麼事？』

「有個小男孩爬過柵欄，從這面高牆上頭掉了下來。」

『從那麼高的地方掉下來？他還活著嗎？』我驚愕地反問。

即使是我也看得出來，這面牆實在太高，人類的孩童掉下來很可能會沒命。

「那個小男孩沒有死，但奧馬里走過去一把將他抓住。或許是因為上頭的遊客太吵鬧的關係，奧馬里受到驚嚇，竟然拖著小男孩到處亂走。」

我聽得撐目結舌，一句話都說不出口。

「為了拯救那個小男孩，我們只好對奧馬里開槍。這是我們唯一的辦法。」

霍普金斯園長轉頭不敢看我，他的聲音非常微弱，我幾乎快聽不見。

『奧馬里還好嗎？麻醉彈的效果已經退了嗎？還是到現在依然動彈不得？』

我非常擔心奧馬里的現況。

「不，我們用的不是麻醉彈。當時的狀況太危急，根本沒有辦法使用麻醉彈，所以我們選擇用的是實彈。真的很抱歉……」

霍普金斯園長說完這句話，轉頭望向生活區的角落。那裡鋪著一塊藍色的塑膠布，塑膠布的中央向上隆起，呈現奇妙的形狀。雖然距離有點遠，但我還是看得出來，有東西被蓋在那塊塑膠布的底下。

我朝那塊藍色塑膠布走了過去，掀開邊角，瞧見了底下的東西。

正如我的預期，是我最心愛的大猩猩的遺體。牠的身上滿是血跡，表情像睡著了一般安詳。我的腦袋一片空白，就這麼看著奧馬里的遺體，持續了好幾分鐘。

不久之後，霍普金斯園長走到我的身邊，將手搭在我的肩膀上。

「真的很抱歉，我必須優先考量孩子的性命。唯有這麼做，才能保護這個動物園裡的其他所有動物。我不敢奢望能獲得妳的諒解，現在我能做的，就只是祈禱奧馬里的靈魂能獲得安息。」

我不知道該對園長說什麼才好，我並不認為祈禱是我現在唯一能做的事。除了祈禱之外，還有更重要的事。只是那到底是什麼？這一切來得太突然，讓我的大腦停止了運轉。

我最心愛的奧馬里遭到了殺害，我一定要做些什麼才行。我甚至不知道自己的腦袋裡正在想什麼，但雙手下意識地動了起來。

〈手機・電話……〉

我似乎是想要打一通電話。打電話？打給誰？山姆與雀兒喜都在喀麥隆，這種事情打給莉莉，也得不到任何幫助。

沒多久，我自己找到了這個問題的答案。

〈手機・電話・警察。〉

手套反應了我的雙手動作，發出另一名女性的語音。

『請問要撥打電話給警察嗎？』

沒錯，我要打電話給警察！這才是我應該做的事。我的丈夫被殺死了，我必須報警。

「等等，妳要報警？沒有那個必要，我們已經跟警察聯絡過了。」

霍普金斯園長急忙說明，但我並不理會。

「這裡是辛辛那提警察局，請說明狀況。」接電話的人員，以冷靜的語氣詢問我。

「我的丈夫遭到了殺害，請立刻派員警過來處理。是的，現場已經恢復了平靜，我也處於安全狀態。地點是，克里夫頓動物園的大猩猩區。」

這起事件引起了軒然大波，不僅是美國國內，全世界的新聞媒體都大篇幅報導了這起發生在克里夫頓動物園的悲劇。許多專家及評論家針對這起事件提出看法，大家都在追究這件事該由誰負起責任。

首先，受到抨擊的是克里夫頓動物園。園內的大猩猩區，柵欄只有約九十公分高，即使是孩童也能輕易翻越過去。園方在遊客安全的維護上並沒有善盡職責，這一點幾乎是所有人的共識。

另外，也有一些人批評園長，不應該直接下令射殺保育類動物。當時奧馬里所採取的行動，顯然並沒有傷害小男孩的意圖。牠只是被來自高牆上方的遊客喧鬧聲嚇到了，才會匆忙逃走，想要盡可能離開牆邊。此外，網路上也有不少人主張，當時奧馬里或許是以為小男孩有危險，想將小男孩拖離現場是為了保護他。

園方立刻召開了記者會。霍普金斯園長告訴記者們，小男孩正在醫院接受治療，傷勢並沒有大礙。他一再向記者們聲稱，這才是最重要的事情。至於柵欄過低的問題，園長則指出大猩猩區的設計，完全符合美國的動物園相關法規，並且強調大猩猩區設立至今已三十八年，過去從來沒有發生過類似的意外事件。他又告訴記者們，安全措施不管設計得多嚴密，都無法阻擋不守規則、蓄意闖入的遊客。這就像是屋子或車子，就算上了鎖，也沒有辦法阻止蓄意侵入的歹徒。霍普金斯園長的這番說明，聽起來頗具說服力。

至於使用實彈的部分，園長也簡單說明了自己的立場。當時奧馬里或許確實沒有傷害小男孩的意圖，但奧馬里已經陷入極度恐慌的狀態，沒有人能夠預測牠會做出什麼舉動。一頭成年的銀背大猩猩，強壯程度是一般人所難以想像的，就算大猩猩沒有殺人的意圖，還是有可能會在一瞬間奪走小男孩的性命。

園長在說出這些話時，態度已恢復了平常的沉著冷靜。他說當時如果使用的是麻醉彈，在奧馬里陷入昏睡之前，小男孩會有一小段時間陷入極度危險的狀態。而且奧馬里在遭受麻醉彈擊中的當下，可能會出現非常激烈的反應。當園長說到這裡，表情極為僵硬，與他平常的模樣完全不同。原本應該誠懇而真摯的園長，此時臉上只有痛苦。

接著園長描述起奧馬里生前在園內，是多麼受到工作人員們喜愛。光從園長的表情就可以感受到，他下令使用實彈對奧馬里開槍，是一個多麼沉痛的決定。

克里夫頓動物園的這場記者會，成功獲得了大眾的同情。人們接著把批判的矛頭，指向小男孩的母親安潔莉娜。她沒有阻止尼奇翻越柵欄，顯然對兒子有照顧不周之嫌。當時剛好在附近的遊客也出面證實，在發生意外的前一刻，安潔莉娜並沒有看著兒子尼奇。尼奇在言詞上表現出反抗的態度，安潔莉娜也沒有積極制止。

不久之後，網路上出現了大量對她的惡意批評與謾罵。還有人揭發了她的丈夫過去的犯罪前科，但發生意外當下她丈夫根本不在場，而且那犯罪前科也與這次的意外毫無關聯。相關的討論在網路上鬧得不可開交，甚至還有跟安潔莉娜同名同姓的人接到恐嚇信。

不僅如此，更有人發起連署，要求有關當局追究安潔莉娜的刑事責任。參與連署的人數超過三十萬人，連警方也不得不針對此事採取進一步的行動。由於過去曾有父母在炎熱的日子將孩子獨留車中，而遭法院認定為虐待兒童的判例，那些連署者主張本案也應該比照辦理。在輿論的壓力下，警方一度對安潔莉娜展開調查，當然最後還是判定為無罪。

那一天，我打電話通報警察，當員警到場時，我嘗試想要向他們說明狀況。當員警一看見我是一頭大猩猩，便對我視而不見，轉頭向一旁的霍普金斯園長詢問詳情。

我的心中充滿了悲傷與憤怒，卻不知如何宣洩。我感覺到一股負面的情緒，正在腐蝕著自己的內心。

全世界關於此事的新聞報導，完全將我的心情排除在外。就我所知，有非常多的新聞媒體提出採訪我的要求，霍普金斯園長依照一貫作風，全部都拒絕了。他告訴我，這麼做是為了我，不希望我承受來自全世界的目光，還說一定會保護我。

當然我並不懷疑霍普金斯園長對我的一片好意，只是我不認為自己有受到保護的必要，我更希望能直接傳達自己的心情。雖然不知道自己到底能做些什麼事，但至少應該讓世人感受到我失去奧馬里的悲傷。

事件發生的不久之後，有人在克里夫頓動物園門外，舉辦了一場奧馬里的追悼會。現場約有數十人參加，我在山姆的陪伴下，也參與了這個活動。

我與追悼者們一一擁抱，各自訴說關於奧馬里的回憶。我告訴他們，不應該把憤怒的矛頭指向安潔莉娜。照顧幼兒是一件很辛苦的事，尤其是應付隨時有可能做出脫序行為的孩童，要做到完全不鬆懈，實在是有些強人所難。

「如果不是安潔莉娜的錯，誰該為奧馬里的死負責？蘿絲，奧馬里並沒有做錯任何事，不是嗎？奧馬里的死，到底是誰的錯？」追悼會的參加者之一，含著眼淚這麼問我。「如果母親沒有錯，孩子也沒有錯，那奧馬里為什麼會死？這件事到底該由誰來負責？」

這不是任何人的錯。我很想要這麼說，卻怎麼也說不出口，因為在我的心中，也殘留著相同的疑問。

為什麼我的丈夫非死不可？

我本來打算生下奧馬里的孩子，在這裡過著幸福快樂的日子。

後來園方對我做了身體檢查，確認我沒有懷孕。

前幾天我才和莉莉聊到孩子的事，如今我卻被奪走了這個夢想。

於是，我決定和動物園對抗到底。

我向羅德參議員求助，他介紹了尤金來幫助我。

「這件事情就交給尤金負責，妳完全不必擔心。」參議員這麼對我說。

然而，尤金完全沒有幫上忙。我與動物園之間的訴訟，最後是以敗北收場。

聚集在法院門口的大批採訪記者，逼得我們不得不倉皇逃走，返回動物園。

沒有人真正理解我的心情，我已不知道接下來該何去何從……

十一

「蘿絲，妳在車裡待了這麼久，心情有沒有好一些？」

雀兒喜打開廂型車的車門，看見一臉茫然的我，她的眼眶也濕了。

審判的結果完全出乎意料之外，徹底擊潰了我的心靈。即便如此，我還是稍微恢復了冷靜，讓我有能力對雀兒喜說一聲：『好多了。』

我走下廂型車，站在雀兒喜的身旁。這裡曾經是我最熟悉也最有感情的動物園，如今我站在動物園的停車場裡，一心只想盡快離開這個地方。

『找到願意收留我的動物園了嗎？』

我一邊問，一邊觀察山姆的臉色，但他的表情相當難看。

「現在問題有些棘手！因為妳說的那句：『正義受人類操控。』已經在網路上傳開來了。妳這次的訴訟行為，是控告收留妳的動物園，輸了之後，妳又批評人類的司法制度，這些言行都讓整個社會對妳的觀感變得很差。一時之間，可能很難找到願意收留妳的動物園……就算能夠找到，多半也是生活環境很差的小型動物園，妳要有所覺悟。」

『為什麼會變成這樣的局面？我不懂，我到底做錯了什麼？』我轉頭向雀兒喜求助。

「妳沒有做錯任何事！」雀兒喜說著，跪了下來，將我緊緊抱住。「妳完全沒有錯，也不是任何人的錯，這只是一場悲劇。妳放心，我們會想辦法幫助妳。不管發生任何事，我們兩人一定會站在妳這一邊。」

雀兒喜的這幾句話，讓我感到很欣慰，卻沒有任何實質的幫助。我不由得嘆了一口氣。**看來就像山姆所說的，自己必須要有所覺悟，未來可能會生活在非常嚴苛的環境裡。**

就在這時，山姆的褲子口袋傳出電話鈴聲，他從口袋中掏出手機，放在耳邊。

「喂？是……是……真的嗎？這應該不是什麼惡劣的玩笑吧？什麼時候？是……」

山姆接起電話後，先是一陣錯愕與懷疑，接著竟然笑了出來。他一邊講電話，一邊走到遠處，我不清楚他後來說了什麼。我與雀兒喜面面相覷，都不曉得發生了什麼事。

「真是嚇壞我了！告訴你們，我接到了一個好消息。唔，是不是好消息，我現在也沒有把握。總而言之，有一個團體打電話來，說他們願意收留妳。」

山姆在說這些話時，眉頭擠在一起，顯得有些困惑。

「真的嗎？那當然是好消息！」雀兒喜一邊擦拭眼角的淚水，一邊說道：「終於找到願意收留蘿絲的動物園了，現在還有什麼比這個更好的消息？」

「那可不見得，妳們先聽我說完……」山姆的口氣有些吞吞吐吐。「那個願意收留蘿絲的團體，並不是什麼動物園，而是WWD。」

「WWD？那是類似WWF（世界自然基金會）的團體嗎？」

「不，所謂的WWD，那是……」山姆搔了搔頭，顯得欲言又止，彷彿接下來要說出口的話，讓他感到相當不安。「World Wrestling Domination的縮寫，也就是美國最大的職業摔角團體。」

「職業摔角？你是說職業摔角嗎？」雀兒喜一臉驚愕地大聲說道：「這太瘋狂了，你在開什麼玩笑？」

「我也很驚訝，但好像並不是玩笑。剛剛那通電話，可是蓋文‧葛雷漢親自打來的。妳們一定不相信，他竟然信誓旦旦地對我說：『把那頭大猩猩交給我吧，我一定能讓牠變成超級巨星！』」

山姆似乎很希望雀兒喜和我能夠分享他的興奮，只是他說的話，我一句也聽不懂。

「蓋文•葛雷漢，妳們聽過吧？他培育出來的怪物，可是多得數不清！像是巨人吉米、黑暗傳教士、鐮刀天使凱文等等，職業摔角界裡響噹噹的人物，幾乎全是他的門生！」

「對不起，你說的這些名字，我一個都沒聽過。」雀兒喜搖頭說道。

「總而言之，只要是被蓋文看上眼的選手，後來都能成為超級巨星。這麼厲害的培訓專家，竟然對蘿絲產生了興趣。」

「蘿絲來到美國，可不是為了成為職業摔角選手。」雀兒喜將雙手交叉在胸前，對著山姆氣呼呼地說道：「而我們陪伴在蘿絲的身邊，是為了做研究，並不是要當什麼職業摔角選手的助理。」

「話是怎麼說沒錯，但除此之外，我們已經沒有其他選擇了。而且做出最後決定的人不是我們，是蘿絲，對吧？蘿絲，妳有什麼想法？」

山姆與雀兒喜一個興高采烈，一個怒氣沖沖，我夾在中間，實在有些不知如何是好。兩人的視線有如針一般，扎在我身上。

然而，仔細回想起來，當我聽見山姆說出「職業摔角」這個名詞時，胸口確實萌生了一股躍躍欲試的奇妙感覺。

『我有一點興趣，想跟那個人談一談。我也很想知道，他看上我的理由是什麼？我想問問他，為什麼會打這麼一通電話？』

雖然對雀兒喜有些不好意思，我還是老實說出了自己的心情。

「這就對了，妳說得真是太好了！」山姆像個孩子一樣開心得手舞足蹈。「蓋文似乎很想立刻與妳進行視訊通話，妳願意嗎？我相信這一定比住進其他動物園要有趣得多。」

雀兒喜則不發一語地站在旁邊，似乎心情相當矛盾。她一方面想要支持我的決定，一方面又看不慣山姆那得意洋洋的表情。

我們三人重新回到廂型車的後座，山姆拿出筆記型電腦，與蓋文取得了聯絡。

「嗨！我看上眼的大猩猩，就在你們那邊嗎？山姆，謝謝你聯絡我，我就知道你一定不會讓我失望。」

出現在畫面上的男人，有著一頭金色頭髮，又薄又寬大的太陽眼鏡遮住了半張臉。他的金髮閃閃發亮相當醒目，下巴的鬍鬚看起來雪白又柔軟，讓人聯想到棉花糖。

我實在不明白，此時他明明正坐在自己的辦公室裡，為什麼臉上要戴著這麼大的太陽眼鏡?他的嘴角微微上揚，那副笑容實在稱不上高雅，垂掛在脖子上的那條金項鍊，也給人一種暴發戶的感覺。

「葛雷漢先生，謝謝你的聯絡。我現在就將鏡頭轉向蘿絲。」

山姆以恭謙的態度打了招呼後，將筆記型電腦轉向了我。

「叫我蓋文就行了，我不喜歡那些拘謹的客套話。噢，妳就是蘿絲吧?我看得出來，妳有著最高檔的體格。嗯，真是太完美了!幸會，我是蓋文，在職業摔角界還算小有名氣。我看了妳的影片，立刻就被吸引了，妳擁有非常棒的資質。如何?想不想成為超級巨星?」

『幸會，蓋文。聽說你很有名，雖然我不認識你，但認識巨人吉米。』

「什麼?」山姆與雀兒喜異口同聲地發出驚呼。

『從前山姆曾經讓我看過一些職業摔角的影片，巨人吉米是我所認識的職業摔角手之中，體格最龐大也最強壯的一個。』

「吉米確實是我最優秀的門生，直到現在，我一直沒有找到資質比他更優秀的人才。不過，或許妳有超越他的潛力。」

『我只是一頭很平凡的大猩猩，為什麼你會認為我有那樣的潛力?』

「蘿絲，妳知道我這輩子最相信的事物是什麼嗎？答案是金錢。我不僅崇拜金錢，還很清楚什麼能夠讓世人即使掏出大把金錢也要前往觀看。那就是異常的東西，或是奇形怪狀的東西；說得難聽一點，就是怪胎。我很擅長訓練那些世人不知如何相處、不知如何看待的怪胎，並賦予一些淺顯易懂的角色設定，使他們可以為世人帶來歡樂。」

我一時拿不定主意，不曉得該不該相信這個男人，畢竟才第一次見面，他竟然就稱呼我是「怪胎」。

「妳對著鏡頭說了一句『正義受人類操控』，對吧？那真是最棒的演出。短短一句話，卻深深打動了我的心。妳知道為什麼嗎？因為妳說出了真相。正義永遠受到操控，而且是被極少數的人。就算是在職業摔角的世界也一樣，有些人擔任正義使者，有些人卻只能擔任Heel，也就是反派的壞蛋。職業摔角界，基本上都是正義使者打倒壞蛋的故事。知道原因嗎？因為一旦說出了『正義從來不曾公平』這個真相，世人就會迷失方向，不知該怎麼辦才好。絕大部分的人，都不具備能夠接受真相的強韌心靈。但我向妳保證，只要是在職業摔角的世界裡、在我所鋪陳的世界裡，妳的主張一定能夠獲得世人的認同，我必定能讓妳成為世界第一流的超級巨星。」

雖然只是隔著畫面說了幾句話，但我可以肯定一件事，那就是我永遠沒有辦法喜歡眼前這個名叫蓋文的人類。

他與泰德或霍普金斯園長的最大差異，在於他對我不帶絲毫的體貼與尊重，只是想要把我當成賺錢的工具而已。我甚至看得出來，他似乎對騙人相當有一套，擅長利用誇張的話術，激發出聆聽者心中的慾望。不過，我很有自信絕對不會被他騙倒，甚至可以反過來利用他，實現我的目的。

我絕對不能再繼續當一頭天真無邪的大猩猩了，奧馬里的悲劇及審判的結果，已經徹底改變了我。

「如何？妳願不願意踏入職業摔角的世界？」

蓋文那布滿皺紋的嘴唇微微扭曲，露出了醜陋的微笑。

『好，我願意試試看。』

蓋文一聽我這麼說，登時拍手叫好。

「太好了，新的超級巨星就在這一刻誕生了！既然妳答應了，我們有很多事情得確認清楚才行。例如，管理一頭大猩猩得具備什麼樣的法律條件，以及要簽訂的契約內容，都必須花時間好好討論。我們的總部在康乃狄克州的史丹福（Stamford），你們現在能過來嗎？」

「沒問題，我們現在馬上就出發。」山姆想也不想地回答，接著他盯著自己的手錶說：「明天的傍晚應該就能抵達，你那邊的時間能夠配合嗎？」

「好，沒問題！為了保險起見，我明天會為你們空下一整天的時間。你們來到這附近之後，再聯絡我吧！很高興今天能夠和你們通話。」

蓋文話語一停，便結束了視訊通話。

「現在去康乃狄克州？你是認真的嗎？」雀兒喜一臉錯愕地反問。

「沒辦法啊！蘿絲說她不想待在克里夫頓動物園。難道妳有更好的點子？」

「現在出發，根本沒有時間呈報搬運路線，你可別忘了蘿絲在我們車上。」

「這我當然知道。蘿絲，接下來我們必須一直開車，直到明天中午。妳必須一直躲在後座，不能被任何人看到，忍耐得住嗎？」

我以點頭回應山姆的詢問。

「你不但要讓蘿絲進職業摔角界，還要在沒有獲得許可的情況下搬運她？你的腦袋到底在想什麼？要是被人看見，該如何處理？」

「我才想問妳，妳的腦袋在想什麼？剛剛不是才對蘿絲說過嗎？不管發生任何事，我們都會站在她這一邊。」

雀兒喜遭山姆如此反駁，一時說不出話來。

「看來我們達成了共識。想坐車兜風的舉手！」

我興奮地伸出手，與山姆擊掌。

「好，那我們立刻出發吧！還得在路上買一大堆水果才行。」

山姆協助我坐在椅子上，並為我扣上安全帶，接著移動到駕駛座。

「搬運申請那種事，事後再找理由搪塞過去就行了。」山姆一面等待雀兒喜坐上副駕駛座，一面對雀兒喜溫言勸說：「蘿絲可不是一般的大猩猩，一定能輕鬆搞定。」

雀兒喜默默扣上安全帶，一直到那天晚上都沒有開口說話。

我們走進辦公室，與蓋文簡單打了招呼之後，蓋文旋即切入正題。

「我得先澄清一件事。」蓋文一邊搓著下巴的鬍鬚，一邊說道：「我已經有幾十年沒有做培養新人的工作。這年頭想要進WWD的毛頭小子，可以說多得數不清。這些新人要出道，不是進入新人培訓班，就是參加選拔賽。現在的我，已經不像從前那樣積極尋找人才。還有，我看上妳，並不是因為妳是一頭會手語的大猩猩。即便在那場訴訟之前，我就聽過妳的名聲，但我原本對妳並不特別感興趣。」

這個人的說話方式相當獨特，就算停頓再久的時間，聽的人還是會覺得他還沒把話說完，所以沒辦法在中途插嘴。說得更明白一點，他不必開口說話，也能維持正在說話的狀態。顯然他很擅長藉由這樣的方式，來掌握對話的主導權。今天他一樣戴著一副寬大的太陽眼鏡，讓人無法掌握他的視線方向。

「你們知道我最喜歡看的電影是哪一部嗎？」

蓋文雖然提出了問題，卻似乎並不打算聽我們的回答，而且可以明顯感受到，他的話還要繼續說下去。就算是當初跟美國總統見面時，我也沒有這種完全被牽著鼻子走的感覺。

「那就是《決戰猩球》。當然我指的不是後來翻拍的版本，而是在一九六八年由查爾頓・赫斯頓（Charlton Heston）主演的。在那部電影裡，猩猩們針對人類有這麼一段評論：

『小心那些名為人類的野獸，他們是惡魔的手下！明明是靈長類動物，卻會為了洩憤及慾望而殺戮！為了奪取土地，他們不惜殺死同類！』你們不覺得說得非常有道理？」

「這部電影之所以堪稱經典之作，正是因為它道出了真相。」

山姆在附和的同時，也暗示了自己對這部電影的喜愛。

「這可真令我吃驚！天底下竟然會有研究大猩猩的學者，會喜歡《決戰猩球》這部電影。你知道嗎？那部電影是由小說所改編，但結局跟小說迥然不同。在原作的小說裡，結局沒有那個石像，場景是法國的巴黎戴高樂機場，因為小說的作者是法國人。」

「這我就不知道了，有機會我會找原作小說來讀一讀。」

「原作當然也寫得很不錯，但由羅德·瑟林（Rod Serling）撰寫的電影版劇本，很符合好萊塢電影的風格，更是讓我百看不厭。透過這部電影，你們知道我想表達的是什麼嗎？妳說的那句『正義受人類操控』，恰好讓我想起了這部電影。一頭憎恨人類的大猩猩！你們不覺得這個角色非常有魅力嗎？儘管在本質上，這是一個反派角色，妳卻能一針見血地指出人類的惡行惡狀，相信一定會有觀眾認為妳才是正義的一方。一個擁有不同評價的兩極化角色，才是最有魅力的。基於這樣的動機，我才決定主動跟妳聯絡。如果按照正常的程序，妳要進職業摔角界，必須先在培訓班裡接受磨練，確認妳的資質及天分。不過，我可以向妳保證，我必定會特別為妳準備一個豪華的舞臺，讓妳華麗登場。現在妳是否能夠體會，我對妳的期望有多麼的大。」

除了點頭之外，我不知道該做出什麼樣的反應。

蓋文似乎還想繼續說下去，沒想到他是一個這麼喜歡說廢話的男人。

「好，接下來我得向你們請教，管理大猩猩的相關法律。即便對做我們這行的來說，與動物保護團體吵架已經是家常便飯，但我還是希望能盡量減少糾紛。」

「首先第一點，要搬運大猩猩這種大型動物，必須使用大型的籠子。而且搬運的途中會經過哪些地方，都要事先向有關當局報告及提出申請。」

「原來如此。這次我臨時請你們大老遠來到這裡，申請手續讓你們手忙腳亂了吧？」

蓋文忽然皺起眉頭，直盯著我瞧。此時的他，心裡多半正產生疑竇：**既然搬運過程必須使用大型籠子，為什麼我沒有被關在籠子裡？**

「不，這次因為事出突然……我們還沒有提出申請。」山姆一臉尷尬地解釋道。

蓋文一聽，立刻哈哈大笑。

「原來如此，無所謂，這沒什麼大不了！現在我更加欣賞你們了。做事情就是要有一顆靈活的腦袋，你們能夠這麼臨機應變，讓我感到安心不少。如果有必要，我也會採取權宜之計，所以非常能夠理解你們的做法。」

蓋文與山姆越說越是起勁，我聽到後來已感到有些不耐煩，開始放空心思，回想著從前的往事。

山姆第一次播放職業摔角的影片給我看時，我對於那些摔角手們的華麗動作，幾乎目瞪口呆。從那天起，我經常邀阿美娜及約基姆在叢林裡奔跑，從岩石上頭或樹上往下跳，玩著摔角遊戲。我做夢也沒想到，自己有一天會成為真正的職業摔角手。

我決定拋開訴訟的不愉快，好好享受接下來的人生。畢竟每天唉聲嘆氣，實在不符合我的人生哲學。

回想起來，類似的情況總是一再發生。當初在叢林裡，家族遭到攻擊、父親重傷過世，我才正感到悲傷，就聽到了有機會前往美國的消息。當奧馬里過世時，我也沒有難過太久，就決定起身對抗動物園。

同樣的道理，如今在法庭上敗北，我的人生也沒有就此結束。輸了訴訟之後，我馬上又掌握了新的契機。我相信即便到了下一個舞臺，還是能秉持自己的風格，持續奮鬥下去。

「蘿絲，關於我們的合作，妳有什麼條件？不用客氣，儘管說出來吧！」

正陷入沉思的我，突然被蓋文問這麼一句，頓時大感尷尬。因為他前面說了些什麼話，我根本沒在聽。

『我想請姜優娜設計我的服裝。過去我的衣服都是她設計的，她知道怎麼樣設計才不會綁手綁腳。』

「就這樣嗎？唔，我們有個專門為摔角手設計服裝的團隊，不過他們當然沒有為大猩猩設計服裝的經驗。好，我會與那位姜優娜交涉，請她提供協助。那我們就這麼說定了，請多指教，『金剛女士』！」

『金剛女士？我在摔角界的名字，就叫金剛女士？』

這個人所取的名字，實在低俗到讓人不敢苟同。

「妳不喜歡這個名字嗎？想要取其他的名字嗎？其實我原本想要取『金剛皇后』，可惜有一部B級電影就叫這個名字。我想想看還有沒有什麼其他的點子。金剛寡婦？金剛女王？如果叫金剛公主，可能稍顯氣勢不夠。」

『我可不想被人叫寡婦，叫女王太裝腔作勢，叫公主又太俗氣。如果真的只能從這裡頭挑選，我還是選『金剛皇后』。』

「好吧！那就這麼決定了。從今天開始，妳就是金剛皇后。接下來妳必須接受訓練，學習摔角的動作及各種基本知識，妳可要好好加油。三個月後及六個月後，各會有一場重要的比賽。就算再怎麼進展緩慢，我希望妳至少要能夠參加半年後的比賽。加油，我對妳的期望非常大！」

蓋文露出了賊兮兮的微笑，在那寬大的太陽眼鏡後頭，想必隱藏著一雙貪婪的雙眼。

〔各位觀眾大家好！本節目是來自德州休士頓豐田中心體育場的現場即時轉播，又到了我們每個星期五的火焰大對決。今天晚上的重頭戲，當然是由WWD的傳說級王牌摔角手，布萊恩國王擔綱出戰！他是否能從連贏數場的黑暗傳教士手中，奪回冠軍寶座呢？就在今天，一萬五千位觀眾將成為歷史的證人！除此之外，今晚上將舉行一場備受矚目的新人賽。由金剛皇后與妖女夏洛特聯手，對抗由愛琳及賈妮絲所組成的巨蛇姊妹！光看這樣的對戰陣容，

就讓人熱血沸騰！這就是本星期五的火焰大對決！」

我站在後臺，聽著撼動整個會場的驚人歡呼聲，靜靜等待著輪到自己出場的時間。

原本每到比賽前就會萬分緊張的我，在歷經了半年的磨練之後，如今已將比賽視為日常生活的一部分。而我需要做的事情，每次都一樣。

當輪到我上場時，我就進入擂臺，說一些會讓觀眾開心的臺詞。每次的臺詞都大同小異，所以跟其他出場選手比起來，我算是相當輕鬆的。到了臺上之後，我的每一個動作基本上都已經事先安排好了，今天晚上將會由我們這一組獲勝。

如今回想起來，在動物園裡和遊客交流對話，或許是比當摔角手更加複雜的工作。那時我每天都不知道當天會遇上什麼樣的人，雖然只是說說話而已，但交談的內容並沒有辦法事先安排好。

相較之下，如今我的每個言行舉止都經過事先安排與設計，只要根據劇本演完這齣戲就行了。當初我以為職業摔角手是一種格鬥家，現在我才知道，其實職業摔角手的工作，更接近演員。

雖然我還只是個新人，粉絲卻遠遠多於其他新人。聽說，有些粉絲在成為我的粉絲之前，根本沒看過職業摔角。換句話說，我成功幫助WWD擴大了客層。

這一切完全符合一年前蓋文對我的保證。剛開始我只是一個反派角色，最近上頭經常安排我和其他反派角色對戰。而且不知道從何時開始，他們竟販賣起我的玩偶、T恤等周邊商品，聽說銷量非常好。

我成了大受歡迎的大猩猩。當初剛來到美國時，還只是一個會比手語的大猩猩。如今我才明白，當一頭會戰鬥的大猩猩，受到矚目的程度，遠遠超過會比手語的大猩猩。當然那或許只是我在這樣的大型會場裡，親眼目睹了粉絲的聲勢，所以才產生了錯覺。但任何人都無法否認，我正在一步步邁向超級巨星之路。

我覺得自己很幸福，比任何人都幸福。每當我在比賽中陷入苦戰，聽著來自觀眾席的加油聲時，或是在比賽獲勝之後，藉由搥打胸口來煽動整個場內的觀眾時，我都會有一種自己變得高高在上的假象。

我覺得自己很幸福，比任何人都幸福。如果不這麼說服自己，我隨時可能會因為活得太過痛苦，而沒有辦法再站起來。

不知從什麼時候開始，會場內以極大的音量播放起了我的出場曲。我聽見會場內我的粉絲們，正異口同聲地隨著旋律高歌，於是我以四足步行的方式，奔上通往會場中央的走道。

我的四肢都被綁上了鎖鏈，有四個強壯的男人分別抓著鎖鏈的另一頭。根據我的角色設定，他們會因為我的力氣太大，沒有辦法將我拉住，而在會場裡被我拖著走。有些觀眾對著我高聲吶喊，有些觀眾伸出手指指著我。男人們會在這些觀眾們的面前解開我的鎖鏈，而我會在獲得了自由之後，開始搥打胸口。

整個會場歡聲雷動，其中也夾雜了少許的奚落聲。當我站上擂臺之後，音樂聲逐漸轉小，我開始對著觀眾說話。當然，這些全部都是事先安排好的橋段。

『一年前，我在審判中落敗，但我並沒有錯。我會落敗，是因為正義受人類掌控。在今天這場火焰大對決之中，受到制裁的肯定不會是我。我將成為制裁者，制裁你們這些人類。我們的聖經上記載得一清二楚，人類是危險的野獸。』

當我在說出「聖經」這兩個字時，粉絲們發出了幾乎要扯破喉嚨般的歡呼。接著我開始說出《決戰猩球》的臺詞，我的粉絲們也會跟著我一起朗誦。

『小心那些名為人類的野獸！他們是惡魔的手下！明明是靈長類動物，卻會為了洩憤及慾望而殺戮！』

我一邊比著手語，一邊環繞擂臺。有些粉絲穿著我的T恤，有些粉絲高舉著自製的宣傳標語。我一邊比著手語，一邊努力讓自己保持平靜。

我是幸福的……我真的非常幸福。

比賽開始的前一秒，我脫掉了手語手套。

「這是什麼回事？」

雀兒喜看著幾乎占滿整個電視螢幕的興奮觀眾，忍不住張口大喊。

對於蘿絲加入WWD一事，雀兒喜過去一直抱持著反對的立場。如今過了整整一年，她才逐漸接受這個現實，願意觀看蘿絲出場的比賽。

今天她觀看比賽的地點是山姆的房間，但比賽才剛開始，她馬上又氣呼呼地皺起眉頭。

「這根本不公平！比賽的鐘聲還沒有響起，對手就毆打了蘿絲。那個該死的女人！啊啊，我可愛的蘿絲，真是太可憐了！她看起來好像很痛。怎麼會有人喜歡看摔角？我真不敢相信！」

山姆看著雀兒喜一下子怒罵蘿絲的比賽對手，一下子關心蘿絲的傷勢，表情千變萬化，不由得笑了出來。

此時，山姆與雀兒喜正坐在電視前的沙發上。山姆驀然想起兩人交往時的回憶，跟當年比起來，現下兩人的年紀都大了好幾歲。山姆看著雀兒喜的側臉，認為她的美豔絲毫不減。

「比賽開始前就發動攻擊，這是很常見的套路。妳不用為蘿絲擔心，對方也是幹這行的，下手知道分寸。」

「難道幹這行的就一定知道分寸嗎？而且那個女裁判到底在幹什麼？在鐘響前出手，應該違反比賽規則吧？她的眼睛到底長在哪裡？會不會當裁判啊！」

雀兒喜認真地大動肝火，模樣實在太逗趣。山姆忍不住哈哈大笑，抹去眼角的淚水。

山姆直到今天依然不敢相信，自己花了半生心血努力研究的對象，竟然成了職業摔角手。電視畫面上的蘿絲正遭受對手毆打，在臺上痛苦地翻滾。一張臉塗滿顏色的敵方選手迅速抓住了蘿絲，她緊緊抱住蘿絲的頭部及左臂，施展起了絕招。

「啊！巨蛇姊妹使出了最拿手的招式，巨蛇絞！愛琳緊緊扣住了金剛皇后！比賽才剛開始，金剛皇后就陷入了困境！」

蘿絲迅速以沒有受制的右手攻擊對方的臉部，在千鈞一髮之際破壞了對方的招式。對手的移動速度也非常快，完全不給蘿絲重整攻勢的機會，朝著蘿絲的胸口揮出手刀。蘿絲仰天倒下，愛琳當然沒有放過這個機會，撲上去壓住了蘿絲，將蘿絲那布滿黑毛的巨大身體壓在擂臺上。

仰天躺著的蘿絲，被愛琳以鎖技固定住了身體。裁判立刻奔到了兩人的身邊，一邊倒數，一邊以手掌重重拍打臺面。

〔One……Two……〕

整個會場的觀眾也跟著一起倒數，在裁判數到三之前，蘿絲迅速將身體翻了一大圈，把愛琳撞開。

「哇，蘿絲這招也是標準的摔角動作。」山姆以欽佩的口吻說道：「我真的沒想到她能夠學會這一招。」

「現在不是說那種話的時候吧？剛剛可是差一點就輸了！你也快來替蘿絲加油，給她精神上的支持！」

原本一直瞧不起職業摔角的雀兒喜，此刻卻已完全融入了比賽的情境當中，雙眸綻放著少女般的興奮神采。

山姆很清楚職業摔角比賽那種半真半假的性質，雀兒喜卻似乎以為這是一場貨真價實的無情對決。沒有受過世俗污染的天真，讓山姆感到相當羨慕。如果能夠再次抱著孩提時的心情觀賞職業摔角，那種感覺真不知會有多棒。

就在現在這一刻，想必世界上有著相當多的孩童，正懷抱緊張不安的心情，看著這場大猩猩與人類的戰鬥。一想到這點，山姆不禁深深以蘿絲為榮。

蘿絲慢條斯理地站了起來，對手不由得往後退了一、兩步，臉上流露出驚懼之色。蘿絲慢慢將對手逼到了角柱的位置，伸出長得嚇人的雙臂，用力賞了對手好幾個巴掌。

「山姆，你還記得羅德參議員問過的那個問題嗎？他問我們，蘿絲有沒有可能會做出加害人類的舉動。當時的我萬萬沒有想到，蘿絲竟然有一天會做出這樣的動作。」

兩人對看了一眼，同時露出微笑。由兩人細心照顧了十年的那個溫柔的大猩猩蘿絲，竟然在一萬五千名人類的見證下，對著因為害怕而動彈不得的女人施展出頭槌等招式。這是多麼令人難以置信的景象。

愛琳勉強避開了蘿絲的猛攻，逃到了另外一側的角柱，與妹妹賈妮絲擊掌。敵對陣營一換人，賈妮絲躍上擂臺，迅速閃身到蘿絲的背後，她一把抱住蘿絲的身體，用力舉起之後朝著後方拋出。這是一招背摔，蘿絲的頸子狠狠地撞在臺面上。

雀兒喜見了這一幕，嚇得以雙手摀住了嘴，發出一聲驚呼。

「哇，這女的真是厲害。蘿絲將近有一百公斤，她竟然舉得起來。」

山姆見了對手的華麗絕招，忍不住讚嘆。

「蘿絲被摔得這麼慘，你還有心情說這個！」雀兒喜氣急敗壞地說：「蘿絲被這麼一摔，搞不好會沒命！她的脖子可能已經骨折了！」

蘿絲倒在擂臺上掙扎了一會，又迅速站了起來，彷彿什麼事情也沒有發生。賈妮絲乘勝追擊，猛然以身體撞向繩索，靠著反作用力朝蘿絲衝出，同時舉起右手，有如戰斧一般，揮向蘿絲的咽喉。然則這一招金勾臂還沒有擊中蘿絲，蘿絲已經伸出長長的手臂，在賈妮絲的臉上狠狠拍了一掌。賈妮絲的身體在空中翻了一圈，才仰天倒下。

山姆瞧見這有如馬戲團表演的高難度動作，不禁又開始大加讚揚。只不過，礙於怕遭雀兒喜責罵，不敢拍手鼓掌。

「我們得找個時間去向羅德參議員道歉才行，現在的蘿絲已經成了發狂的猛獸。剛剛那一巴掌，簡直是全人類最大的危機。」

蘿絲撲向倒在地上的賈妮絲，賈妮絲趕緊與愛琳擊掌，上場選手再度換人。愛琳跳上擂臺，手上竟拎著一個大袋子。只見她站在擂臺的中央，解開了袋口的繩索，袋內竟滑出一條巨蛇。

〔真是太令人意想不到了！巨蛇姊妹的愛琳，竟然把真正的巨蛇帶到了擂臺上！那是一條巨大的水蟒（Eunectes），看看那副吐信的猙獰模樣，牠正在尋找著獵物！這真是太危險了！金剛皇后一看見那條蛇，立刻逃往角柱！〕

實況解說員以過度誇大的口吻不停尖叫。

雀兒喜轉頭望向山姆，流露出希望得到合理解釋的眼神。

「這到底是怎麼回事？」雀兒喜一臉大義凜然地質問道：「什麼水蟒？那是網紋蟒（Reticulated python）吧？為什麼她們能把蛇帶到場上？這已經不是摔角了吧？」

「該怎麼說呢，就只是一小段特別演出，不必想太多。」山姆滿臉無奈。

蘿絲在角柱邊蹲了下來，似乎很害怕那條蛇。牠的背部完全處於沒有防備的狀態，愛琳趁機走過去踹了好幾腳。

〔從小在叢林中長大的金剛皇后，相當清楚蛇的可怕。在牠的記憶之中，曾經有同伴被蛇咬死。過去我們都以為金剛皇后天不怕地不怕，沒想到如今被巨蛇姊妹找出了弱點！〕

實況解說員說得煞有其事。

「這個人是在鬼扯什麼？」雀兒喜很明白解說員是在隨口胡謅。「非洲既沒有水蟒，也沒有網紋蟒！而且蘿絲哪有什麼同伴被蛇咬死？他是在開什麼玩笑？」

「我說了，這就只是一小段特別演出。」山姆尷尬地說道。

蘿絲勉強逃過敵人的踢擊，奔向擂臺的另一個邊角，與隊友夏洛特擊掌。身穿性感比基尼的夏洛特衝上擂臺，給了愛琳一記帥氣的飛踢。趁著對手倒地不起時，夏洛特毫不猶豫地抓起臺面上的蛇，塞進袋子裡，拋出擂臺外。擂臺上沒有了蛇之後，蘿絲立刻恢復了原本的氣勢。牠靠近夏洛特，與夏洛特再次擊掌，翻身回到擂臺上。

蘿絲與愛琳在擂臺上互相瞪視，愛琳連續使出曲臂上擊，蘿絲的下巴不斷中招，但牠絲毫不以為意，反而朝愛琳的腹部揮出重擊，愛琳應聲倒地。蘿絲不再理會她，慢條斯理地爬上身旁的角柱，對著觀眾發出嘶吼聲，全場的觀眾們也隨著牠一起嘶吼。蘿絲接著轉身背對觀眾，俯視倒在擂臺上的愛琳。

〔金剛皇后仰天長嘯！難道牠要使出必殺的絕招了嗎？全場的觀眾都在矚目著牠的一舉一動！金剛皇后身體一沉……牠跳了！牠使出了絕招，跳水式大猩猩壓頂！〕

蘿絲自角柱飛身跳起，山姆與雀兒喜看著牠的身體懸浮於半空中，兩人都目瞪口呆。那是貨真價實的職業摔角手，金剛皇后！兩人所熟悉的大猩猩蘿絲，已經從世界上消失了。那動作是如此優雅而華麗，推翻了兩人的人生經驗，轉瞬間虜獲了兩人的心靈。

金剛皇后那巨大軀體所描繪出的拋物線，猶如一件完美的藝術作品，激發了觀賞者的感性意識，鼓舞了歷盡滄桑的心靈。那副景象所散發出的熱能，足以讓世人心中早已褪色的希望再度綻放鋒芒。

金剛皇后重重地壓在愛琳的身上，讓愛琳的全身動彈不得，只能眼睜睜地看著裁判連數三聲。

山姆與雀兒喜親眼目睹金剛皇后的勝利之姿，都不由得眼眶含淚。是不是照著劇本演，一點也不重要，重要的是比賽的過程能不能撼動人心。山姆與雀兒喜在狹窄的房間內大聲歡呼，互相擁抱。

實況解說員那有如機關槍一般嘮叨不停的讚美之詞，將兩人拉回了現實，兩人趕緊分開，心中都感到尷尬萬分。解說員的氣勢有增無減，彷彿永遠沒有止歇。山姆與雀兒喜只能不自然地各自移開視線，不知該說什麼才好。

「……再開一瓶葡萄酒吧？」山姆停頓了半晌，問道。

雀兒喜除了點頭之外，不知該做何反應。

「我可以提一件老掉牙的往事嗎……？」山姆一邊往雀兒喜的杯子裡倒酒，一邊說道：「我那時候真的很後悔，但我不確定有沒有好好向妳道歉。」

「不，你沒有道歉。」雀兒喜一口氣灌下杯裡的葡萄酒，冷冷地回應：「你只是不斷找藉口，一個字都沒有道歉。」

「雖然這時道歉已太晚，還是想跟妳說聲：『對不起！』我並不是要故意讓妳難過。」

「算了吧！都已經過這麼多年，還提那些往事做什麼。」

雀兒喜板起了一張臉，凝視著杯裡殘存的一點紅色液體。

原本以為已經喝乾了，但輕輕搖晃酒杯，發現杯底還殘留最後的一滴。這就像是有些事情原本已經結束，過了許久才發現依然藕斷絲連。

「儘管過了這麼多年，在我的心裡，妳依然非常重要。」山姆啜飲著葡萄，說道：「妳對我的意義，並非只是共同研究者，這一點這麼多年都不曾改變。」

這次輪到雀兒喜陷入了沉默。

「其實，我從以前就一直在想著一件事……」

山姆凝視著雀兒喜，話才說到一半，就因為意外的狀況而遭到無情打斷。

電視的節目原本正播放著比賽的經典回顧，此時卻突然切換成了完全不同的畫面。只見蘿絲與她的隊友夏洛特正走在比賽會場的走廊上，兩人一邊走，一邊開心地聊著天，或許是正打算前往休息室吧！

蘿絲那熟悉的語音，傳入了山姆與雀兒喜的耳中，使得兩人都不由自主地將頭轉向電視螢幕。畫面中的蘿絲與夏洛特，剛好在走廊上遇見了總是戴著太陽眼鏡的蓋文，蓋文稱讚兩人在剛剛那場比賽中的表現可圈可點。

就在這時，不知從何處冒出了一群人，站在他們的面前，那群人的手上都拿著「禁止虐待動物」的標語牌。

「你們的所作所為，很明顯是在虐待動物！大猩猩是一種溫柔且潔身自愛的動物，你們卻為了取悅觀眾，故意讓大猩猩和人類打鬥，我們絕不原諒這種惡劣的行為！」

其中一人說完，倏忽掏出生雞蛋，以極近的距離朝蓋文丟擲。那顆雞蛋擊中蓋文的額頭，蓋文登時滿臉都是蛋液，連高級西裝也沾了不少。

蓋文流露出懊惱的表情，蘿絲則是以後腿站立起來，似乎打算恫嚇那群人。

『今晚的比賽，沒有任何動物受到傷害，愚蠢而孱弱的人類是唯一的例外！』

蘿絲以宛如黑道流氓的態度，對那些動物保護團體的人如此說道。

蘿絲接著伸出手，將一個身材壯碩的男人推了出去，那男人狼狽地撞在牆壁上。動物保護團體的人受到震懾，都不敢再開口說話。蓋文忽然縱聲大笑，過了一秒後，節目畫面又轉回比賽會場內。

「剛剛那是怎麼回事？」

雀兒喜的口氣雖然平靜，卻帶著三分怒氣。

「那就是所謂的後臺花絮。」

山姆一臉無奈地搔了搔後腦杓，低聲道。

「後臺花絮？那也包含在劇本裡頭嗎？」

「嗯，是啊！」山姆吞吞吐吐地解釋道：「他們多半早已猜到動物保護團體一定會提出抗議，所以故意在劇本裡加入了這一段。」

原本還能保持冷靜的雀兒喜終於徹底爆發了。

「這麼說來，那也是蓋文刻意安排的戲碼？那個混帳，我絕不原諒他！在那個臭老頭的心裡，動物保護只是一場玩笑？我真不敢相信世界上會有這種人！」

山姆彷彿看見剛剛自己為雀兒喜倒的葡萄酒，如今都已化成了汽油，在雀兒喜的體內熊熊燃燒。雀兒喜不斷以各種骯髒的字眼辱罵蓋文，頓時讓山姆酒意全消。山姆心中惴惴不安，要是被隔壁的鄰居抗議，可真不知如何是好。

「這簡直是一場惡夢！類人猿學者的惡夢！大猩猩竟然對動物保護團體的人施暴，實在太荒唐！」雀兒喜哽咽道：「我真希望有人現在就把我殺了！到底是什麼讓蘿絲變成了現在這個樣子……」

「蘿絲並不是反對保護野生動物，牠只是無法坐視自己的老闆受到羞辱。而且妳放心，摔角界沒有人會把那種劇情當真，大家都是笑一笑之後就忘得一乾二淨。」

「有沒有人當真，根本不是重點！我受夠了！我本來還很高興蘿絲表現得非常好，沒想到牠竟然會協助拍攝這種低級的三流戲碼！」

雀兒喜說完，抽抽噎噎地啜泣了起來。

山姆眼看坐在沙發上的雀兒喜哭得肩膀不停抽動，內心著實後悔不該讓她喝那麼多葡萄酒。山姆關掉了電視，抱著雀兒喜不斷安撫，過了好一會之後，雀兒喜才終於恢復冷靜。

「你剛剛原本要說什麼？」雀兒喜以面紙擤了鼻涕，問道。

「剛剛？什麼時候？」

「電視上出現後臺花絮之前。你好像說，你一直在想著一件事？」

「噢……沒什麼啦！」

山姆讓雀兒喜睡在自己的床上，自己則睡在沙發上。一想到自己差一點被氣氛迷昏了頭，說出奇怪的話，不禁感到相當丟臉。要是沒有被蘿絲的那段影片打斷，真不曉得兩人現在會變成什麼樣的關係。一想到這裡，山姆感覺睡意消失得無影無蹤。

「好厲害喔！爸爸，你有沒有看到剛剛那一幕？」

兒子萊里興奮得在電視前蹦跳，彼得板起了臉，要求兒子到廚房幫忙母親準備晚餐。

妻子梅格正打算將主餐燉牛肉奶油濃湯端上桌。萊里央求父親，今天讓他一邊吃飯一邊看電視，彼得不僅沒有答應，還將兒子臭罵了一頓。萊里只好失望地走到廚房幫忙端菜。

彼得走到電視前，伸手想要關掉電視，剛好看見畫面裡的大猩猩正在毆打敵對的選手。光是看到那樣的畫面，他就感到一股怒火竄上心頭。

彼得向來最討厭職業摔角，尤其無法想像怎麼會有人故意在電視節目中播放大猩猩傷害人類的畫面。**喜歡看這種節目的人，絕對不可能跟自己變成朋友**。彼得忿忿地思忖著，一邊按下遙控器的按鈕。

「萊里，以後不准看職業摔角的節目。不論在任何情況下，暴力都是錯誤的行為。」

萊里原本想要反駁，但他最後還是什麼也沒說，只是垂下了頭。

「我知道了。」

萊里淡淡地回答。

彼得瞧見兒子的聽話模樣，心中不禁有些自豪。

「你聽好了，人生確實在很多時候沒有辦法逃避戰鬥。但不論任何時候，我們都必須選擇暴力以外的手段。暴力沒有辦法解決問題，只會產生仇恨。神會賜給我們許多考驗，而戰勝考驗的方法，只能從禱告及《聖經》之中尋找。在對待他人時，只要秉持著仁愛與慈悲之心，即使面對最嚴苛的考驗，神也一定會對我們伸出援手。我們生命中的一切，全都來自於神的賜予。萊里，你絕對不能忘了這一點。」

「我明白了。」萊里回答得畢恭畢敬。

彼得溫柔撫摸了兒子的頭。萊里從小就是一個乖巧、懂事的孩子。當然前提還是必須有來自父親，也就是自己的嚴厲管教。

美國這個國家，存在著太多引誘孩子走上歧路的誘惑。教導萊里走上正道，是自己身為父親的責任。絕對不能讓剛剛那種低俗的世界，有任何一點機會誤導萊里的心靈。

彼得不由得想起了剛剛電視上的那頭大猩猩。前陣子曾經聽同事提起過，那是一頭會使用手語的大猩猩，原本住在克里夫頓動物園，後來因為在一場訴訟案中敗北，從此進入了職業摔角的世界。

明明只是動物，卻膽敢傷害人，這是絕對不能原諒的事情。人是依照神的形體所創造出來的，區區的動物竟然敢反抗人類，神絕對不會原諒。

彼得喝著梅格所煮的奶油濃湯，胸口卻充塞著對那頭大猩猩的憎恨。

總有一天，那頭大猩猩一定會受到神的制裁，如果有機會的話……。彼得內心如此忖度著。如果有機會，自己很樂意代替神執行制裁的任務。

十二

「妳是不是把職業摔角想得太簡單了？昨天那是什麼爛表現？」

一走進蓋文的辦公室，他立刻對著我怒吼。他伸出手掌，往桌上用力一拍，搞出巨大聲響，然後起身朝我走來。

當初我聽到他要我進辦公室，本來還以為他要稱讚我，沒想到一開口就把我臭罵了一頓，讓我一時摸不著頭緒。

『昨天我的表現哪裡不好？從頭到尾都沒有失敗，觀眾也都很開心。』

「沒有失敗？」蓋文指著我罵道：「妳已經幹這行多久了，還在用那種新人的標準來看待自己？」

昨天的那場比賽，我個人還算挺滿意。火焰大對決的節目，可以說是非常成功。比賽結束之後，我甚至還收到了來自山姆的簡訊。

好久沒有見面的山姆，在簡訊中告訴我，他與雀兒喜都看了這場精彩的比賽。那簡訊讓我感到相當欣慰，滿心以為其他的觀眾應該也都認為，那是一場精彩的比賽。

『你還沒有回答我的問題，我的表現到底哪裡不好？』

我相信蓋文對我的口氣會那麼凶，其實只是為了讓我心生懼意，我的表現本身並沒有任何問題。**他想要藉由讓我感到恐懼，來強調他的地位比我高。**我想通了這一點，更是下定決心，絕對不能在氣勢上輸給他。

「哪裡表現不好？我告訴妳，是全部！全部，妳明白嗎？妳的出招不夠犀利！妳的表演不夠投入！更重要的是妳一副槁木死灰的樣子，簡直像一隻喪家之犬！」

蓋文說得口沫橫飛，同時把桌上的文件全部甩到地上。在認識他之前，我從來不知道人類的表情可以這麼齷齪且猥瑣。

『我的表現完全沒有任何問題，昨天那是一場非常精采的比賽。而且我們贏了，完全符合原本的計畫。還有，我不認為你看得懂大猩猩的表情。』

「妳們贏了？妳是傻子嗎？妳們會贏，那是因為我打從一開始就安排好要讓妳們贏。難道真以為妳們是靠實力贏的？昨天妳在場上能夠看起來那麼帥氣，完全是對手的功勞！巨蛇姊妹是經驗相當豐富的摔角手，不管是攻擊還是承受敵人的攻擊，她們都擁有第一流的技巧！跟她們比起來，妳的招式全都簡單到不行，不是巴掌就是頭槌，只會橫衝直撞！」

蓋文哼笑了一聲，顯得對我相當鄙視。儘管我相當懊惱，但也明白他說得沒錯。

「妳說得沒錯，我確實對大猩猩的理解並不多。」蓋文轉身背對著我，凝視著窗外的景色，繼續說道：「對於職業摔角，我的理解可是遠勝過任何人。妳的確擁有超越其他選手的獨特魅力，可是在職業摔角的世界，並沒有好混到光靠一點個人魅力就可以高枕無憂。不管我們多麼努力想要把妳捧成超級巨星，如果妳一直不拿出真正的實力及決心，觀眾遲早會離妳而去。」

不知是否是我的錯覺，蓋文的這幾句話不同於剛剛的粗暴言詞，多了幾分苦口婆心。我心想：**畢竟蓋文是我現在的老闆，既然他對我提出了忠告，還是應該虛心接受才對。**身為一個職業摔角手，我確實還不夠老練。

『你的意思是說，我必須更加精進我的技術？』我疑惑道。

「不，我真正看不順眼的，是妳那張臉。」蓋文轉過頭來，指著我的臉說：「明明一直讓妳贏，妳卻老是給我擺出那副輸到絕望的表情。如果待在職業摔角界讓妳那麼痛苦，當初為什麼要進來？」

我還以為他是在苦口婆心地勸我，看來是我太過美化這個人了。講沒兩句，他又開始取笑我的長相。

『我為什麼要進來？當初是你拜託我打職業摔角，難道你忘了嗎？』我越聽越氣，反駁道：『你說我一定能夠成為超級巨星，我可從來沒有忘記。現在你卻對我雞蛋裡挑骨頭，實在不懂你到底在想什麼？』

我真的很想對著蓋文臭罵一頓，使用和他一樣的粗暴口氣和他對罵，可惜手套的語音沒有辦法改變口氣。我便退而求其，想讓自己像他一樣亂噴口水。

我緊閉著嘴唇，然後用力將一口氣從唇縫之間噴出，產生噗、噗、噗的聲音，來表達心中的不滿。雖然比起能夠一邊講話，一邊用嘴角噴口水的蓋文，還是略遜了一籌，但能夠表現出同樣的粗暴態度，我已經頗為滿足了。

「這就是妳最大的問題。從頭到尾，妳都只是照著別人的指示在做事。妳的比賽完全讓人感覺不到鬥志，只讓人感到滿滿的逃避心態。妳在逃避自己的人生，不想看見自己最悲慘的一面，所以僅能靠著做其他事情來逃避。妳如果不能給自己的人生一個交代，將永遠都無法獲得幸福。」

就在這個瞬間，我就像是被人推下了懸崖，一時感覺天旋地轉，不由得蹲了下來，縮起了身子。所有的憤怒與不滿，都因蓋文的這句話一掃而空，只留下瀰漫在胸懷之間的空虛與寂寞。

我十分清楚，他說得並沒有錯。我確實一直扮演著蓋文為我準備好的角色，為了讓自己不再想起奧馬里之死。我根本不在乎什麼職業摔角，只要能夠讓我忘記克里夫頓動物園，忘記那場悲劇，要我做什麼都行。

我心裡一直在期待著，蓋文能夠為我準備一個全新的人生。我以為搖身一變讓自己成為金剛皇后，就可以甩開過去的悲傷，找到全新的自己。然而我錯了，而且錯得離譜。

蓋文指出了我的懦弱，我卻完全不知道該如何才能給自己的人生一個交代。

「我知道妳很痛苦，但我無法體會妳的痛苦。我只知道妳曾經在法庭上敗北，心中留下了悔恨，是嗎？妳的悔恨，全都寫在妳的臉上了！而妳現在真正需要的，是一場復仇之戰。輸了一次，並不代表每次都會輸。戰鬥，並非只發生在擂臺上。接下來妳必須戰勝的，是妳自己的人生，我不想再看見妳那張自暴自棄的臉。回到法庭上，戰勝對手，換掉妳那張臉，再回來見我，知道嗎？」

『你的意思是，要我再打一次官司？但我一想到要再一次上法庭就好害怕，我沒有辦法再一次忍受像那樣遭到否定。』

蓋文聽我這麼說，深深嘆了口氣。

「我就知道。我早就看出來了，妳是一個膽小鬼。然則只要抱著這種心態，妳在職業摔角界就不可能混得好。而且不管妳做什麼，最後的結果都一樣；不論妳再怎麼選擇逃避，妳都沒辦法逃離潛藏在妳心中的挫敗感。妳只有兩個選擇，一是再次挑戰，二是一輩子當喪家之犬。」

我心裡很明白，蓋文的話一點也沒有錯。打從當初敗訴之後，那種痛苦的感覺就像骨鯁在喉，從來不曾消失。

人類絕對沒有辦法體會這種痛苦。雖然這是所有動物都必須接受的命運，但除了我之外的所有動物，都處於什麼也不懂的狀態，當然也不會有這些煩惱。

換句話說，全世界所有生物之中，只有我必須承受這種痛苦。

人類以外的所有動物，重要性都比不上人類。人類的性命，永遠優於其他動物的性命。在這個世界上，這可以說是毫無疑問的常識，也沒有任何人會對此感到懷疑。

奥馬里之死，也因為這個常識而變得理所當然。就連我自己，也隨時都有可能因為這個常識而遭到殺害。**人類有可能體會這種屈辱與不合理嗎？**

蓋文叫我挺身對抗，但我想他根本不知道我必須對抗的是什麼？如果他看得見阻擋在我面前的那道高牆，想必他絕對不會說出那樣的話。

「在職業摔角界，我能夠保護妳。但在打官司這件事情上，我幫不上任何忙。因為我能做的事情，就只是寫摔角比賽的劇本。」

蓋文蹲在我的身邊，讓眼睛的高度和我相同，看著不發一語的我。

「不過，我認識另一個和我相同的傢伙，他會寫法院訴訟的劇本。畢竟我……不，應該說是像我們這樣的群體，挨告是家常便飯。所以美國第一流的律師，都跟我有些交情，我可以把裡頭最厲害的一個介紹給妳。」

我觀察著蓋文的表情，但寬大的墨鏡遮住了他的半張臉，也遮住了他的大部分表情。

「打官司這種事情，不可能一個人搞定，必須與律師互相配合。我敢說，妳上次打官司一定是挑錯了律師。我要介紹給妳的這個律師，名叫丹尼爾·葛里森，是個百戰百勝的狠角色，即便還很年輕，技術肯定是第一流。我相信妳絕對不是一個甘於維持現狀的女人。」

『你真的認為我能打得贏官司？』

「那還用說嗎？我可沒有傻到派旗下的超級巨星去打一場沒有勝算的比賽。只要獲得丹尼爾的幫助，妳就一定能贏。」

蓋文說得毫不遲疑，那斬釘截鐵的口吻，給了我十足的勇氣，決定再相信他一次。

『我不是一個甘於維持現狀的女人，我要起身對抗命運。』我說道。

蓋文聽我這麼說，興奮地在膝蓋上用力一拍。

「很好，就是這股志氣！只要是跟官司有關的事情，全都交給丹尼爾就對了，他一定能為妳帶來勝利。妳知道我為什麼那麼相信他嗎？因為他擁有堅定的鬥志，絕不放棄希望，絕不向敵人示弱。妳不可能從他的口中聽見『贏不了』、『沒救了』這一類喪家之犬的臺詞。」

『好吧！我想見一見這個律師。』

蓋文握住我的手，一把將我拉起來，並為我約好了與丹尼爾見面的時間。

「這案子沒救了。」

WWD的會議室裡，丹尼爾才剛看完我的檔案就直接否決，他將我的檔案拋回桌上。

怎麼跟當初說的不一樣？我內心充滿了疑竇。

丹尼爾的性格雖然與蓋文頗不相同，但言行舉止都有些裝模作樣，像是在演戲一般。

「這種案子，妳來找我幫忙上訴？妳如果不是笨蛋，就是妳當我是笨蛋。」

本以為蓋文是個講話相當失禮的人，在與丹尼爾對談後，我發現蓋文講話還算客氣。

『不知道是不是我的錯覺……總覺得你好像很討厭我。』我質問道。

丹尼爾聽了我這句話，嗤嗤笑了兩聲。

「我倒想問妳，妳認為我有什麼理由會喜歡妳？因為妳是一頭會比手語的大猩猩，在動物園裡被當成了寶？還是因為妳是一個行情看漲的職業摔角界超級新星？我告訴妳，我願意和妳見一面，完全僅是受了蓋文的委託。他也只拜託我和妳見面，沒要求我接下妳的案子。我喝完這杯咖啡就要拍拍屁股走人了，畢竟我超忙的，沒時間和妳在這裡閒耗。」

丹尼爾拿起剛剛職員才端上來的冰咖啡，一口氣喝掉半杯。

『真令我吃驚！平常的你，也是像這樣的爛人嗎？』

我說完，將中指舉到丹尼爾的面前。

自從加入WWD之後，我請他們修改了手套的設定，如今我的手套已經能發出髒話的語音。而且如果現下沒辦法用髒話罵這個男人，我肯定會氣到用拳頭打爛他的臉。

「平常的我，絕對不是個爛人。」他一臉淡定地說道：「我跟一般人說話，保證態度是客客氣氣的。」

就這輕描淡寫的一句話，否定了我的一切。

正因為這句話實在太過刻薄，我反而氣不起來。從我出生到現在，從來不曾有人對我說過這種話，使得我一時不知該如何回應才好。

丹尼爾的口氣，彷彿一切都是理所當然，甚至不帶半點譏諷的意味。這句話若是在正常的情況下說出口，聽起來沒有任何失禮之處。然而，這句話裡的「一般人」，顯然不包含我。

因為我並不是人，而是動物，所以他不把我放在眼裡。

除了歧視之外，我找不到更好的形容詞。此時我的感受，像是胸口被人插了一把刀。

『對一般人客客氣氣？我只是一頭禽獸，不是一般人，所以對我不用客氣，是嗎？我真是對你太失望了！像你這種爛人，就算想要幫我辯護，我也不會接受的，你快滾吧！』

我又對他比了一次中指，代表對話到此結束。

「真是不好意思，我好像造成了妳的誤解。」丹尼爾對著正想轉身走出會議室的我，淡然地說：「我可是很喜歡動物的，我討厭的就只有妳而已。」

『我可沒做什麼會讓你討厭的事。打從一開始，你就是一個爛人！』

「我討厭妳，只是因為妳愚蠢到無可救藥。而我厭惡愚蠢的生物，不管妳是人或是動物都一樣。」

『你倒是說說看，我哪裡愚蠢了？在你說出那些失禮的話之前，我們除了打招呼，可是什麼都還沒開始談呢！』

「很簡單，妳這個案子根本沒辦法上訴，因為已經過了上訴的期限。如果要上訴的話，在接獲判決的二十一天之內，就必須提出申請。當初妳在法庭聆聽判決時，不可能沒人告訴妳這一點。就算妳想要再次提告，那也不行。同一件事提告兩次，稱作『重複起訴』，這在法律上是明文禁止的。妳要推翻判決，已經是不可能了。當初妳的律師，不可能沒告訴你這些基本的法律常識。」

丹尼爾說得振振有詞。

我錯愕地回想當時尤金說過的話，卻什麼也想不起來。聽到判決之後，由於太過憤怒及不滿，根本沒有心思好好與尤金交談。而且當時的我並沒有上訴的打算，也不認為自己有必要再聽任何解釋。

即便如此，我還是不覺得丹尼爾已經說了全部的真話。他對我擺出那麼惡劣的態度，絕不單純只是因為我的法律知識不足。

『不，我知道你討厭我，並不是因為那種理由！為什麼你不肯老實說出來？』

丹尼爾以手抵著桌面，嘆了一口氣。

「妳藐視法庭，甚至鄙視司法制度，我要如何為妳辯護？所以我才說，妳真的愚蠢到無可救藥。」

我心裡很想要反駁他、想要告訴他，我並沒有藐視法庭。但看他似乎還有話想說，我決定暫時保持沉默。

「聽說，妳在前一場審判結束之後，說了一句『正義受人類操控』，那是什麼意思？」

丹尼爾瞇起雙眼，銳利的視線彷彿要將我貫穿。

『就是字面上的意思。法官和陪審團全是人類，根本沒有人真正理解我。正義已經被人類獨占了。每個人都認為人類比其他動物更加重要，動物的性命完全遭到輕視。為了保護人類的性命，就算殺死動物，也不會有人認為這樣的做法有問題。我的丈夫奧馬里，就這麼毫無理由地遭到殺害。正因為正義完全受人類操弄在掌心，所以任何人殺害動物，都不會被問罪。難道我說錯了嗎？』

「妳當然錯了，而且是徹頭徹尾的錯。」丹尼爾搖了搖頭，一臉嚴肅地說：「正義被人類獨占？光從妳這句話，就可以聽出妳不僅極度看輕人類，還對正義一無所知。打從一開始，現實中就不存在完美的正義。妳知道為什麼嗎？因為這世上並不存在完美的人類。人類是一種粗暴、矛盾且自私的生物。但我們並沒有滿足於這樣的本性，所以花了幾千年的歲月，慢慢制定出憲法及各種法律，建立起司法制度。我們耗費這麼多的心血，並不是為了實現完美的正義，而是要讓我們的社會變得更好，令我們的行為盡可能趨近正義。妳可知道人類在這個過程中，付出了多大的犧牲，吃了多少的苦？」

面對丹尼爾的犀利提問，我整個啞口無言。

「在人類努力讓社會變得更公平的過程中，你們大猩猩是否曾經幫過一點忙？出過一點力？說到底，妳只不過是從來不曾盡一己之力的局外人，有什麼資格侮辱我們的司法制度？

並不是正義被人類獨占，而是打從一開始，正義就是由人類所建立。當然人類怎麼做，並不是為了任何動物，而是為了人類自己，為了實現社會的公正。妳只不過是因為輸了一次官司，就說出藐視法庭的言論。對於我們這些從事司法領域工作的人來說，這是絕對不可原諒的行為。」

丹尼爾的眼神中流露出輕蔑，同時將雙手交叉在胸前，表現出一副不想與我有任何交集的態度。

丹尼爾的一席話，對我有如當頭棒喝，這才驚覺到自己確實思慮不周。當時說出那句話只是為了發洩心中的怒火，卻沒有留意到自己根本不曾看見問題的核心。

『抱歉，是我的想法不夠周延。』我歉疚道：『你說的很有道理，我對媒體記者大肆批評，卻沒有考量到司法從業人士的心情。希望你能接受我的道歉，是我不好，對不起！』

「不過，妳說的也沒錯，現行法律中對動物的權利保障，相較於人類確實頗為不足，絕對稱不上完善。」

丹尼爾說到這裡表情一變。

「我到底在幹什麼，竟然對一頭大猩猩說教！」他忽然仰望天花板，輕輕咒罵了一聲。

「我也為自己的不成熟心態向妳道歉，我們今天是第一次見面，我的言行實在是太失禮了。如果妳不介意，我想從頭再來一次。」

我愣愣地輕點頭，轉身走出會議室，來到了WWD總部的走廊上。接著我先深吸了一口氣，切換心情之後，再次敲了敲門。

「請進。」

門內傳來丹尼爾的聲音，我開門走進會議室。只見丹尼爾坐在辦公桌的後方，我走向辦公桌，丹尼爾起身迎接我，態度與方才截然不同。

「妳是蘿絲・納庫沃克小姐吧？我正在等著妳。幸會，我是丹尼爾・葛里森。」

他說著伸出手，我也順勢跟他握了手。

由於跟剛剛的差距實在太大，我忍不住發出了嗚、嗚、嗚的笑聲。

「蓋文說得沒錯，妳有一顆真誠而純潔的心靈。」丹尼爾信誓旦旦地說：「這個案子我接下了。妳放心，這場官司一定能贏！」

『但你剛剛不是說，我已經錯過了上訴的時期？你要怎麼讓我打贏這場官司？』

「是的，正如同我剛才所說的，上訴的時期已經過了。不過我也說過，目前人類的法律還稱不上完善。」丹尼爾對我擠了擠眼睛，接著說：「或許我們可以用點特別的方法。請放心交給我吧，我們一定能贏！」

『上次我已經輸過一次了，這次我該怎麼做，才能讓結果跟上次不一樣？』

「妳上次會輸，是因為律師不是我。」丹尼爾低頭看著檔案，繼續說：「當時妳的律師是尤金・羅伯森。我稍微查了一下這個人的背景，發現他的資歷相當淺，是個十足的菜鳥律師。當初妳怎麼會認為這樣的律師，能夠幫妳打贏官司？那場訴訟雖然妳的勝算並不大，卻是相當受到世人關注的訴訟案，我相信要找到願意幫忙妳的高明律師應該不難才對。」

『菜鳥律師？沒那回事，尤金可是羅德參議員特別介紹的。』

「我必須老實告訴妳，這代表羅德參議員根本不希望妳打贏那場官司。」

我實在沒有辦法接受這個事實，卻又不得不承認尤金這個人非常不可靠，我確實在他的身上看不見想要打贏官司的決心。

回想起來，當初他一直半強迫地建議我跟動物園和解。還記得當時我必須一再向他強調自己沒有和解的意願，說到後來我都快生氣了。或許羅德參議員對他下達的指示，打從一開始就是盡可能達成和解。

「說句老實話，請妳不要生氣。其實我完全能夠理解羅德參議員的心情，因為剛開始根本沒有人預料到會發生那種狀況。假如妳贏了那場訴訟，造成的影響可能是司法界必須修改關於動物權利保障的法律。每個政治家在評估事情時，都會優先考量自己的政治利益，像那種難以預測結果的變化，沒有任何一個政治家會願意成為始作俑者。說得白話一點，就是沒有任何一個政治家會希望妳贏。」

聽了丹尼爾這番話，我一時感覺頭暈目眩。

原來他們打從一開始就不希望我贏？我腦袋一片空白，甚至不明白這代表什麼意義。

「而且對方的辯護人是凱莉，她是相當厲害的律師，你們想要贏她，幾乎是不可能。我猜克里夫頓動物園這次應該還是會委託她擔任律師，我已經好久沒和她直接對決了。」

『你認識她？』

「當然，幹我們這一行的，沒有人不認識她。她可是經手過好幾件轟動一時的大案子。不過妳放心，我很清楚她的戰術。她就像是一條凶惡的鯊魚，會一直緊咬著妳不放，絕對不會露出任何破綻。」

『號稱百戰百勝的你，要如何打贏這場官司？』我的腦袋不由得抖了一下，問道：『就算對上這個凱莉，你還是有自信能贏？』

「在回答這個問題之前，我想先問妳，為什麼妳認為會輸？」丹尼爾一臉傲氣地反問我，但我實在猜不出他心裡在想什麼。

『我不希望再跟你發生爭執。不過，我擔心會輸只是因為你剛剛告訴我，現今的法律對動物不夠重視。』

「沒錯，就像妳當初所說的『正義受人類操控』。」丹尼爾鄭重點了點頭，說道：「我直接告訴妳結論吧！我認為妳這個想法非常正確。」。

聽他這麼說，我登時嚇傻了。因為他一副理所當然的口吻，說出了跟剛才立場截然相反的話。他剛剛才拿人類追求正義的艱辛過程對我說教，此時卻完全推翻了自己說的話。

我不由得心想：或許這就是高明的律師吧？他可以隨時根據自己的立場，巧妙地切換主張及見解。

「既然正義受人類操控，妳認為應該怎麼做，才能打贏官司？」

『我不知道……如果把法官跟陪審團都換成大猩猩，或許就能贏吧？』我茫然地說。

「這恐怕很難實現。」丹尼爾嗤嗤笑了兩聲，回答道：「我從前在就讀法學院時，有個叫卡羅爾的同學，他長得跟大猩猩一模一樣。除了他之外，我從來沒聽過有司法考試合格的大猩猩。」

『不然的話，我該怎麼樣才能贏？』

「妳沒有必要把任何人類替換成大猩猩……」丹尼爾說到這裡，故意停頓了一下，若有深意地凝視著我，接著他指著我說：「只要把妳自己變成人類就行了。」

我聽得撐目結舌，不知道該說什麼才好。把我變成人類？這怎麼可能做得到？

母親、雀兒喜及山姆讓我學會了語言，泰德給了我聲音，羅德參議員給了我來到美國的機會，蓋文給了我「金剛皇后」這個完全不同的人格。

然而，我依然是一頭大猩猩。雖然我能夠跟人類交談、能夠參與人類的職業摔角活動，但我仍不是人類，我是大猩猩。

『不要再開玩笑了，講正經的吧！』

「我很正經，我有能力把妳變成人類。不，其實妳已經是人類了。妳是個貨真價實的人類，只是除了我以外沒有人發現。不止是妳，所有的大猩猩都是人類，當然奧馬里也不例外。要拯救妳或奧馬里，我們並不需要提升動物的權利。」

丹尼爾的口氣變得相當認真，表情不再像剛剛那樣帶著三分戲謔。

「你們都受到了人權的保護，所以這場官司不可能會輸。」

神總是以不可思議的方法，將其神力加諸在世人的身上。世人實在太過渺小，而神的規劃太過遠大，以凡人之力難以臆測神所做之事。世上的一切都是因神的旨意而誕生，就連罪惡及誘惑也不例外。世人必須不斷接受神的考驗，追求神的愛與信賴是世人的生存意義。

彼得從來不曾懷疑過神的存在，當年彼得的父親就是如此教導彼得。他認為自己正是多虧了這樣的教誨，才能夠一直走在正道上。

禱告是彼得每天都會做的事，但彼得禱告通常都是為了他人，極少為了自己。回想起來，彼得一生之中大概只有兩次禱告是為了自己。第一次他為自己禱告，是希望梅格能夠答應自己的求婚；第二次為自己禱告，則是在結婚的五年之後，他希望遲遲沒有懷孕的梅格能夠為自己生下一個孩子。這兩次禱告，神都實現了彼得的心願。

彼得與梅格結婚至今已十五年了，依然是相當恩愛的夫妻，萊里也是相當聽話的好孩子。他深深相信，自己能夠過得如此幸福，是因為一切都按照神的旨意行事。

俄亥俄州有非常多的類鴉片（opioid）藥物成癮患者，所以彼得經常會在專為協助藥物成癮者而設立的社區中心擔任義工，他有時也會帶兒子萊里一同前往。彼得一再告訴萊里，拯救他人其實就是拯救自己。

然而，彼得從小到大從來不曾直接感受到神的旨意。當親眼目睹大猩猩在電視節目中攻擊人類的那天晚上，彼得衷心期盼那頭大猩猩能夠受到神的制裁。

不久之後，那頭大猩猩發動了一場訴訟，而彼得獲選為陪審團成員的候選人。這件事讓彼得產生了一種全身酥麻的衝擊，彷彿不斷有電流竄過自己的背脊，久久不能自已。彼得相信自己能夠成為陪審員候選人，正是來自神的啟示。

既然神選上了自己，自然必須全力以赴，完成神所託付的使命。正因為彼得抱持著如此堅定的決心，在進行陪審員的擇定時，他感到非常緊張。

這一天，彼得來到了法院，與其他陪審員候選人坐在一起。眼前站著兩個人，一個是那頭大猩猩的辯護律師，另一個則是動物園的辯護律師。

「你喜歡看職業摔角比賽嗎？」大猩猩的辯護律師向彼得提問。

這個問題的意圖非常明顯，那個律師心裡多半推測，職業摔角的粉絲應該會對大猩猩產生較強烈的同情。

彼得明白自己一定要獲選為陪審員才行，唯有成為陪審員，才能代替神制裁那頭大猩猩。既然如此，此時應該迎合律師的想法，假裝自己是一個職業摔角的愛好者。

不過，彼得實在沒有辦法做到這一點。或許這也是神的考驗之一，無論在什麼樣的情況下，都不應該說謊。

「我非常討厭職業摔角。我認為以暴力為樂，是一種非常低俗的興趣。我也嚴格禁止自己的兒子，觀看職業摔角節目。」

彼得挺起了胸膛，說得義正詞嚴。

「原告接受他擔任陪審員。」

沒想到結果完全出乎彼得的意料之外，大猩猩的律師，竟然同意讓彼得擔任陪審員。

那頭大猩猩是個職業摔角手，而彼得明確表示自己厭惡職業摔角。那個律師到底是基於什麼樣的想法，認為自己會站在大猩猩這一邊？當天在法院裡發生的事，讓彼得百思不得其解。彼得心想：或許這也是神的旨意吧！世人實在太過渺小，而神的規劃太過遠大，以凡人之力難以臆測神所做之事。

法院的判決，是以陪審團的所有成員立場一致為原則。換句話說，既然自己已獲選為陪審團的一員，只要堅持反對，那頭大猩猩就絕對不可能在這場官司中獲勝。除了彼得之外，沒有人知道這場審判，於現在這個時刻就已經確定結果了。

動物園將會再度獲勝。只要自己在陪審團內，大猩猩就絕對沒有勝算。最壞的情況，不過是陪審團無法達成共識，必須重新擇定陪審員。

彼得的一生之中，從不曾像現在這樣，如此深信自己是神的使者。他甚至開始認為自己過去的人生，都是為了將自己導向現在這一刻。

神絕對不會原諒一頭與人作對的野獸。彼得坐在陪審席上，發現自己的拳頭正在微微顫抖，他努力想要壓抑自己的情緒，胸中卻彷彿有著正在翻騰、激盪的滾燙岩漿。他只能不斷背誦《聖經》中的祈禱文，直到心靈恢復平靜為止。

在其他陪審員都已擇定之後，彼得越想越是志得意滿，接下來不管誰在法庭上說了什麼話，似乎都已不太重要。

十三

「放寬心，保持冷靜。」坐在隔壁的丹尼爾看著我，安慰道：「這場官司有我在，保證輸不了。妳只要專心扮演好自己的角色就行了。按照我們之前講好的，妳必須讓整個法庭上的所有人都看見妳的誠意。加油，我相信妳一定辦得到！」

我輕輕點了點頭。丹尼爾的神情依然充滿了自信，展現出一副游刃有餘的態度。

就跟上次一樣，由於我坐不下法庭裡的椅子，能坐在原告與被告之間。法官的座位，剛好就在我的正前方。為了今天，我特地拜託優娜，為我製作了一套新的套裝。

「看看妳的背後！妳是受到全世界關注的公眾人物，所以法庭裡架設了攝影機。這場審判的過程，會以即時轉播的方式傳送至美國的每個角落。在妳獲得勝利的瞬間，想必所有的美國人都會跌破眼鏡吧！我已經等不及看見那一幕了。法庭裡增加一、兩臺攝影機，應該不致於讓妳感到緊張吧？」

丹尼爾轉頭望向法庭的後方，我也跟著回頭。

『這點你放心，就算被幾萬個人類盯著，我也不放在心上。別說是裝了攝影機，就算是把所有人搬到體育館的擂臺上開庭，我也不在乎。不，搞不好還會覺得比較習慣呢！我反而比較擔心你，你不要緊嗎？』

「我要不要緊？這種問題還需要問嗎？我可是沒有輸過的最強律師。」

『可是你連一個證人都沒有準備吔！我們到底要怎麼打贏這場官司？對方可是準備了四個證人！』

「趁現在還沒有開始，讓我告訴妳一件事。在法庭上傳喚證人或提出證據，打個比方，就像是朝對手揮出拳頭。」

『你的意思是說，對手有四次揮拳的機會，而我們的揮拳機會是零？不管怎麼想，這都對我們不利吧？』

「妳冷靜先聽我說完。揮拳的行為，帶有一個風險，但只要事先知道拳頭會往哪裡揮，就能夠輕易閃避。我已經完全掌握了對手即將傳喚的證人名單，他們在提交這份名單的同時，也就等同於公開了他們即將採取的戰術。我知道對方的拳頭會打向什麼地方，所以不僅能夠閃避攻擊，還能夠伺機反擊。證人雖然是他們帶來的，我們也有對證人提問的權利。

妳知道這代表什麼意思嗎？對手的戰術已經被我們大致摸透了，而他們完全不知道我們會採取什麼樣的戰術。妳不認為這樣的狀況對我們非常有利嗎？而且我們全力防守，並不主動出擊，因此我們可以守得非常嚴密，也不用擔心在攻擊時遭對手趁虛而入。妳聽了以上的解釋，對我的信任有沒有稍微提升了一點？」

丹尼爾的這番話，我聽了還是半信半疑，心裡有一種上了賊船的感覺。

「聽著，如果對手只是個三流律師，我們只要採取正攻法就能贏得勝利。偏偏對方可是凱莉・卡茨，那女的絕對是個狠角色。如果我隨便傳喚證人，肯定會遭凱莉反將一軍。打官司的最大重點，就是從頭到尾必須秉持著相同的中心路線。我得盡可能排除各種不確定的因素，這樣妳明白了嗎？」

丹尼爾一邊說，一邊朝坐在被告側的凱莉瞥了一眼，臉上閃過一抹憂慮。

我用力點了點頭，努力讓保持冷靜。如今我除了相信丹尼爾之外，也沒有其他選擇。

有好一段時間，法庭的門呈開啟狀態，陸續有人進入旁聽席就坐。隔了許久，終於有人把門關上，同時旁聽席也變得安靜。

前方的門開啟，法官走入庭內。這次的法官，是個非裔的女人，臉上戴著相當厚的眼鏡，一頭內捲的黑色頭髮垂至肩膀附近。她以駕輕就熟的動作走到法庭中央，舉起木槌一敲，宣布開庭。

我聽見那迴盪在法庭內的木槌聲，陡然想起了上一次的敗訴經驗，內心深處湧起強烈的不安與恐懼。我必須竭盡全力，才能夠壓抑下這股情緒。這次不會再輸了，絕對不會！坐在我身邊的丹尼爾，成了我此刻唯一的希望。

法官要求原告代理人進行開審陳述，丹尼爾先整了整胸口的領結，接著才起身說出事先安排好的臺詞。

「法官大人，在進行開審陳述之前，懇請允許我的委託人說幾句話。」

「好，但不能太長，而且中途若有不適當的言論，我會立刻要求停止發言。」

「謝謝法官大人。」丹尼爾微微點頭致意，坐了下來。

我站了起來，首先向法官恭恭敬敬地行了一禮，接著走向證人臺。由於我的身高比人類矮了一些，如果我站在證人臺的後方，臉會被遮住，所以我改為站在證人臺的前方。

『請各位給我一分鐘的時間，讓我在審判開始之前，表達心中的想法。過去我曾經對著媒體記者，說出了藐視法庭及侮辱美國司法制度的言詞。為此我已深刻反省，不應該讓敗訴的悔恨蒙蔽了理性，而說出那些自私又任性的言論。我想要在此，對人類建立司法制度的歷史，以及所有參與司法工作的相關人士，致上最深的歉意，以及最深的敬意。此外，我也要感謝俄亥俄州以及本法庭，在我說出了失禮的言論之後，依然願意給我重新來過的機會，謝謝大家。』

我向法官再次鞠躬，接著又朝陪審團的方向鞠躬。

當我抬起頭來，剛好與陪審團中的一人對上了眼。那是個白人男性，從他的表情看起來，情緒似乎相當激動。他緊閉著雙唇，看著我的視線異常銳利，彷彿對我懷抱著強烈的殺意。其他的陪審員，表情都只是有些緊張，唯獨那個男人，簡直像是遇上了殺父仇人似的，一對眼珠正燃燒著熊熊的怒火。

我倏地望見那男人脹得通紅的臉孔，差一點發出驚呼。幸好我旋即恢復冷靜，回到丹尼爾的旁邊坐下。但那男人充滿惡意的犀利視線，實在讓我無法不在意。雖然我的臉面對著正前方，卻依然能清楚感覺到，來自陪審席的那對彷彿要將我貫穿的可怕視線。

正當我努力想要忘記那男人的眼神時，身旁毫不知情的丹尼爾站了起來。

「法官大人，以及陪審團的各位，早安。我是丹尼爾・葛里森，擔任本案原告蘿絲・納庫沃克的代理人。本案的兩造，分別為蘿絲以及克里夫頓動物園。克里夫頓動物園在回顧本案的那起事件時，總是特別強調一個事實，那就是小男孩還活著。他們總是一再聲稱，當時小男孩處於非常危險的狀態，但最後小男孩保住了一條命。他們總是說，這是本案中的最大重點。沒錯，我也認為小男孩還活著這個事實相當重要。對於這一點，我並不打算提出異議。不過，在慶幸小男孩活著的同時，我們還必須思考一個問題。」

丹尼爾伸出食指，指著天花板，吸引了法官及眾陪審員的目光。

「那就是，為了拯救小男孩的性命而付出的代價。沒錯，小男孩得救了，而其代價卻是一條性命，活生生被奪走了。那性命的主人，就是奧馬里。換句話說，他們為了救一條性命，而奪走了一條性命。我希望陪審團的各位，能夠好好想清楚，這個代價的背後所隱藏的重大意義。我也希望各位能夠深入思考，假如我們將奧馬里的死，視為理所當然的事，這將會對我們的社會造成什麼樣的影響。我方堅定認為，奧馬里的死，屬於重大過失，因此向被告克里夫頓動物園提出賠償要求。」

丹尼爾說完這席話後，慢條斯理地坐了下來。他總共只說了一分多鐘，雖然我沒有什麼法律知識，卻也知道這樣的開審陳述短得不合乎常態。

上一次打官司時，尤金的開庭陳述講了至少三十分鐘，除了說明為什麼人類的社會必須重視動物的權利，還把奧馬里遭到殺害的過程鉅細靡遺地說了一遍。相較之下，丹尼爾只說了寥寥幾句話，就氣定神閒地坐了下來，彷彿對自己的表現相當滿意。

開審陳述是說明己方主張的重要機會，律師應該盡可能向陪審團強調己方立場的正當性與合法性。當初討論訴訟方針時，丹尼爾煞有其事地告訴我：「**我會讓妳變成人類，妳的人權將受到保障，所以絕對不可能輸。**」但在剛才的開審陳述裡，他完全不曾提及我是人，甚至不曾提到「人權」二字。

我整個傻住了，只能目不轉睛地瞪著身旁的丹尼爾。沒想到他察覺我的視線，似乎誤會了什麼，竟然對我擠了擠眼睛。我嘆了一口氣，轉頭望向對手的律師凱莉。

她的秀髮閃耀著金色的光輝，淺藍色的襯衫配上深藍色的套裝，讓她原本就纖細的體格看起來更加緊實。不過，她的臉上本來帶著自在優雅的微笑，此時卻失去了原本的從容。坐在法庭另一側的她，一對眼珠正直視著丹尼爾。似乎就連她，也摸不透丹尼爾的葫蘆裡在賣什麼膏藥。

「法官大人，以及陪審團的各位，午安。首先，我在此感謝各位的辛勞。正如同剛剛原告律師所說的，在這起事件裡，最重要的是小男孩的性命。當時剛滿四歲的尼奇能夠大難不死，對比當時的驚險局面，只能以奇蹟來形容。但我必須強調，這個奇蹟的發生，並非完全仰賴運氣。園方人士那迅捷的危機應變能力，以及壯士斷腕的決心，也是創造了奇蹟的主要原因。原告律師認為，我們應該思考拯救尼奇性命所付出的代價有多大。請各位試想，這世上難道有什麼東西的價值，能夠高過一個擁有燦爛前程的孩子的性命？當然奧馬里的過世，對任何人來說都是遺憾。克里夫頓動物園的所有工作人員，都非常喜歡奧馬里。而且奧馬里在克里夫頓動物園內，是相當受遊客歡迎的動物。然而，悲劇就這麼發生了，這是無法改變的事實。園方明知道他們的做法可能會引社會輿論的譴責，他們還是毅然決然地採取了行動。我在此，想要向他們表達我的敬意。」

凱莉說到這裡，故意停頓了片刻，彷彿真的在表達敬意。

「如果天底下有一座動物園，重視動物的性命更勝於遊客的性命，各位會有什麼感受？至少我自己，是絕對不會想要走進這樣的動物園。在現代社會裡，這樣的動物園絕對沒有辦法維持經營。因為我們每個人的性命，都是無價之寶。不管有再多冠冕堂皇的理由，我們都沒有辦法接受一座草菅人命的設施。除了遊客的性命之外，當然還有工作人員的性命，不管在任何時刻，這都是任何設施最需要重視的。」

凱莉以視線掃過法官及眾陪審員，在所有人都表現出認同的態度之前，她不斷重複著這些話。這些話說得鏗鏘有力，雖然因為太過理所當然，而少了一些新意，但那不卑不亢的辯護態度，成功帶給人一種身心舒暢的陶醉感。

相較之下，丹尼爾那不正經的說話態度，實在讓人不敢恭維。而此時的丹尼爾，正一邊聽著凱莉的發言，臉上掛著賊兮兮的微笑，一邊在筆記本裡不停寫字。

我腦海裡忽然產生了一個懷疑：**丹尼爾說他從來不曾輸過，那是真的嗎？他該不會只是隨口胡扯吧？**

我心裡開始感到後悔，應該事先把丹尼爾的底細好好查個清楚才對。除了丹尼爾深受蓋文信賴之外，我幾乎找不到可以相信這個人的理由。

凱莉花了將近二十分鐘的時間，闡明了園方行為的正當性，從容不迫地回到座位坐下。那優雅的舉止，除了顯現她的性格與丹尼爾截然不同之外，更流露出對自己的勝利深信不疑的強大自信。

當然並不是說越多話贏面越大，但我認為就算撇開時間長短不談，凱莉的開審陳述實在是相當值得讚賞。

雙方的開審陳述都結束之後，接下來就是傳喚對手的四名證人的時間。我衷心期盼丹尼爾在這裡的表現，能夠超越開審陳述。

第一名證人站上了證人臺。

「請像這樣把手舉起來。」法官說著，舉起了右手，手肘貼緊身體，掌心面向前方。證人照著做之後，法官唸出了證人誓詞：「妳願意發誓，將秉持嚴肅且誠實的態度，在法庭上說出真相嗎？」

「是的，我發誓。」第一名證人神情緊張地看著法官。

法官輕輕點頭，指示凱莉開始進行主詰問。

凱莉站了起來，走向證人，那英姿煥發的站姿，吸引了所有陪審員的目光。

「首先，請說出妳的姓名。」

「我叫嘉麗・雷諾茲。」

「接著請說出妳的任職地點及工作經歷。」

「我在德州的布朗斯維爾動物園，擔任經理工作。我在那座動物園工作了三十年，前年升為經理。在當上經理之前，一直負責照顧大猩猩。」

「布朗斯維爾動物園，是奧馬里從前住的動物園。現在請妳詳細說明，奧馬里搬遷到克里夫頓動物園的前因後果。」

「奧馬里不僅是在布朗斯維爾動物園出生，還在我們的園裡住了十五年。如果把北美洲所有動物園裡的大猩猩全部加起來，總數多達三百六十多頭。像蘿絲、約蘭妲那樣來自喀麥隆的大猩猩，可說是極少數的例外。基本上，現在北美洲幾乎不會從非洲進口大猩猩。因此為了避免近親交配造成遺傳基因過度集中，動物園之間會互相交換成年的大猩猩。只要是加入全美動物園水族館協會的動物園，大多會參與這個交換計畫。當初我們將奧馬里從布朗斯維爾動物園搬遷到克里夫頓動物園，正是這個計畫的一環。雄性的奧馬里在成年之後，我們除了讓牠離開布朗斯維爾動物園，還幫助牠建立自己的家族。那已經是六年前的事了，當時我是大猩猩的飼養員，所以記得很清楚。我陪伴牠搭上車子，從德州出發，前往克里夫頓動物園。光是坐車就坐了三天，過程實在很辛苦。奧馬里是一頭又乖又聰明的大猩猩，我們動物園的遊客都很喜歡牠，給牠取了一個綽號叫帥哥奧馬里。」

嘉麗或許是想起了當年的回憶，臉上洋溢著笑容。

「既然妳是大猩猩的飼養員，應該對奧馬里相當了解。就妳所知，奧拉里算是一頭很特別的大猩猩嗎？」

「對我來說，每一頭大猩猩都很特別。只不過，奧馬里是在我們布朗斯維爾動物園出生的大猩猩，還在我們園內住到長大，所以我對牠特別有感情，幾乎當成了自己的孩子。」

我看著嘉麗臉上的溫柔微笑，猛然想起我曾經見過她一面。沒有錯，她曾造訪過克里夫頓動物園。我清楚地記得，當時是發生意外的數個月前。

我看見一個並非園內飼養員的女人進入大猩猩生活區，著實吃了一驚。更讓我吃驚的，是奧馬里一看見她，竟然興奮地朝她奔了過去。奧馬里是家族的領袖，平常舉止相當穩重，不會胡亂奔跑。那天我剛好就在奧馬里的附近，親眼看見牠像個孩子一樣奔跑到嘉麗的身邊，不停對著她撒嬌，我幾乎不敢相信自己的眼睛。奧馬里與嘉麗之間的感情，顯然遠遠超過奧馬里與克里夫頓動物園的任何一名飼養員。只是我萬萬沒想到，我與嘉麗會在這種地方重逢。

「妳最心愛的奧馬里，後來過世了，妳是否因此而憎恨克里夫頓動物園？」

「那是非常遺憾的往事，恐怕也是我一生中所經歷過的最大悲劇。不過，我並不憎恨克里夫頓動物園，甚至對克里夫頓動物園沒有半點怨言。因為以站在經營動物園的立場來看，他們的做法並沒有不對。保護遊客的安全，是最重要的事情。我與霍普金斯園長也算是老朋友了，我知道他對奧馬里一直非常照顧。我非常能夠體會，當他下令對奧馬里開槍時，內心有多麼掙扎與痛苦。奧馬里就像是我的孩子，但如果換成我遇到相同的狀況，我想我應該也會做出和霍普金斯園長一樣的決定。為了讓動物園能夠繼續經營下去、為了動物園裡的其他動物和員工們，以及來到動物園的遊客，這麼做可說是唯一的選擇。」

「妳認為克里夫頓動物園在這件事情上，不用背負任何責任嗎？一名年僅四歲的男童，輕易就翻越了大猩猩區的柵欄。」

「我的看法就跟克里夫頓動物園對外的說法一樣，他們的柵欄沒有任何問題，完全符合動物園水族館協會的規定。每一座動物園，每隔五年都必須接受該協會的評估鑑定，每年還得接受兩次農業部的檢查。發生意外之後，如今全美國的動物園都在重新檢視園區內的安全問題，克里夫頓動物園在這個部分並沒有任何疏失。不管做再多的防護，還是沒有辦法完全阻止意外發生。」

「這麼說來，妳認為這起事件並非人為過失，而是一起單純的意外，是嗎？在妳看來，克里夫頓動物園並沒有重大過失，是嗎？」

「當然。」

「我的問題問完了。」

凱莉得意地看了十二名陪審員一眼，走回自己的座位。

「接下來，由葛里森進行反詰問。」

法官寫完了筆記，朝我這個方向一瞥。

丹尼爾站了起來，臉上堆著笑容，走向證人席。他瞇起了雙眼，眼神中帶著三分對證人的輕蔑，走路的姿態也有些高傲。不管是對證人還是對法庭，都讓人感受不到一絲敬意。

「妳說妳是動物園的經理，是真的嗎？」

丹尼爾的態度非常無禮，連我都忍不住想要摀住眼睛。

「沒錯，我剛剛說過了，我現在是布朗斯維爾動物園的經理。」

「這麼說來，妳不是這個問題的專家，只是經營動物園的同業人員。找一個同業人員來當證人，有什麼意義？」

丹尼爾提出這個問題的對象顯然不是證人，而是一眾陪審員。

「請各位想像一下，黑幫老大殺了一個交易時出紕漏的小弟，法庭審判時找另一個黑幫老大來作證，這不是很荒謬的事嗎？就算作證的黑幫老大說：『他的做法完全沒問題，我們都是這麼做的。』這樣的證詞能代表什麼？同樣的道理，就算證明其他動物園的職員也會做出相同的判斷，也無法證明行為本身的正確性，只是證明其他動物園也會犯相同的錯誤。由此可知，繼續對這名證人提問，只是浪費大家的時間。法官大人，我的問題問完了。」

丹尼爾踏著輕快的步伐回到了我的身邊，以一副得意洋洋的表情看著我，似乎相當滿意自己剛剛說的那些話。

我幾乎忍不住想要移動我的雙手，向他問一句：「你的腦袋到底在想什麼？」如果可以換我詰問，我一定會問清楚丹尼爾心裡在打什麼算盤。當然說越多話，並不代表贏面越高，這點我完全可以理解。但我實在看不出來，丹尼爾具備在這場審判中克敵制勝的企圖心。

剛剛我才公開向法庭道歉，還聲稱會對法庭及司法制度抱持敬意。沒想到指導我說出那些話的丹尼爾，如今竟然擺出了對法庭極不禮貌的態度。他三言兩語就結束對證人的反詰問，引來了旁聽席上的一陣竊竊私語，可見得並非只有我認為他的態度有問題。

我轉頭望向陪審團的方向，果然大部分的陪審員都因丹尼爾的舉動而皺起了眉頭。

我相信丹尼爾一定也察覺到，整個法庭的反應不太對勁。但就算承受著大量譴責的目光，他依然還是一副老神在在的樣子，彷彿一切都在算計之中。真不知道他到底是真有自信，還是單純裝腔作勢。

我告訴自己，不要再繼續揣測丹尼爾的內心世界了。既然已經走到了這一步，我也沒有退路了。蓋文說過，如果審判是一場比賽，那律師就是自己的隊友。如今我除了相信丹尼爾這個隊友，沒有其他選擇。這場比賽如果因為他胡搞一通而敗北，只要一踏出法院門口，我就會打到他爬不起來。

反詰問結束得如此之快，就連身為證人的嘉麗也整個人傻住了。

然而，法官還是相當冷靜地宣布進入下一個程序，她請嘉麗離席，接著指示被告方帶入第二名證人。

第二名證人走上了證人臺，像剛剛一樣完成宣誓。

她偷偷朝我看了一眼，卻又馬上將視線移開。我想她心裡應該或多或少對我感到有些抱歉吧？雖然我早就知道她今天會出庭作證，但實際見到了她，還是感覺心情起伏不定。

「請先說出妳的姓名。」凱莉像剛剛一樣對證人說道。

從凱莉的舉手投足，可以看出她具備相當堅定的意志力。她只打算專心做好自己該做的事，並不在乎丹尼爾究竟在打什麼鬼主意。

「我叫安潔莉娜・威廉斯。」

身穿黑色套裝的安潔莉娜，或許是因為站在法庭上的態度有些畏畏縮縮，體型看起來比印象中小了不少。她不斷左右張望，顯得相當沒有自信，宛如一隻受到驚嚇的小動物。

凱莉首先要她詳細說明，那天動物園裡到底發生了什麼事。同樣的話，我已經聽過無數遍了，我實在不想再聽她描述她跟孩子之間的爭吵。

丹尼爾曾告訴我，對手傳喚安潔莉娜出庭作證，主要的用意是激發陪審員的同情心。畢竟一個四歲的孩子，只要大人稍微沒注意，就有可能做出各種傻事。當陪審員們見著了母親，就會忍不住相信孩子墜落及奧馬里遭槍擊，都只是一場不幸的意外。

正如同丹尼爾的預期，凱莉對安潔莉娜的態度非常溫柔，彷彿將她當成了受害者。

安潔莉娜首先描述她在發生意外的當下有多麼驚恐，接著她向園方深深致謝。她說多虧園方使用實彈，自己的兒子才能保住性命。她似乎刻意不望向我的方向，所以我跟她再也不曾視線相交。

回答問題的過程中，她一直顯得焦躁不安，不停地拉扯自己的頭髮。然則凱莉必定陪她練習過了，她的每一句話都說得非常流暢，沒有絲毫遲疑。

我看著站在證人臺上的安潔莉娜，內心有股難以言喻的懊惱，不過陪審員們看著她的表情都相當友善。

當安潔莉娜說到養育孩子有多麼困難，以及發生意外之後的種種騷動，有些陪審員甚至還輕輕點頭。看來對手利用安潔莉娜激起同情心的戰術，非常成功。

「我的問題問完了。」

凱莉刻意使用了感性的口吻，宛如是在呼應安潔莉娜的心情。

「接下來，由葛里森進行反詰問。」

丹尼爾氣勢十足地站了起來，彷彿早已在等著法官說出這句話。他在我的背上輕輕一拍，接著才邁開大步走向證人臺。

安潔莉娜見到丹尼爾靠近，立刻垂下了頭，像是一個正在遭大人責罵的孩子。

從我的角度，沒辦法看清楚丹尼爾的表情，但隱約可以看出他的臉色相當冷酷。那猶如刀鋒一般銳利的視線，與剛剛凱莉的仁慈眼神可說是有著天壤之別。

「威廉斯女士，幸會。我是原告的律師，丹尼爾・葛里森。請問，我能稱呼妳為安潔莉娜嗎？」

「可以。」

安潔莉娜以一句話回答了丹尼爾的第一個問題。

「好的，安潔莉娜。我剛剛聽妳回答問題，真心覺得養兒育女確實是一件非常辛苦的事，我非常尊敬全天下的所有母親。」丹尼爾裝模作樣地將手掌放在胸前，略頓了一下後，繼續說道：「照顧孩子真的不容易，不容許有一分一秒的鬆懈。妳就是最好的例子，只不過是稍微移開了視線，妳的孩子就掉進了大猩猩區的柵欄內。妳聲稱那是一起意外，但克里夫頓動物園設立大猩猩區至今三十八年，從來不曾發生過類似的意外。妳知道克里夫頓動物園的遊客有多少嗎？每年有超過一百五十萬名遊客造訪克里夫頓動物園，其中當然有非常高的比例是帶著孩子的父母。這麼多的父母，沒有一個犯下跟妳一樣的錯誤。」

丹尼爾的口氣帶著明顯的譴責之意，安潔莉娜在證人臺上更加縮起了身子。

「世上有很多人認為，妳才是害死奧馬里的罪魁禍首。在事發的當下，妳沒有理會自己孩子，有不少人認為像那樣漠視孩子也是一種虐待的行為。聽說曾經有人發動連署，要求司法機關追究妳的刑事責任，獲得超過三十萬人支持。安潔莉娜，妳被全美國人認定是一個失職的母親，請問妳作何感想？」

「抗議！這是對證人的侮辱！」

凱莉立刻對著法官大聲抗議。

凱莉的聲音，讓丹尼爾轉過頭來。我終於清楚看見他的五官表情，他的臉上帶著猥瑣且惡毒的笑容。

即便他是我的律師，我依然認為這傢伙真是個人渣。然而另一方面，丹尼爾以那些充滿敵意的言詞攻擊安潔莉娜，似乎也讓我心裡嚥不下的那口氣稍微獲得緩解。我彷彿感覺到丹尼爾正以最精確的字眼，代替我向安潔莉娜傳達了我心中的憤怒。

一方面覺得遭受嚴厲抨擊的安潔莉娜很可憐，一方面卻察覺自己的內心深處，正在暗自期待著丹尼爾發動更猛烈的攻勢。顯然我胸中的怒火，並沒有因此而熄滅。

「我收回這個問題。」

丹尼爾沒有等法官說話，就主動開口說道，似乎早已猜到凱莉會在這時提出抗議。

「我換一個問題。就像我剛剛說的，曾經有一段時間，妳承受了來自全社會的嚴厲批判。我相信這當中，一定包含了一些惡毒的誹謗與中傷。但就在這個時候，有一個人物出面告訴大家，不應該將矛頭指向妳，也多虧那個人物，整個社會對妳的批評聲浪才逐漸減少。妳是否記得，那個救了妳的人是誰？那個人是否在這個法庭內？如果在的話，請妳將那個人指出來。」

安潔莉娜稍微抬起頭，伸手指著我。

「就是牠，蘿絲。」她有氣無力地說道。

因為那起事件，生活被攪得天翻地覆的人，並非只有我一個。就這層意義上來說，她也算是受害者，但我並不打算將她的所作所為正當化。我必須向丹尼爾學習，讓自己的內心化為惡鬼。打官司不同於打職業摔角，是一場各自賭上了人生的戰鬥。

「蘿絲挺身而出，守護了妳的名譽。即便牠的丈夫奧馬里遭到殺害，全是因為妳沒有照顧好自己的孩子，牠還是對妳伸出了援手。妳不認為這是很崇高的美德嗎？」丹尼爾略頓，以視線掃過每一名陪審員，誇張地攤開雙手，繼續說：「相較之下，請問妳對牠做了什麼？在牠承受著喪夫之痛時，牠幫助妳脫離了困境。但請問妳在牠悲傷難過的這段日子裡，妳做過什麼事來幫助牠？」

安潔莉娜聽得撐目結舌，露出一副不敢相信自己會被問這種問題的表情。我相信她在踏上證人臺之前，肯定與凱莉進行過多次的演練，而丹尼爾會詢問什麼樣的問題，她們應該早已設想過。如今丹尼爾提出的問題，顯然不在她們的預設範圍內。

安潔莉娜一時不知該如何回答，只好默默望向凱莉。

「抗議！這個問題與本案毫無關係！」凱莉起身對法官說道。

「葛里森先生，你這個問題是必要的嗎？」法官皺眉問。

「當然，這絕對是一個必要的問題。」丹尼爾一臉嚴肅地說：「威廉斯女士與我的委託人之間的關係，在本案中至關重要。」

「好，請繼續。」

「謝謝妳，法官大人。威廉斯女士，能否請妳回答我這個問題？妳為蘿絲做了什麼？」

「沒有……」

她再度垂下頭，肩膀微微顫抖，聲音微弱到幾乎聽不見。

「抱歉，妳的聲音太小了，我聽不見。」丹尼爾毫不留情地說道：「能不能請妳用更清晰的聲音，大聲地回答我？」

「對不起……我什麼也沒做。」

「這可真令我太驚訝！」丹尼爾以充滿鄙視的口吻，繼續說：「蘿絲伸出援手，讓妳和妳的家人免於受到社會輿論的譴責，而妳卻什麼也沒有為她做。看來妳不僅是個失職的母親，也是一個失職的朋友。」

「抗議！這是對證人的人格攻擊及汙衊，我要求撤回發言！」凱莉再度起身大喊。

「葛里森先生！」法官低頭俯視丹尼爾，警告道：「你的態度十分不恰當，請不要再說出類似這樣的言論。」

丹尼爾受了法官指責，故意縮起肩膀，裝出一副驚訝的表情。

「真的很抱歉，法官大人！我是一時被她搞糊塗了，才會說出不恰當的言論。蘿絲是一頭大猩猩，她對安潔莉娜伸出了仗義之手；安潔莉娜是一個人，她卻沒有做任何事情來回報蘿絲。我已經搞不懂了。人是什麼？人性是什麼？蘿絲與安潔莉娜，到底哪一邊是人？哪一邊是禽獸？」

「葛里森先生！這是第二次。我不會再原諒你第三次。」法官瞪著丹尼爾，大聲呵斥。

丹尼爾聽法官說得嚴厲，當然是趕緊道歉。

然而，此時安潔莉娜的精神狀態已面臨崩潰邊緣，她數次承受丹尼爾的言語暴力，眼淚如潰堤般滾滾流下。我看她從口袋裡掏出皺成一團的手帕，不停地擦拭鼻涕及眼淚，那模樣實在令人鼻酸。

「威廉斯女士，妳還能繼續作證嗎？」法官問道。

安潔莉娜沒有回答，只是默默搖頭。於是法官舉起木槌連敲兩下，宣布休庭一小時。旁聽席登時響起嘈雜的說話聲，陸續有人走出法庭。

過了一個小時之後，大家陸續回到庭內，但安潔莉娜還是處於精神不穩定的狀態。法官只好再度宣布休庭，這次她直接宣布休息一天。

『你把證人搞哭了，陪審員們對你的印象一定很差，現在你打算怎麼挽回？』

我等到周圍的人都已離開法庭後，才這麼質問丹尼爾。

「放心交給我來處理，一切都在我的掌控之中。」他嗤嗤笑了起來，故弄玄虛地說：「法官宣布休庭到明天，完全符合我的預期。我不知道妳對我的評價怎麼樣，但在我看來，只能以完美來形容。」

丹尼爾再度以這種話術來敷衍我。

「相信我，明天一切都會相當順利的。這場審判將會改變一切，全世界都會認同妳是一個人類。」

『我是一個人類？這到底是什麼意思？我完全搞不懂，麻煩你說明清楚。』

「等到明天，一切就會揭曉。這場審判，我們是贏定了。妳大可以好好放寬心，等著看好戲吧！」

我內心充滿了不安，但不管我再怎麼逼問，丹尼爾就是不肯說出他心中的盤算。

十四

手機的鬧鈴聲，將彼得從深沉的睡夢中喚回現實。飯店房間的厚重窗簾完全遮蔽了晨曦，房內一片昏暗。彼得拉開窗簾一看，旭日早已高掛在空中，刺眼的陽光讓彼得忍不住瞇起了雙眼。

大猩猩審判的第一天，因為第二名證人哭泣不止而被迫劃下句點。包含彼得在內，所有的陪審員都只能在附近的旅館度過一夜。依照規定，陪審員為了維持判決的公正性，審判期間不得接觸任何外界資訊。因此彼得只被允許和家人通電話，沒辦法看電視，當然也沒辦法上網。由於彼得此行並沒有攜帶書本，所以進入旅館房間之後，幾乎無事可做。

為了保持心情的平靜，彼得拉開了桌子的抽屜，沒想到抽屜裡竟然沒有《聖經》。在以前的年代，旅館房間的抽屜裡必定會擺上一本國際基甸會（Gideons International）無償提供的《聖經》。只不過，現在的年輕人根本不讀《聖經》，因此旅館房間的必備品已經從《聖經》變成了無線網路。

現在還會在房間裡放置《聖經》的旅館，有逐年減少的趨勢。更悲哀的是，竟然有團體主張不應該再放《聖經》，應該改放達爾文的《物種起源（On the Origin of Species）》。光是這一點，就讓彼得忍不住想要深深嘆息。但這時代的隱憂，可不是只有聖經而已。

俄亥俄州所選定的州格言是「在神凡事都能（With God, all things are possible）」，這是一句出自《聖經》的話。美國所有的州就只有俄亥俄州的州格言，是直接引用自《聖經》。在俄亥俄州，這句格言經常與州徽一起出現。基於這一點，彼得向來以身為一個土生土長的俄亥俄州人為榮。

沒想到竟然有些蠢蛋聲稱，俄亥俄州使用《聖經》詞句作為州格言，是違憲的做法。更荒謬的是，連聯邦法院也裁定此舉違憲。

他們以為區區一國的憲法，就能夠凌駕神的箴言，這是多麼令人髮指的事情。由凡人所制定的法律，如何能夠與《聖經》相提並論？偏偏有那麼多的凡人無法領悟這個道理。每次想到此節，彼得便不由得為這個國家的未來感到擔憂。

當然彼得知道只要打電話到櫃臺，要借到一本《聖經》應該不是什麼難事。他就是覺得不甘心這麼做，最後決定獨自靜靜地向神禱告。就算沒有聖經，還是可以禱告。

彼得禱告的內容，當然是希望這場審判能夠在神的引導下，有一個正確的結果。無論如何，絕對不能讓那頭大猩猩勝訴。彼得暗自以神之名立誓，就算所有人都被大猩猩迷惑，自己獨自一人也要抗辯到底。禱告消除了彼得心中的牽掛，讓彼得能夠安心入眠。

天亮之後，彼得下了床，穿上與昨天相同的襯衫。雖然同一套衣服連穿兩天的感覺很不舒服，但此行他並沒有攜帶替換的衣物。幸好昨天的開庭一下子就結束了，沒有花太多時間，所以衣褲還算乾淨。他走進浴室，將鬍子刮乾淨，洗了把臉，就走出了房間。

一樓的餐廳聚集了許多正在享用早餐的房客，整個空間顯得吵吵鬧鬧。不知道為什麼，彼得只要一聽見他人的歡笑聲，就會感覺很不舒服。

彼得在餐廳裡左右張望，想要尋找一張空的餐桌。就在這時，彼得瞧見一個有點眼熟的男人，正朝自己招手。那男人年紀約莫七十歲上下，看起來相當硬朗，腰桿挺得筆直。這老人也是陪審員之一，在彼得的眼裡，他是看起來最值得信賴的人。老人的旁邊坐著一名婦人，同樣也是陪審員。

「如果你不嫌棄，歡迎來跟我們一起坐。」

老人的口氣親切，卻又隱隱帶著一股威嚴。

「謝謝你的邀約，那我就不客氣了。」彼得說完，在老人的身邊坐了下來。

「我叫理查。」

老人報上名字，同時伸出右手，彼得也自報名字，伸出手與他交握。老人握手的力道非常大，實在不像是一個年長者。**或許是退伍軍人吧？**彼得對他的敬意更增添了三分。

「我叫艾瑪，幸會。」

坐在同一桌的婦人也伸出手，與彼得隔著桌子握了手。婦人的年紀似乎不到六十歲，臉上的和藹笑容讓人印象深刻。

「原本昨天就可以回家，突然變成要住一晚，應該讓你很困擾吧？像我這種老人當然無所謂，但以你的年紀，應該有很多工作要忙。」

「擔任陪審員，也是公民的重要義務。而且我運氣很好，家人及上司都能夠體諒。」

「那真是太好了。」

彼得喚來餐廳女服務生，點了一份跟兩人一樣的美式早餐。

「話說回來，我們可真是遇上了一場奇妙的訴訟案呢！剛剛我和艾瑪都在笑這個案子，簡直就是一場鬧劇。彼得，如果你願意分享，我很想知道你對這個案子有什麼看法。」

「咦？可是昨天法官特別交代我們，在審判結束之前，就算是陪審員之間，也不能私下討論案情……」

「唉，只是聊一下，沒什麼關係的。當然如果你不想說，我絕對不會勉強。我說一句老實話，這場審判除了當事人之外，大概沒有人會認真思考吧！就連那個蘿絲的律師，問問題時也是亂問一通。那小子顯然只是想出名，根本沒有要打贏官司的決心。他把第二名證人罵哭，任誰都看得出來，做得有點太過火了。他那樣胡搞，肯定只會帶來反效果。」

「這麼說來，兩位都認為應該是動物園會贏？」彼得如此問道。

理查與艾瑪一聽，都笑了出來。

「認為動物園會贏的人，可不是只有我們兩個呢！全世界有誰不這麼認為？難道你沒看新聞嗎？」

「法官說過，不能接觸任何新聞媒體，所以我沒有打開電視，也沒有上網。」

「彼得啊、彼得……我已經好久沒遇到像你這麼正直的男人了。」理查露出開心的微笑。「如果能夠多一點像你這樣的人，我們這個世界會好得多。」

「大概就只有愛出鋒頭的動物保護團體成員，以及一些怪人，在電視節目上聲稱應該讓蘿絲打贏官司。至於一般的平民百姓，根本沒有想過蘿絲會贏。」

艾瑪一邊吃著炒蛋，一邊說道。

「就算是蘿絲自己，應該也不認為真的能打贏官司。牠不是加入了職業摔角團體嗎？我想牠真正的目的，只是想要炒作話題而已，想把這場審判當成了一種自我宣傳的手段。」

「老實說，聽了兩位這番話，我著實鬆了一口氣。我本來還想，就算只有我一個人站在動物園這一邊，我也要堅持立場。」

「根本沒有必要杞人憂天。你覺得我們這些陪審員最後會讓蘿絲贏嗎？這機率趨近於零。你想想看，就連蘿絲的律師，也是打從一開始就知道會輸。擇定陪審員的過程，你還記得嗎？當時你明明說你討厭職業摔角，那個律師還是選了你當陪審員。不管怎麼想，這個決定都不合理，對吧？」

確實正如同理查所言，彼得也認為那個律師選擇自己當陪審員，實在是個反常的決定。

雖然彼得自己認定這一切都是神的旨意，但仔細想想，那個律師會做出這樣的決定，到底是基於什麼樣的想法？在今天之前，彼得並不認為那個律師會有什麼特別的意圖，甚至也不曾針對這一點深入思考過。

「這樣的情況，可不是只發生在你的身上。」艾瑪眉開眼笑地說道：「我也是被那個律師挑選出來的，而且一開始我也以為自己一定不會被選上。」

「當時那個律師問了妳什麼樣的問題？」

「你不記得了？當時你不是也在場嗎？」

「對不起！」彼得尷尬地搔了搔後腦杓。「那時候我一直在擔心自己會不會被選上，所以根本沒有心思聽別人說的話。」

「他問我的問題是：『妳有槍嗎？』我聽了之後，直接說出了平常放在家裡的長槍，以及隨身攜帶的手槍的廠牌型號。真不曉得那個律師聽了我的回答，為什麼還認為我會站在蘿絲那一邊？如果是我遇到那樣的意外，周圍又找不到人可以幫忙，一定會為了救孩子而掏槍把大猩猩殺了。」

「我跟你們不一樣，我是動物園這一邊的律師挑選出來的。但我也看得出來，蘿絲那邊的律師挑選陪審員的標準很奇怪。如果他想要主張大猩猩的性命和人的性命一樣重要，他應該挑選的是想法偏向社會自由主義的人。」理查聳了聳肩膀，露出百思不得其解的表情。

「而且陪審員的平均年齡偏高，這一點也對蘿絲相當不利。上了年紀的人，大多都有自己的孩子，有過養兒育女的經驗。通常這樣的人會比較支持動物園，重視孩子的性命遠勝於大猩猩的立場。」

理查的話，確實說得相當有道理。彼得自己坐在陪審席上聆聽審判過程時，也曾經想像過，倘若發生意外的是自己的兒子萊里，該如何是好？

如果這樣的事情發生在自己身上，自己肯定會毫不猶豫地跨越柵欄，跳下高牆吧！別說是十公尺，就算是一百公尺，也不會有半點遲疑。只要能讓萊里得救，就算拿自己的性命來換也值得，這就是天下父母心。

當初安潔莉娜沒有這麼做，是因為她還有另外一個孩子得照顧。如果沒有那第二個孩子，想必她也會跳下去。老人說的確實沒有錯，任何一個曾經養育過孩子的人，應該都會偏向同情安潔莉娜及動物園。

「所以你完全不用擔心，這一場審判，動物園是贏定了。我建議你不用那麼緊張，放輕鬆一點吧！」

理查的話很具說服力，彼得看著兩人從容的態度，心中的緊張感也消滅了一大半。

接下來的時間裡，彼得將審判的事徹底拋諸腦後，和兩人閒話家常，度過了一段悠閒而快樂的時光。

「丹尼爾！」

當我們走在通往法庭的走廊上，忽然聽見背後傳來了呼喚聲。轉頭一看，動物園的辯護律師凱莉就站在我們的身後。那剪裁相當合身的深藍色西裝，襯托著她的纖細身材，看起來分外美麗。

「早安，丹尼爾，昨天可真是難熬的一天。我本來很欣賞你的能力，但現在我才知道，是我太高估你了。你是否已經準備好，要為你的無能哭泣？」

凱莉的臉上帶著溫柔的微笑，說出來的話卻是尖酸刻薄。

「早安，我本來以為妳是個聰明人。」丹尼爾立刻反擊道：「但妳竟然沒有發現我已經贏定了，可見得妳其實也沒那麼聰明。我真的很同情妳，因為妳即將輸掉一場全世界都認為妳應該要贏的官司。我有點擔心妳的法律事務所會把妳開除，如果妳真的丟了飯碗，可以來我的事務所，當個實習律師。」

凱莉聽了不禁露出苦笑，朝我們輕輕揮手，轉眼間已不見人影。

『原來幹律師跟打職業摔角沒什麼不同，比賽之前都得互相叫陣一番。』

「是啊，我們的工作其實很類似！」丹尼爾朝我擠了擠眼睛，似真似假地調侃道：「幹律師其實就跟打摔角一樣，只要比賽的鐘聲一響，滿腦子就只想著要把對手打到滿地找牙。唉，真是一群可怕的動物！」

『我衷心期盼你比凱莉能打。』

「已經到了這個地步，妳還不相信我？唉，好吧！我偷偷告訴妳一件事。」丹尼爾轉過身來，正面凝視著我，以宛如要說出祕密的態度，低聲道：「我已經準備好了，到了第四名證人，也就是最後一名證人登場時，我會釋放一個超級大絕招。在那之前的審判過程，對我來說都沒有意義。那時候已經是最後一名證人的反詰問，所以凱莉能夠反駁我的機會，只剩下結辯陳述。天底下沒有任何一個律師能夠只靠結辯陳述，就推翻我的主張。」

丹尼爾這個人一直給我捉摸不透的感覺，我很少看他以如此認真的眼神說話。

「我們繼續進行，蘿絲‧納庫沃克與克里夫頓動物園的訴訟案。請證人登上證人臺。」

安潔莉娜遵從法官的指示，走向證人臺。她臉上的妝似乎比昨天淡了一些，這應該不是我的錯覺。

「葛里森先生。」法官以嚴厲的眼神望著丹尼爾，警告道：「請不要重蹈昨天的覆轍，我絕不允許任何人攻擊證人的人格。」

「我明白，法官大人。那麼，請允許我繼續進行昨天沒問完的詰問。」

丹尼爾說完，朝法官微微行了一禮。

即使站在遠處，也能看出安潔莉娜顯得相當不安。她感覺抱持著相當強烈的戒心，似乎已經預期今天又會像昨天一樣遭受羞辱。

「安潔莉娜，首先我要向妳道歉。因為昨天妳的證詞讓我一時摸不著頭緒，我才會說出那些無禮的言論。」

丹尼爾將手掌放在胸前，向安潔莉娜道歉。他皺起了眉頭，臉上露出一副悔不當初的表情，接著微微轉動身體，似乎想讓所有的陪審員都看見他那深自反省的神態。

當然我知道丹尼爾只是做做樣子而已，不管安潔莉娜遭遇多大的不幸，他都不會有一絲一毫的同情。

「我真正想要問的，是妳對蘿絲抱持著什麼樣的心情？在昨天的提問中，我們得知妳一直沒有機會向蘿絲表達感謝之意。蘿絲拯救了妳全家人免受輿論譴責，如果妳感受到蘿絲的恩情，對蘿絲心懷謝意，能不能請妳趁這個機會說出來？」

丹尼爾的問題一說完，同時發生了兩個現象。

首先，安潔莉娜察覺丹尼爾的言詞不再咄咄逼人之後，表情整個鬆了下來，似乎是放下了心中的大石。第二個現象，則是另外一頭的被告側傳來了凱莉輕輕咂嘴的聲音，她正感到焦慮，而這也表示丹尼爾的做法是正確的。

「我真的非常感謝蘿絲。在發生了那起意外之後，我們家真的是被罵慘了。只要一登入社群平臺，看見的全是攻擊性的字眼，所以我們根本不敢隨便上網。而且不知是誰公開了我們家的個資，害我們一天到晚接到騷擾電話，後來光是聽到電話響，就會嚇得頭皮發麻。那段時期我們一直感到很不安，精神隨時都處於崩潰的邊緣。幸好蘿絲出面替我說了一些好話，來自社會的譴責聲浪才漸漸減少。我們全家人都蒙受了蘿絲的恩情，真的很感謝牠。」

「我的問題問完了。」

丹尼爾聽了安潔莉娜的回答，露出賊兮兮的笑容，他只說了這樣一句，除此之外什麼感想也沒說。安潔莉娜一時愣住了，丹尼爾不再理會她，轉身回到我的身邊。

丹尼爾昨天告訴我，法官下令休庭完全是在他的計畫之內，如今我大概能夠理解他的用意了。前一天安潔莉娜受盡了羞辱，若法官沒有下令休庭，所有的陪審員應該都會對安潔莉娜產生強烈的同情。但丹尼爾設計讓審判中斷一天，成功讓我在陪審員們的心中留下了良好的印象。原來丹尼爾正是為了這個目的，才會以言詞羞辱安潔莉娜。

下一名證人，是動物麻醉專家，亨利・鮑曼博士。那是一個瘦得像皮包骨的男人，留著長長的鬍子，表情相當神經質。

凱莉希望從他口中說出的證詞相當單純，基本上只有兩個重點：第一點，從大猩猩受麻醉槍擊中，到麻醉藥開始產生效果，需要花上相當長的時間；尤其是像奧馬里那樣已經成年的銀背大猩猩，藥效可能要十分鐘才會發作。第二點，則是當大猩猩遭麻醉槍擊中時，可能會因為受到衝擊而陷入亢奮的狀態。

「以上就是園方必須使用實彈而非麻醉彈的理由。」

凱莉以這句話做了總結。

「你剛剛提到，動物遭麻醉槍擊中時，有陷入亢奮的傾向，是嗎？」丹尼爾在提問時瞇起了眼睛，既像是在質疑專家的見解，又像是在藉故找碴。「而有這個傾向，意思是並非所有的動物都會抓狂，是嗎？」

「我只能說抓狂的機率很高。而且不只是大猩猩，所有的動物都是一樣的。當突然被高速射來的針擊中身體時，都會嚇一大跳。例如，發生在二〇一六年，倫敦動物園的大猩猩脫逃事件，那時候……」

「你只要回答『是』或『不是』就行了。」丹尼爾打斷了證人的話。「『不見得』所有的動物都會抓狂，是嗎？」

丹尼爾在說到「不見得」時，特別加重了語氣。

「是的，不見得所有的動物都會抓狂。」

鮑曼博士如同全世界的其他專家，不喜歡做出百分之百的斷定。

「我的問題問完了。」

丹尼爾再次草草結束了反詰問。

第三名證人的證詞，肯定是對動物園較有利。雖然丹尼爾成功讓證人說出「不見得」這句話，照常理來想，動物遭麻醉槍擊中時會陷入失控狀態，是理所當然的事情。擊中之後必須要隔一段時間才會出現藥效，這想來也合情合理。因此我認為，丹尼爾的反詰問幾乎不具任何意義。

事實上，他自己確實也曾說過，在最後一名證人上場之前，所有的審判過程都沒有意義。必須要等到下一名證人，也就是最後一名證人上場，局勢才會出現重大變化。

「下一名證人，請上證人臺。」

我定眼一看，那是一個男人，還是我在電視上看過的男人。當時他出現在電視上，不僅是山姆破口大罵，就連雀兒喜也是罵聲連連。他就是類人猿學家，史丹·克里格博士。當初我還住在喀麥隆時，正是他在電視上說出我們的所在地點，貝托亞類人猿研究中心。

凱莉以例行公事的口吻，詢問證人的姓名及經歷。克里格博士春風得意地說出，他在剛果的維龍加火山地帶研究山地大猩猩長達三十年，還把他過去的主要研究成果，以及刊登在學術雜誌上的論文，如數家珍般地說了出來。

接著，凱莉在法庭內的螢幕上，播放出了實際的影像。

「這是當時奧馬里抓住尼奇的影片，拍攝者是當時在園內的遊客。能不能請你站在類人猿學家的專業立場，告訴我們你從這影片中看出了什麼。」

「首先，奧馬里顯然對尼奇並沒有敵意，從人類的角度來看，奧馬里似乎對那孩子很粗暴，但其實像那樣拖著孩子走來走去，在大猩猩的親子互動中，是很常見的行為。奧馬里並不是想要恫嚇尼奇，當然也沒有攻擊他的意圖，只是把他當成了自己的孩子對待。第二點，則是奧馬里處在非常驚慌的狀態，應該是現場遊客們太吵，刺激了奧馬里。」

「既然奧馬里對尼奇沒有敵意，是否意味著尼奇的處境非常安全，沒有任何危險？」

「當然不是，當時的尼奇隨時有可能丟掉性命。首先，大家必須瞭解，像奧馬里這種成年的銀背大猩猩，擁有非常強大的握力，牠可以用一隻手掌把椰子的果實捏碎。換句話說，牠只要稍微用點力，人類的骨頭馬上會被捏成碎片。我曾經親眼見過一頭野生的大猩猩，抓住一條狗的前後腿，直接把那條狗的身體撕成兩截。不過希望大家不要誤解，大猩猩基本上並不是粗暴的動物，牠們的本性相當溫和，非常愛好和平。但因為大猩猩的力氣實在太大，可能會一個不小心就把其他動物給殺死。」

「我明白了，我再請教另一個問題。剛剛鮑曼博士曾經提到，如果使用麻醉槍，可能得花上十分鐘的時間，藥效才會發作。根據你的推測，如果園方當時使用麻醉槍，奧馬里會出現什麼樣的反應？」

「當時的奧馬里原本就處於情緒激動的狀態，如果又被麻醉槍擊中，牠一定會抓狂吧！由於當時尼奇就在牠的身邊，我認為使用麻醉槍是一個非常危險的選擇。要是牠胡亂揮拳，打在尼奇的身上，尼奇大概就活不成了。」

「謝謝你，我的問題問完了。」

凱莉轉身背對證人臺，朝我們瞥了一眼，表情流露出勝券在握的驕傲，彷彿在說：你們以為贏得了嗎？

丹尼爾走向證人臺，先朝克里格博士輕輕點頭致意，接著提出質問。

「你在非洲研究大猩猩長達三十年的時間，應該已經算是這個研究領域中的權威吧？」

「我從來不認為自己是權威，我只是將自己的人生，全部奉獻在研究大猩猩上。因此在這個領域上的成就，我應該不會輸給其他任何類人猿研究者。」

「就我所知，你認識在貝托亞類人猿研究中心研究蘿絲的山姆・惠勒博士，以及雀兒喜・瓊斯博士，是嗎？你曾經在電視上說過，他們『不曾發表過值得一提的研究成果』，如今這個看法是否依然沒有改變？」

克里格博士聽到這個問題，臉上的表情登時有些懊惱，但他馬上就藏起這個負面情緒。

「當時我還不知蘿絲及牠的母親約蘭妲的事，如今回想起來，那句話說得太輕率了。」

「原來如此，但你剛剛說過，在這個領域上的成就，應該不會輸給其他任何類人猿研究者。如果現在有一個計畫，是教導其他大猩猩像蘿絲一樣學會手語，交並給你來負責，你認為自己能成功嗎？」

「關於蘿絲，我讀了惠勒博士與瓊斯博士的論文，也在學術研討會上聽過好幾次他們的發表。只要給我相同的環境及條件，當然沒有問題。同樣一個實驗，有些學者做得到，但有些學者做不到，那就不是科學了。」

「原來如此，這麼說來，其他大猩猩也能學會語言，是嗎？謝謝你的意見。」

丹尼爾說完，若有深意地轉頭看著我，雙眸閃爍著狡猾的神采，猶如一個正要惡作劇的孩童。看來丹尼爾準備要使出他所說的「大絕招」了。

「克里格博士，不瞞你說，我也讀了一些你寫的論文。由於生物學並不是我的專長，有些部分看不太懂，但我真心覺得相當有意思。類人猿實在是一種非常有趣的動物。」

「謝謝！能夠讓一般人感受到大猩猩的魅力，是我們研究者最開心的事。」

「我最感興趣的部分，就是你針對『人與其他動物的差別』這個主題的論述。能不能請你用簡單的幾句話告訴我們，人與其他動物的差別到底是什麼？」

「關於人與其他動物的差別，學界有許多不同的見解……」

克里格博士正準備侃侃而談，一句話說到一半卻沒有再接下去。他瞪大了眼，彷彿喉嚨卡了一大塊異物，全身因驚愕而動彈不得。

「博士，你怎麼了嗎？」丹尼爾臉上帶著笑意，慰問道。

克里格博士沒有答話，只是凝視著凱莉，似乎希望凱莉伸出援手，但此時凱莉自己也有些摸不著頭緒。

「你是因為緊張，所以忘記了嗎？沒關係，我這邊剛好有你的論文影本，需不需要我代替你讀出這個部分的內容？」

顯然丹尼爾是挖了一個陷阱，引誘證人掉進陷阱之中。克里格博士察覺到了這一點，但包含我在內，整個法庭裡都沒有人知道現在是什麼狀況。

「人與其他動物的差別……在於種族是否擁有複雜的語言系統……」

克里格博士以微弱的聲音說出，簡直像是自己也在思考著這句話的意義。

「沒錯，人與其他動物的差別，在於是否擁有複雜的語言系統。現在我相信各位都想通了一件事……」丹尼爾停頓了一下，接著說：「蘿絲能夠完全理解人類的語言，能夠與人類進行完美的溝通，能夠學會複雜的語言系統。所以在克里格博士的定義裡，蘿絲是人，並不是其他動物。」

丹尼爾這句話一說出口，整個法庭一片騷動……如果此時我能夠看見這一幕，不知該有多好。或許在丹尼爾的心中，原本預期法庭上應該會出現這戲劇性的場面。

然而，實際的狀況是法庭內一片寂靜，沒有人明白丹尼爾到底想要表達什麼？

我是一個人類。當丹尼爾這麼告訴我時，我的內心有著一絲的期待，或許丹尼爾能夠像變魔法一樣，讓這句話成真。只是到頭來，他的魔法不過就是一套強詞奪理的謬論。

因為我會使用語言，所以我是人？真的有人會接受這種論述嗎？至少可以肯定，我不可能單純因為這句話，而贏得這場官司。

何況就算大家認同我是一個人，那又怎麼樣？這起事件中的受害者不是我，是奧馬里。奧馬里不會使用語言，所以牠不是人，牠只是一頭大猩猩。

不過我告訴自己，既然丹尼爾說他一定會贏，本事絕對不會只有這種程度而已。我應該相信丹尼爾，直到最後一刻。

沒想到當我才剛這麼說服自己，丹尼爾竟然宣布結束反詰問。

「我的問題問完了。」

丹尼爾的「大絕招」讓我徹底失望，沒想到他竟然得意洋洋地走了回來。丹尼爾轉頭朝被告席的方向看了一眼，我也跟著這麼做了，因為我想要知道凱莉此時臉上的表情。

本來以為凱莉一定還維持著她一貫的悠閒態度，沒想到她看起來竟然有些驚惶失措。她完全沒有察覺丹尼爾的視線，只是不停翻著手邊的資料，不停寫著筆記。原本那麼冷靜的凱莉，竟然會出現這麼大的改變，著實讓我吃了一驚。

難道在這個法庭上，正在發生某種我所無法理解的變化？

證人詰問的程序，就在我的滿腹狐疑中劃下了句點。接下來，就只剩下原告及被告的結辯陳述，以及將決定我的命運的陪審團審議。

從結辯陳述結束之後，到陪審團的評決出爐，我們什麼事也做不了，而結辯陳述是我們能夠向陪審員表達主張的最後機會。

「證人詰問到此結束。雙方辯護人可彙整審判過程的諸證詞，進行結辯陳述。葛里森先生，你準備好了嗎？」

法官的口氣沒有任何變化，彷彿完全不把丹尼爾剛剛那驚人的主張放在心上。

「是的，法官大人，我已經準備好了。」

「好，那就請你對陪審員們說出你的主張。」

丹尼爾才剛回到我的身邊，又立刻站了起來。他走向設置在陪審員席前方的陳述臺，像昨天一樣將手放在胸口的領結上，宛如是在確認領帶有沒有歪掉。

「各位陪審員，這是一起很難做出決斷的案子。在這起案子裡，我們必須重新審視過去，我們視為常識的觀點是否正確。我們的社會，建立在日常生活中的各種共識上。現在我想請各位思考一個問題，那就是在現代社會中，我們最重要的共識是什麼？」

丹尼爾的口氣，簡直就像是大學教授，但他的動作誇張到宛如舞臺上的演員。

「請恕我省略討論的過程，直接說出自己的結論。我認為在我們的生活之中，人權是最重要的概念。一旦失去人權，我們生活中的一切都沒有辦法維持。正因為我們有著人人生而平等的人權，所以才能夠做到互相尊重。但我必須指出一點，就是各位在思考人權時，犯了一個相當大的錯誤。」

丹尼爾仔細觀察每一名陪審員的視線，同時藉由肢體動作，將十二名陪審員的目光都吸引在自己身上。他這幾句話說得振振有詞，接著卻沉默了好一會，宛如是在吊人胃口。

「我相信諸位都認為自己受到人權保護，但真的是這樣嗎？我們每個人真的都受到人權保護嗎？要怎麼證明？」

丹尼爾在陪審員們的面前，以緩慢的步伐來回走動。設置在陪審員席後方的攝影機，也跟著丹尼爾左右擺動，讓他的身影維持在鏡頭內。

「我來舉個例子。這裡有個看起來像杯子的東西。」丹尼爾一邊說，一邊拿起原告席上的杯子。「要證明這個東西是不是杯子，首先我們得擁有一套關於杯子的定義，然後檢視這個東西的特徵是否符合。假設杯子的定義是『通常為圓筒狀，玻璃材質，可用來裝飲料的容器』，那麼我們可以說，這是一個杯子。」

丹尼爾將杯子放回桌上，那動作簡直像是跳舞一般優雅。我心想：**此時他在做的事情，或許就像是一場精心編排過的表演。**

正因為每個動作的細節都能夠讓人感受到靈魂，如今的他給人一種完全不同於以往的印象。就連那杯子的定義，也透著一股上流感，擁有不可思議的說服力。

「現在讓我們回到剛剛的話題，重新思考何謂『受人權保護的人』。我們是根據什麼樣的定義，來斷定一個生物是否應該受人權保護？如果諸位以為這是一個非常簡單的問題，那就大錯特錯了。因為在我們的法律之中，根本沒有關於『人的定義』。

人人生而平等，每個人都擁有人權，但這些擁有人權的『人』到底是什麼？法律的世界無法給我們一個標準的答案。在我們先入為主的觀念裡，大猩猩不是人，可是到頭來，我們根本沒有辦法證明自己是人。我們在物種上的學名是Homo sapiens，也就是『智人』，但我們認定『智人』就是人，並沒有一套明確的標準，而是約定俗成的慣例。

我相信各位都很清楚，即便同樣是『智人』，過去也會因為膚色之類特徵的差異，而不認為某些人擁有人權。有色人種並沒有人權，這樣的觀念在當時也是約定俗成的慣例。因此各位應該可以明白，盲從於約定俗成的慣例，是一件非常愚蠢的事。」

丹尼爾對非洲裔、西班牙裔的陪審員投以溫柔的視線，對白人則毫不留情地投以嚴厲的目光，宛如是在追究他們從前所犯下的過錯。

「各位剛剛都聽見了，根據克里格博士的定義，大猩猩也是人，並不是其他動物。不管是會使用人類語言的蘿絲，還是其他不會使用手語的大猩猩，全部都是人。這就好比世界上有很多人不會語言，他們依然是人。克里格博士也說過，只要像蘿絲一樣獲得學習的機會，其他的大猩猩也能夠學會手語。換句話說，那些不會手語的大猩猩，只是沒有機會學習手語。我們『智人』在喪失學習機會的情況下，同樣沒有辦法學會語言。但我們『智人』並不會因為不懂語言，人權就遭到剝奪。我們理應以同等的方式，來對待大猩猩。」

丹尼爾的這一番話，令我心中一凜。過去我一直認為，我與母親是非常特別的大猩猩，因為我們能夠使用語言。其實我們只是比較幸運，遇上了願意教導我們語言的雀兒喜。

如果其他的大猩猩也同樣接受了語言教育，或許牠們也能理解人類的思考及文化，明白大猩猩與人類之間的差異。例如，我如果遇上了和奧馬里一模一樣的情況，由於我知道不能用對待大猩猩的方式來對待人類，我會使用誘導的方式，讓孩子安全離開大猩猩的生活區。園長知道能夠和我溝通，所以不會產生想要把我殺死的念頭。

奧馬里若有機會學習，牠的處境應該也會跟我一樣。換句話說，奧馬里會遭到殺害，完全只是因為牠少了學習的機會。

「我們應該讓大猩猩擁有人權，諸位或許會認為這樣的主張太過偏離常識。但人權的英文是Human Rights，並不是Homo Sapiens Rights，希望諸位能夠慎重思考這個名稱背後的意義。事實上，在一些判決先例之中，法院確實曾經在特定的情況下，承認類人猿的人權。

首先，我想介紹的是二〇一四年發生在阿根廷的判例。布宜諾斯艾利斯的某動物園所飼養的一頭名叫『珊德拉』的紅毛猩猩，獲得法院判決為『非人之人』，動物園不得以非正當的方式加以囚禁，珊德拉後來被送往佛羅里達州自然保護區的類人猿中心生活。

另外一起判例，則是發生在二〇一五年。石溪大學醫學系擁有的兩頭實驗用黑猩猩『海克力斯』與『李奧』，被認定受到不當囚禁。曼哈頓最高法院法官芭芭拉・賈菲甚至還對這兩頭黑猩猩核發了臨時性的人身保護令。

還有在二〇一七年，紐約法院審理了一起關於黑猩猩『托米』與『奇哥』的生活環境的訴訟案。最終的判決是兩頭黑猩猩並不具備與人相同的人權，其理由是黑猩猩無法履行法律上的義務，也無法對自己的行為負起法律責任。

黑猩猩不行，那大猩猩呢？蘿絲不僅是企業的廣告代言人，還在克里夫頓動物園舉辦的記者會上使用語言表達自己的看法。後來牠還加入WWD，成為一名活躍的職業摔角手。顯然蘿絲就像一般的人，能夠背負法律的義務及責任。既然已經有了這個前例，賦予大猩猩人權可說是時代的趨勢。

假如把奧馬里當成人來看待，我們對本案就會出現截然不同的判斷。請各位仔細思考本案的情境。原本奧馬里正坐在自己的家中休息，沒想到有人突然闖了進來，那是一個四歲的小男孩，奧馬里關心起了那個孩子，以看待自己孩子的方式來對待。奧馬里做的事，不就只是這樣嗎？奧馬里並沒有攻擊或恫嚇小男孩，甚至沒有對小男孩抱持不友善的敵意，但園方卻毫不留情地射殺了牠。為何園方要這麼做？理由難道只因為奧馬里的力氣太大了？

這不是人與其他動物之間的問題，而是一個人的自由與尊嚴的問題。奧馬里遭到殺害的理由，單純只是因為牠的力氣大到可以輕易殺死孩子。或許我們可以將牠比喻為一個攜帶槍械的人，也就是一個擁有殺人能力的人。難道我們可以單純因為這個理由，就將這個人殺死嗎？如果我們主張克里夫頓動物園的判斷正確，等於是主張可以不分青紅皂白地殺死持有槍械的危險人物。

最後，我想請各位再次重新思考『人』的定義。當各位的心中想到『人』，是否包含其他國家的人？是否包含膚色跟自己不一樣的人？是否包含大猩猩？要修正社會的共識，絕對不是一件容易的事，不過在如今的社會共識之中，『人』的定義正在發生巨大的變革。

『人』這個詞所涵蓋的範圍，未來將大過於『智人』。而這場審判的本質，是一個無辜的人遭受不當殺害。

在整個美國之中，我們俄亥俄州是個非常特別的地方。世界上首次製造出飛機的萊特兄弟中的弟弟，奧維爾・萊特（Orville Wright），出生在我們俄亥俄州的代頓市（Dayton）。第一個踏上月球的人類，尼爾・阿姆斯壯（Neil Armstrong），也是我們俄亥俄州人。我期待諸位陪審員所做出的評決，能夠幫助全體的人類踏出重要的一步，不要令有『航太之州』美稱的俄亥俄州蒙羞。」

丹尼爾說完這些話，朝眾陪審員微微行禮，回到了我的身邊。

「卡茨小姐，妳準備好進行結辯陳述了嗎？」

「是的，法官大人。」

直到被法官呼喚名字的前一刻，凱莉還忙著在資料上寫筆記。一聽到法官的聲音，立刻以堅定的語氣給予回應，並且站了起來。

「諸位陪審員，辛苦你們了。本案歷經長達兩天的審判，相信各位應該都已經累了。而且原告的主張實在太過荒唐，光是要聽完，或許都是一種煎熬。只因為一、兩頭大猩猩會使用手語，就應該把大猩猩當成人？這是相當可笑的想法，我們絕對不能接受這種謬論。要是能夠進行複雜的對話就能擁有人權，那能夠與人類對話的ＡＩ，是不是也應該賦予人權？顛覆社會共識是一件很難的事，那正是因為社會共識不應該輕易被推翻。人到底是什麼？這的確是個很複雜的問題。但大猩猩是不是人，卻是任何人都能輕易說出答案的簡單問題。各位陪審員，你們的肩上背負著相當大的責任，請不要做出違反常理的判斷。

這場審判的爭執點只有一個，那就是人的性命與其他動物的性命，我們應該優先保護哪一邊。大猩猩是不是人？這種瘋狂的想法，根本沒有深入思考的價值。年僅四歲的尼奇，擁有燦爛的未來，在他的生命遭受威脅之際，克里夫頓動物園很有擔當地採取了正確的行動。沒有任何事情的重要性，能夠凌駕人命的救助。奧馬里遭到殺害，理由並非單純只是因為牠擁有殺死孩童的能力，更是牠有非常高的機率，藉由一個錯誤的舉動而殺死孩童。這是專家所做出的專業判斷，我們應該信任專業。

請恕我直言，如果諸位做出了錯誤的評決，這場審判將成為近十年來最大的一場笑話。大猩猩再怎麼樣也不會是人類，請各位不要被原告律師那愚蠢的謬論給誤導了。我的陳述到此結束。」

凱莉以視線掃向每一名陪審員，接著一如往昔昂首闊步地走回被告席。即便如此，我還是有些吃驚，因為她的結辯陳述有點短。

在前面的開審陳述及證人詰問中，每次都是凱莉說得天花亂墜，丹尼爾只說寥寥數語便宣告結束。到了結辯陳述，情況卻完全相反。丹尼爾首次切入他的核心，花了非常多的時間加以論述。凱莉卻沒有提出什麼自身的見解，從頭到尾只是在反駁丹尼爾的主張。

這讓我不禁認為，或許丹尼爾說得沒有錯。凱莉沒有辦法在邏輯上推翻丹尼爾的主張，所以只能表現出一副冷笑的態度，聲稱這是一個沒有討論價值的議題。

身為一名律師，丹尼爾已經採取了最正確的戰術，就算輸了這場審判，我也不會再感到悔恨。他在法庭上說的那些話，給了我一種如釋重負的感覺。

對我來說，這場審判的輸贏已不重要，因為我已經為一個困擾自己許久的問題找到了答案。而那個答案肯定了我現在的生活，也肯定了我的人格。

我好想將這個答案，告訴丹尼爾、法官，以及坐在被告席的霍普金斯園長。

我一如往昔，無法保持沉默。

十五

真是一場鬧劇！彼得聽著大猩猩的辯護律師所說出的結辯陳述，好幾次忍不住想要哈哈大笑。

彼得長年在二手車經銷商工作，為了能夠將二手車賣出去，他很清楚如何回應客戶的需求，以及包裝自己的話術。例如，在說明商品的缺點時，絕對不要使用負面的詞句，要盡可能描述車輛帶給人的印象，而不是實際的性能。這些都可說是基本的業務銷售技巧。

看了今天的審判，彼得只有一個感想——律師為了替客戶打贏官司，竟可以煞有其事地說出扭曲事實的言詞。**大猩猩也是人？就算是最瘋狂的諧星，也不會說出這種笑話吧？那傢伙卻可以一臉認真地說得振振有詞。**

彼得實在無法理解，為什麼其他陪審員能夠一直維持著嚴肅的表情？但自己既然擔任「陪審員」這個特殊的身分，總不能笑出聲音來。彼得只好緊緊咬住下嘴唇，強忍著笑意。

接著輪到動物園的律師發表結辯陳述。這次她發表的內容並不多，只強調原告的主張太過愚蠢，並且主張人的性命優先於其他動物是理所當然的事。

或許正如同吃早餐時理查所說的，這場審判根本沒有認真思考的必要。早在審判開始之前，彼得的內心便已決定好了答案。經過了證人詰問及結辯陳述，彼得心中的答案依然沒有任何改變——不能讓一頭大猩猩獲得勝利。這是神的旨意，絕對不能讓動物產生能夠與人對抗的高傲想法。

然而，彼得剛剛察覺了一件事。當大猩猩的辯護律師以暗示的方式，提到管制槍械的問題時，艾瑪的表情產生了變化。正如同彼得完全服從神的旨意，或許艾瑪絕對無法忍受有人意圖帶動修法管制槍械的風向。照這樣看來，艾瑪可能會選擇站在大猩猩那一邊。但彼得知道自己的想法絕對不會改變，而且陪審團的評決打從一開始就決定了。

「原告及被告的結辯陳述都已結束，接下來……」

正當法官準備宣布進入陪審團的評議程序，那頭大猩猩竟然站了起來。

『抱歉，法官大人。』大猩猩移動手腕，發出機械語音。

彼得一聽到那聲音，就覺得渾身不舒服。他們竟然讓一頭動物能夠說人話，光是想到這一點，他就感覺到一股厭惡感油然而生。

『我有幾句話，無論如何都想要在這個時候告訴大家，不曉得能不能給我一點時間？』

大猩猩雖然說得相當恭敬客氣，但任何人都不能做出違反審判程序的行為，更何況是一頭大猩猩。

沒想到法官竟然心胸寬大地答應了。

「正常情況下是不行的，但我就為妳破個例吧！請盡量簡短，不要花太多時間。」

『謝謝法官大人。』

原本坐在原告席與被告席之間走道上的大猩猩，在向法官道了謝之後，以拳頭抵著地面，走到了彼得及其他陪審員的前方。

彼得與大猩猩正面相對，發現這頭巨大野獸的眼珠子幾乎全黑，如果不仔細看，很難看見眼白的部分。這讓彼得不禁內心有些發毛，因為難以判斷大猩猩正在看著什麼方向，但還是有那麼一瞬間，彼得感覺自己的視線與大猩猩對上了。

『我從非常小的時候，就開始學習語言。學習語言所能帶來的成效，並非只是能夠和人類溝通。我透過學習語言及美式手語，習得很多美國的文化，以及人類的共同文化。我學會了人類的感情，以及人類的思維模式。換句話說，我不管是價值觀還是情感，都已經與叢林中的其他大猩猩完全不同。』

大猩猩也有情感嗎？彼得當然不知道這個問題的答案。不管是會使用手語的大猩猩，還是不會使用手語的大猩猩，對彼得來說並沒有太大的差別。在彼得的眼裡，讓大猩猩學會手語，就跟讓一條狗學會特技表演，是類似的概念。

『我從小在叢林中長大，但心中一直存在著矛盾。我跟其他大猩猩不一樣，因為我有著人類的思維模式，偏偏我也不是人類。我到底是什麼？這個問題困擾了我很久。這樣的困擾，事實上，對這場審判也有著相當重要的影響。我如果只是一頭普通的大猩猩，就算家族的領袖遭到殺害，就算丈夫遭到殺害，我也只會接受這個事實。然而，在發生那起事件的當下，我所做的事情並非只是接受事實。他們突然殺了我的丈夫，並且告訴我，這是正確的行為，而我並沒有接納這個事實。我到底是什麼？在我的生命中，這個問題一直困擾著我。如今我終於找到了一個明確的答案。**我是大猩猩，同時我也是人。**』

在這個瞬間，彼得從大猩猩的表情中感受到了一股堅定的意志。彷彿牠並非只是一頭禽獸，而是一個人，一個外貌不同於常人的人。

為了甩開心頭這股迷惑心靈的邪念，彼得刻意將雙手交叉在胸前。

『雖然我很貧窮。』大猩猩接著說道：**『但我是個人。』***

大猩猩突然說出的這句話，完全和牠前面說的話兜不起來。雖然我很貧窮？為什麼牠忽然這麼說？彼得頓時一頭霧水，完全不曉得大猩猩想要表達什麼。

此時，坐在彼得身邊的非洲裔老婦人，原本臉上帶著昏昏欲睡的表情，竟然在聽到大猩猩這句話的瞬間，整個人挺直了腰桿。

『雖然我接受清寒補助，但我是個人。』

大猩猩以完全相同的口吻，接著說。

身旁的老婦人睜大了眼睛，握緊了拳頭。整個法庭內，對大猩猩這兩句話產生反應的人，除了那老婦人之外，還有為動物園辯護的女律師，她忽然站了起來。

「抗議！牠刻意想要用與本案毫無關聯的人權運動來美化自己！」

「人權運動與本案毫無關聯，這是妳的個人見解。在我看來，兩者是大有關聯。請繼續發言。」

＊注解：此段發言，引用自美國著名黑人民權運動家傑西・傑克遜（Jesse Louis Jackson,Sr.）的演講稿。

法官說完，朝著大猩猩輕輕點頭示意。

『雖然我被關在籠子裡，但我是個人。

雖然我涉世未深，但我是個人。

雖然我曾經犯錯，但我是個人。

雖然我是一頭大猩猩，但我是個人。』

大猩猩的演說內容相當簡單，卻傳遞了非常強烈的訊息。

然而，彼得的決心並沒有受到動搖。一頭野獸認為自己是人，只彰顯了牠的傲慢！野獸就是野獸，不可能與人平起平坐！

『我黝黑而美麗，我爲自己感到自豪。我是神的孩子。』

直到這一句話，終於撼動了彼得的靈魂。

大猩猩竟然說自己是神的孩子？一頭理應受輕蔑的野獸，怎麼會說出這種話？

就在這一刻，彼得察覺自己犯了一個很大的錯誤。即便是大猩猩，或是其他的野獸，都存在著相信神的可能性。

『我應該受到尊重，我應該受到保護，因爲我是個人。』

大猩猩持續著牠的發言，但再也沒有一句話傳入彼得的耳中。因為此時彼得的腦海，已經充滿著關於動物與信仰的新想法。

到底是誰，讓這頭大猩猩知道了神的存在？彼得雖然不知道那個人是誰，但在彼得的心中，已認定那個人是現代的聖方濟各。

在一幅由著名畫家喬托（Giotto di Bondone）所畫的壁畫中，亞西西的聖方濟各（San Francesco d' Assisi）向鳥兒傳教，闡述神的教誨。過去彼得只認為聖方濟各是一位非常偉大的聖人，卻從來沒有思考過，鳥兒是否能夠懷抱信仰這個問題。

如果大猩猩能夠相信神，那是多麼美好的一件事情！現在這個時代，大多數的年輕人都缺乏信仰，數不清的愚蠢之輩，以身為無神論者而感到自豪。彼得甚至覺得，比起那些褻瀆神的愚蠢之輩，自己與這頭大猩猩或許有著更多的共通點。

大猩猩發言完畢，已退回了原本的位置。

彼得依然因親眼目睹了神蹟而感動不已。

「各位陪審員……」法官完全沒有提起蘿絲剛剛說的那一席話，只是以輕描淡寫的口吻說明接下來的程序。「如今各位已經聽完了本案的相關證詞，以及兩造的論述。各位背負著不隸屬於法庭的特殊職責，必須依循法庭所提示的法律，為本案做出評決。請注意，各位不得扭曲法律，亦不得針對法律的正確性提出個人的見解。我接下來將說明……」

法官正在向所有的陪審員，說明接下來的流程。此時彼得的內心，卻想著完全不相關的事情。他思考著凌駕於法庭之上的正義，以及神所賦予自己的使命。

原本彼得一直認為神所賦予自己的使命，是制裁那反抗人類的禽獸。如今彼得才明白，那是一頭擁有信仰的大猩猩。於是他改變了想法，開始相信自己真正背負的命運，是拯救那頭大猩猩。

聽完了法官的說明，彼得等人經由後方的走道，走進只有陪審員才能進入的房間。房間的中央有一張大桌子，十二張椅子圍繞著桌子。房間的牆壁上裝飾著俄亥俄州的州徽，那熟悉的州徽圖案，右側是小麥，左側是十七根箭，背景則是閃耀的旭日。

「在神凡事都能……」

一踏入那房間，彼得以沒有人聽得見的微小聲音，唸出了俄亥俄州的格言。

沒錯，在神凡事都能。在神的面前，沒有不可能的事情，即便是承認大猩猩是人。

當陪審員們結束評議，回到法庭內時，太陽已經快要下山了。

上一次的審判，結辯陳述結束後不到一個小時，我們就被叫回法庭，並且被宣告敗北。相較之下，這一次的評議時間很長，似乎不是一件壞事。丹尼爾也告訴我，評議的時間越長，對我們越有利。只是漫長的等待，依然相當痛苦。

我緊張到不停地拉肚子，在等待的時間裡，我換了兩次尿布，雀兒喜陪我一起去廁所。當我們走進女用廁所時，與我們在洗臉臺擦身而過的一名婦人看見我，發出了短促的尖叫聲，但我一顆心正七上八下，根本沒有心情理會別人。其實心裡有點想要酸她一句：「我可沒看見這裡有『禁止大猩猩進入』的標示。」當然最後我什麼話也沒說。

旁聽人、法庭實況轉播的攝影師、庭務員、霍普金斯園長及凱莉陸續回到法庭上，整個法庭內的氣氛變得越來越緊張。

「全體起立！」

法官與陪審員各自就座，終於到了即將宣布評決的時刻。

我以雙拳在地板上用力一頂，讓身體筆直站立。直立姿勢是人類的重要特徵之一，身為大猩猩的我，只能維持這個姿勢很短的時間。即便如此，我還是盡量讓身體維持標準的雙足站立姿勢。當然我明白這不能證明，我既是人類也是大猩猩，但我希望以這樣的方式，來表達對人類的敬意。

我不知道他們會不會承認我是人類。法庭是依循人類的正義所建立的司法制度，接下來他們所做出的判斷，將會決定我們大猩猩是否算是人類。

驀然間，我想起上一場審判時，負責為我辯護的尤金曾經問過我一個問題。

「如果妳只是想要求園方道歉，和解也能做到，為什麼妳非得要打官司不可？」

我原本以為我的答案是「正義」；我以為我要的不是道歉，而是「正義」。如今我終於想通了，我想要的根本不是「正義」那種摸不著邊際的東西，找出「我是誰」的答案，才是心中真正的渴望。

我明白自己與其他的大猩猩有著極大的差別，偏偏我又不是人類，這帶給我莫大的煩惱。當我得知丈夫遭到殺害時，心中有一道聲音在告訴我，應該接納事實。然而，同時也有另一道聲音在告訴我，絕不能忍氣吞聲。

我到底是誰？這是我一直在思考的問題。直到聽了丹尼爾的結辯陳述，才成功地說服自己。**我是大猩猩，同時也是人。**

光是得到這樣的結論，就已感覺內心平靜不少，也不再像以前那麼期待審判的結果。

「各位陪審員，請問你們已經做出評決了嗎？」

「是的，法官大人。」身為陪審團代表的男人說道。

我聽見那聲音，頓時感覺胸口彷彿壓了一塊重石。他的手上拿著一張小小的紙片，上頭寫著這次審判的結果。

審判將由我獲得勝利，還是由動物園獲得勝利？大猩猩是人，還是比人低賤的動物？我心裡明明認為審判的結果並不代表一切，還是沒辦法保持豁達的心態。

我不希望只有我認定自己是人，而是希望讓全世界的人，都能認同我是一個人。世界上的所有人都能將我視為人，並站在相同的立場與我往來，而非只當我是一頭會說話的大猩猩。我想讓全世界的所有人都瞭解，我的生命價值與其他人相同。

我望向坐在被告席上的霍普金斯園長，他的表情有如籠罩著一層陰霾。

在事件發生之前，他的臉上隨時都帶著慈和的笑容，他很清楚如何與動物相處，我非常喜歡他的溫柔性格。但事件發生之後，他簡直像是變了一個人，臉上總帶著凝重的表情。是那起事件，以及事件發生之後的審判，徹底改變了他？不知此時的他，對我有什麼看法？或許他會認為我背叛了動物園，畢竟我的確提出了控訴，他會這麼想也是無可厚非。

任何事情都不可能做到面面俱到，為了得到某樣東西，必定會失去另一樣東西。

「請說出你們的評決。」

法官的低沉聲音，令我心跳加速。

漫長的戰鬥，終於將劃下句點。

「這場由蘿絲・納庫沃克控告克里夫頓動物園的案子，我們的評決是……」

十六

我撥開茂盛的野草，朝著森林的深處前進。拳頭所感受到的柔軟泥土，遮蔽陽光的樹冠，夾雜著濕氣及各種動物氣味的空氣。如今存在於我的周遭的一切事物，正與我記憶中的完全相同。這裡有鳥囀，有蛙鳴，有猿啼。

我坐在地上，那沁涼的觸感帶給我一種舒適的快感。我有好幾年的時間，不管去哪裡都穿著褲子，如今終於能夠脫光衣褲走動，這給我一種奇妙的解放感。

正當我享受著枝葉摩擦的聲音，背後傳來兩人接近的腳步聲。

「妳說要帶我們到叢林裡玩，我傻傻地相信了，沒想到妳竟然帶我們來到這種地獄。可別告訴我，這個地獄就是妳出生的地方。」

莉莉在我的身旁蹲了下來，嘴裡不斷發著牢騷。打從一進叢林，她的抱怨就沒停過。

『對不起，是我思慮不周，我忘記妳是個愛哭鬼加草莓族。』

我取笑了莉莉一句，她不耐煩地低聲嘀咕。

此時，我的手上還戴著手套，但我打算在叢林裡繞一繞之後，就把手套拿到研究中心寄放。在叢林裡生活，完全用不到手套。

「莉莉，妳至少還知道要來叢林。妳當初邀我一起的時候，只說要來非洲，我想的是來買一些非洲特產的布料而已。」

優娜拄著從村子裡買來的手杖，早已累得上氣不接下氣。

「真是抱歉啊！麻煩妳現在就往回走，去市場買妳的布料吧！」莉莉如此告訴優娜。

優娜回頭看了一眼，身後根本沒有道路，放眼望去全是長得大同小異的樹木。三人已經在叢林裡走了一個小時以上。優娜明白自己不可能獨自離去，只好放棄抵抗。

「話說回來，這裡可真熱。在這麼熱的地方待久了，腦漿恐怕會臭掉。」

『莉莉，叢林裡不會直接受到陽光曝曬，已經算是很涼了。而且妳不用擔心，打從我們認識之前，妳的腦漿本來就是臭的。』

莉莉似乎已經沒有回嘴的力氣，只是默默豎起中指。

『休息一下吧！』

兩人聽到我這句話，露出如獲大赦的表情。莉莉從背包中取出一小塊野餐墊鋪在地上，坐在上頭拿出水壺喝水。優娜坐在她的旁邊，兩人分著吃起了餅乾。

我在附近發現一棵甘比山欖，樹根處掉落不少黃色果實，於是走過去撿起一顆放進嘴裡。我咬破堅硬的果殼，咀嚼裡頭的果肉，那正是令我懷念的滋味。我在美國吃的水果都非常甜，而且水分很多。相較之下，甘比山欖的果實不僅很澀，而且很乾，但這才是我從小吃到大的故鄉之味。

我終於回來了！終於回到這座叢林，回到德賈動物保護區！當初我剛到美國時，那些人在背地裡決定的出租條件及期限，曾經讓我感到懊惱不已。沒想到一眨眼的功夫，就已經過了十個年頭。

我得知可以前往美國，開心得蹦蹦跳跳，彷彿還是昨天的事情。這一路走來，我遇上了好多特別的事情。如今我依然不時會回憶起，當初剛到美國時發生的那些事。自從進入動物園的大猩猩區之後，奧馬里就一直守護著我。我花了不少時間，才適應了新的家族，同時也對奧馬里有了特別的感情。然而，那一起事件徹底改變了我的生活。

「我說啊，妳要不要再重新考慮一下？妳真的要回到叢林裡嗎？妳相信我，美國的生活一定快樂得多。」

正當我陷入沉思時，莉莉來到了我的身邊。

『我現在還是很喜歡美國。美國的生活確實很快樂，而且還有你們這群好朋友。』

「既然妳喜歡美國，為什麼要回喀麥隆？妳是人，可以選擇自己喜歡的生活方式。」

第二次的審判是我贏了，我的人權獲得了承認。因為這樣的判決，喀麥隆與美國之間關於我的協議，也被認定為無效。

「人」不在《華盛頓公約》所保護的動物範圍之內，不能成為借貸的對象。喀麥隆政府不甘蒙受損失，一再向美國政府提出抗議，雙方進行交涉的結果，他們將我的國籍設定為喀麥隆。我拿到了一本上頭畫著劍、盾與天秤的護照，以及在美國長期居留的特別簽證。

雖然我是喀麥隆人，但我並沒有必要返回喀麥隆。回到叢林完全是基於個人意願，我可以依照自由意志往來各地。我能夠在喜歡的時間，在喜歡的地點，做喜歡的事情。任何人都不能擁有我，我獲得了自由。

「莉莉，妳說得沒錯，我可以選擇自己喜歡的生活方式。」我以誠摯的語氣說道：「回到這裡，讓我感覺自己正待在一個正確的地方。」

我望向甘比山欖的粗壯樹幹，那凹凸不平的樹皮，襯托出了它的雄偉。這棵樹已經在這裡生長了數十年，甚至是上百年。我輕輕撫摸那棵樹，彷彿感受到了整座叢林的生命力。那是我在都市裡絕對感受不到的力量，靜謐且難以撼動。

我甚至感覺到，自己也是叢林的一部分。住在美國時，我從來不曾感覺自己是美國的一部分。如果我能有那樣的感覺，不知該有多好。是美國的司法制度，讓我擁有了人權，可惜並不是所有的美國人都能接受這樣的決定。

「好吧！我知道我一定會變得很寂寞。」莉莉說著，將我緊緊抱住。「不過，雖然我們分開了，妳還是隨時可以打電話給我。」

「或許我馬上就會回美國也不一定，畢竟我可沒有打算要一直住在叢林裡。」

法院認定克里夫頓動物園須對奧馬里的死負起賠償責任，賠償金高達六十萬美金。我用這筆錢支付了丹尼爾的律師費用，剩下的錢全部捐還給克里夫頓動物園。因為我不缺錢。光靠在WWD當職業摔角手的收入，就已足夠支付日常的生活開銷。

自從我贏了官司之後，突然多了很多以動物為原告的訴訟案。但那些官司與我的案子有著決定性的差異，那就是並非由動物直接提告，而是由動物保護團體以代理人的身分，代替動物行使權利。有些官司的目的是為了保護實驗動物，有些官司的目的是為了控訴動物園的飼養環境太過惡劣，甚至還有代替野生海豚控告企業污染環境的官司。

大多數的動物保護團體，都希望找丹尼爾擔任辯護律師，但丹尼爾全部拒絕了。他們都誤以為在我那場官司裡，丹尼爾的角色是「為動物辯護的律師」。然而，丹尼爾告訴他們，他過去從來不曾為動物辯護，以後也不打算這麼做。少了丹尼爾這個優秀的律師，那些以動物為原告的官司，大部分都是以慘敗收場。

很多人以為我的官司會讓世人更加重視動物的權利，後來的事態發展卻不是那麼回事。不過，那場官司確實為世界帶來了一個變化，那就是學界開始關注類人猿的發展性。

克里格博士在加州創立了以他為名的大猩猩保護及研究機構，開始推動培育像我及母親這樣會使用手語的大猩猩。這個培育計畫很快就募集到，能夠養育十頭大猩猩長達十年的預算，協贊企業主要是泰德的ＳＬ科技，以及丹尼爾的法律事務所，還有很多贊助者是以私人的名義提供資金。不僅是山姆及雀兒喜，就連我也在不久之後就辭去職業摔角手的工作，投入這個培育計畫。

這個培育計畫所挑選的大猩猩，皆來自美國，而且都是剛出生的大猩猩。按照計畫，剛開始這些幼兒大猩猩會與母親一起住在保護設施裡，等到這些幼兒大猩猩成長到可以獨立生活的年紀，母親才會被送回原本的飼養地點。不過這樣的做法，勢必得在大猩猩的年紀還非常小時，就使其離開原本共同生活的家族，這並不是一個非常適當的做法。

除了這個計畫之外，研究機構同時還推動另一項計畫，那就是與全美國的動物園進行網路連線，嘗試透過畫面教育幼兒大猩猩。可惜這種影像學習方式並不適用於大猩猩，幼兒大猩猩透過網路連線教育的學習效果趨近於零。另一方面，被送入研究機構內的幼兒大猩猩，則一點一點地學會了手語。

這些被送入研究機構內的幼兒大猩猩，還包含了我的母親約蘭妲所生的第二個女兒，普蕾莎絲。母親雖然來到美國的時間比我晚，但差不多就在第二次的審判結束時，牠在紐約的布朗克斯動物園生下了孩子。我突然多了一個年紀相差很多的妹妹，當然是又驚又喜，後來我跟妹妹都住進了克里格博士的設施裡。我終於在隔了許多年之後，又獲得了能夠和幼童一起遊玩的機會。在母親的熱心指導下，普蕾莎絲學會手語的時期比其他幼兒早得多，而我簡直是把普蕾莎絲當成了自己的孩子一般疼愛。

曾經有很長一段時間，我與母親是非常特別的大猩猩。因為只有我們會使用手語，只有我們懂得人類的語言；我們的特別，也正意味著我們的孤獨。但在克里格博士的主持下，學會人類語言的大猩猩越來越多。

我以為將來有一天，大猩猩將會與人類比鄰而居，共同建立社群。夢想著人類會與大猩猩共同生活的我，到頭來對人類還是不夠瞭解。

克里格博士的培育計畫，進行得相當順利。年幼的大猩猩像我一樣，戴著ＳＬ科技的手套進行交談的影片，不僅受到廣泛的關注，也為全世界帶來了相當大的衝擊。

全世界的輿論分成了兩派：一派對會使用語言的動物抱持友善態度；另一派則認為這是人類的重大危機，甚至還出現了主張不應該繼續教導大猩猩手語的團體。

這個名為「人性的最後防線（Last Stand of Humanity，縮寫為ＬＳＨ）」的團體迅速擴張勢力，他們打著「只有智人（Homo sapiens）才是人」的口號，在世界各地發起反大猩猩示威活動。他們甚至聲稱當初那個賦予我人權的判決，是違憲的無效判決。雖然該判決始終沒有遭到推翻，但克里格博士的研究計畫卻面臨了強大的輿論壓力。

資金提供者大幅減少，還不算是最嚴重的問題。我們的研究機構外圍，經常出現反大猩猩的示威遊行隊伍，光是一天到晚要應付那群人，就已經讓我們疲於奔命。

其實人類根本沒有必要對大猩猩感到恐懼，大猩猩並不是一種凶暴的動物，在動物學上和智人的相似性非常高。我非常想要讓全人類知道，這個世界上有很多大猩猩及其他類人猿的棲息環境遭受人類破壞。

在這段期間裡，我不僅學會以手套操控電腦，還能夠讓電腦以語音讀出網路上的新聞文章。我獲得了通過社群平臺，向全世界發送訊息的能力，卻完全沒有意識到，這將會帶來什麼樣的後果。

——這世界上有超過一千頭的大猩猩，因為出生在動物園的關係，一生從來沒有見過那名為叢林的原始故鄉。可以的話，我好想讓牠們看見叢林。

有一天，我在網路上寫下了這麼一段話。沒想到竟然引發了強烈的反彈聲浪，就連許多原本對反大猩猩運動抱持反對立場的人士，也紛紛表態不認同這句話。

——再這樣下去，以後我們就看不見大猩猩了。

——搞不好所有的動物園都會消失。

那些人不斷對我的話進行延伸解釋，並且大肆抨擊。

另一方面，站在保護動物立場的人士，則開始過度美化我說的那句話。他們主張既然美國政府已經承認大猩猩的人權，我應該再次控告那些不願意釋放大猩猩的動物園，讓大猩猩徹底獲得解放。他們甚至在未經我的同意下，開始透過網路募集律師費用。

我真的覺得很煩，打死都不願意再打一次官司。於是，我在網路上公開宣布，我不打算再對動物園提告，沒想到這句話又引起了軒然大波。

——蘿絲對大猩猩同伴見死不救。

我看見報紙上這斗大的標題，真的覺得心很累。緊接著馬上又有人勸我控告那家報社毀損名譽，更是讓我感覺身心俱疲。

到底還要審判多少次？到底要戰鬥到什麼時候？我真的無法理解這些人類。

對我來說，語言就如同魔法。語言是一種非常優秀的道具，能夠讓我與眼前的人互相傾訴心情，互相理解想法。有了語言，我能夠傾吐自己的心聲，也能夠洞悉他人的心聲。只要有了語言，大猩猩與人類就再也沒有隔閡。

然而，如今我所接收到的語言，反而成了一種詛咒。一群看不見長相，也不知躲在哪裡的人類，不斷對我發出充滿惡意且不負責任的語言。那些語言就像波濤洶湧的海浪一樣，不斷向我湧來。電視、報紙、網路……絲毫不具同情心的語言，氾濫於世界上的每個角落。

人類雖然不像野生動物一樣，必須忍受風吹雨淋，卻無時無刻飽受語言的蹂躪。狂風暴雨會造成切削山坡，人類的語言則會切削心靈。更可怕的是，在人類的眼裡那似乎是一件理所當然的事。

某天，任教於某大學的某位偉大哲學家，向某知名雜誌投稿了一篇，關於我那場審判的文章。他在文章中形容我發動的那場審判，就像是發生在羅馬帝國內的一場奴隸叛亂。我不肯接受人類統治，所以發動叛亂，為自己贏得了公民權，但這場奴隸叛亂並沒有終結奴隸制度。那篇文章的結語，是未來人類對動物的統治不會有絲毫改變。

導致大猩猩培育計畫徹底中斷的決定性事件，是反大猩猩的示威遊行隊伍，在某個晚上闖入了研究機構。這些違法入侵者雖然後來都遭到了逮捕，但我們最後做出結論，如果持續執行計畫，將會讓大猩猩及工作人員們陷入危險之中。

就這樣，持續了五年的培育計畫無疾而終，所有的大猩猩們都被送往不同的動物園。日子一久，牠們也逐漸忘記好不容易學會的語言。到最後，依然會使用手語的大猩猩，就只剩下我、母親及普蕾莎絲。

大猩猩培育計畫被迫中止，最生氣的人竟然是丹尼爾，這點讓我感到有些意外。

「那些反大猩猩的渾蛋，我會讓他們後悔惹惱了我。」

我前往了他的事務所，把培育計畫中止的事告訴了他，他的反應大得讓我有些吃驚。

『我從來都不知道，原來你對我們大猩猩這麼關心。』

「那還用說嗎？只要會說話的大猩猩越來越多，我的一生就能過得高枕無憂。妳仔細想想看，未來這些大猩猩會遇上多少難題？牠們全部都會變成我的客戶！而且大猩猩的案子要獲得勝訴，絕對是輕而易舉的事情！『還記得蘿絲那個案子嗎？大猩猩現在已經擁有人權了。』我原本光靠這句話，至少可以打贏幾十場官司！」

我忍不住笑了出來。

丹尼爾這個人還是一點也沒變，賺錢依然是他人生最重要的目標。或許像丹尼爾這樣毫不掩飾自身慾望的人，反而才是最值得信賴的人。

接著我把前幾天讀到的那篇哲學家文章的內容告訴了丹尼爾，因為我很想知道他對這篇文章有什麼樣的看法。

『我的那場審判，真的只是一場奴隸叛亂嗎？』我疑惑道：『我本來以為大猩猩能夠從此被承認是人，以為世界從此會有所改變。到頭來，我什麼也沒有改變？』

「看來我太高估妳了，妳比我原本所想的還要更笨一些。關於人類，妳還有太多必須學習的事情。首先，永遠不要相信哲學家所講的任何一句屁話。天底下只有蠢蛋，才會覺得學哲學是一件很有趣的事。難道妳還期待那些人的狗嘴裡，能夠吐出象牙來？」

丹尼爾這充滿惡意的批評，把我給逗笑了。他這個人常常會像這樣，一臉嚴肅地說出莫名其妙的話。正是這種尖酸刻薄的譏諷，讓我感覺心情平復了不少。

「妳的那場審判，今後依然會是一個重要的里程碑。大猩猩獲得了人權，這將成為一個非常重要的判例。可惜這個世界不會因為一個判例而改變，人的價值觀也不會突然發生變化。」丹尼爾略頓，接著聳肩說道：「我上次就說過了，人類花了非常漫長的歲月，才建立起司法制度。為了讓制度更加完善，人類必須不斷累積判例，以作為判定何者正確的基準，而妳也將成為其中的一部分。妳的判例能夠拯救未來深陷相同困境的大猩猩，然則不會是第一個。妳的那場審判之所以能夠獲勝，是過去的判例發揮了相當大的效果，所以妳也不會是最後一個。雖然短時間之內看不出變化，但在數十年之內，人類與動物之間的關係，必定會發生重大變革。」

丹尼爾說到這裡，忽然拍拍我的肩膀。

「如果妳不滿意，可以自己加點油，當上律師或法官。反正妳已經是人了，只要夠努力，妳可以實現任何心願。」

『我也能成為律師或法官？』我吃了一驚，過去我從來沒有想過這種事。

「那當然，妳能當職業摔角手，當然也能當律師。」丹尼爾以一副絲毫不當一回事的口吻，說道：「司法考試就像吃稀飯一樣簡單。」

『真的嗎？』

「我看還是算了。」丹尼爾哈哈直笑道：「妳的個性太仁慈，不適合當律師。妳想當律師，得先變成像我一樣凶殘冷酷的禽獸。」

或許就像丹尼爾所說的，再過幾十年，人類與動物之間的關係會發生巨大的變化。

不過，我沒有辦法再戰鬥下去了，畢竟我不是為了戰鬥而活著。

我原本被視為比人類低賤的動物，後來獲得了人類的身分，也在一夕之間成為風雲人物，變成新聞媒體爭相採訪的對象。最後，我淪落為人人喊打的過街老鼠。

即便如此，我並沒有討厭人類，只是感覺有點累了，所以我決定回到叢林。我想要暫時忘記自己的人類身分，好好感受自己的大猩猩身分。我沒有辦法讓所有的大猩猩都看見叢林，至少我成功讓母親及普蕾莎絲跟著我一起返回叢林。

直到剛剛為止，母親及普蕾莎絲都還跟我們一起行動。但母親一進入叢林，登時興奮得像個孩子，拉著普蕾莎絲不斷往叢林的深處走去。

我等莉莉及優娜休息夠了之後，才帶著她們繼續走向叢林的深處。我們撥開野草，翻越倒木，抓著藤蔓爬上斜坡。

我發現了一隻在樹梢上休憩的嬰猴（Galago），我不敢亂動，怕驚動了牠，小心翼翼地伸手指著，希望莉莉及優娜也能夠看見這可愛的猿猴類小動物。兩人看見那貌似懶猴（Slow loris）的珍奇動物，都開心得不得了。當她們想要拍照時，那隻嬰猴聽見了快門聲，一溜煙就逃得不見蹤影。

儘管我一心只想要立刻返回叢林，但當我們所乘坐的飛機一抵達喀麥隆首都雅溫德的恩西馬蘭國際機場，立刻受到了國賓般的款待，如今我已成為全世界最著名的喀麥隆人。

喀麥隆好歹也是堂堂一個國家，最有名的人竟然是一頭大猩猩，說起來實在是對喀麥隆人相當失禮。回想起來，我能夠前往美國，實在得感謝當時的喀麥隆政府。因此我抵達喀麥隆之後，接受了各媒體的採訪，見了許多人，拜訪了許多地方。當我回到德賈動物保護區，已經是返回喀麥隆的一個星期之後。進入貝托亞類人猿研究中心之前，我一直被陌生的人群包圍著。

在研究中心裡，我見到了十年不見的莉迪，我們互相擁抱，為久別後的重逢感到欣喜不已。然而除了莉迪之外，我在研究中心裡找不到其他認識的人。

他們告訴我，我從前的家人們都還住在叢林裡。年紀比我稍微大一點的同父異母哥哥約基姆，生活範圍就在研究中心的附近。當年我離開貝托亞類人猿研究中心時，牠才剛離群獨居，如今已是十四頭大猩猩家族的領袖。

我跟莉莉她們約在研究中心會合，我們說好將由我帶她們去找約基姆的家族。我事先向研究中心的員工問清楚了約基姆的生活範圍，所以我有自信一定能找得到。不過，莉莉她們第一次進入叢林，看起來都相當不安。

「妳真的知道要往哪邊走嗎？我們真的沒有迷路？」莉莉一邊走，一邊問道。

『我從小在這裡長大，對這裡熟得很。就像妳也不會在紐約迷路，對吧？』

「我的確不會在紐約迷路，但那是因為紐約的道路都是以數字區分，而且到處都有路牌，要迷路也很難。」

我無視莉莉的酸言酸語，持續往前進。

這時附近的樹葉裡有一隻正處於保護色偽裝下的變色龍，我趕緊告訴莉莉與優娜。這種爬蟲類動物有著一對轉來轉去的大眼珠，相當有意思。我以手指輕輕戳了牠一下，牠似乎嚇了一大跳，身體變成鮮紅色，匆匆忙忙逃走了。

接著我們來到了一片開闊的沼澤區。從小到大，我的身體已不知浸泡過這個沼澤多少次，如今我看見沼澤依然還在相同的地點，開心得不得了。我不再理會莉莉她們，二話不說就走進了沼澤裡。沼澤內的水溫相當冰涼，腳下的泥土非常柔軟，真的很舒服。

『妳們要不要也進來泡一泡？好舒服呢！』

「咦？可是我有點害怕，裡頭搞不好會有蛇或鱷魚。」

優娜聽了我半開玩笑的邀約，露出明顯的厭惡表情。

『大一點的河裡才可能會有鱷魚，這麼小的水池不會有的啦！而且就算真的有，我也會救妳們。』

莉莉聽我這麼說，走到了水邊，脫下鞋子。

「咦？妳想要下去？我看還是不要吧？裡頭一定會有細菌什麼的，看起來超級危險。」

「嗯，我也覺得很危險，但我很想知道蘿絲泡在裡頭的感覺。」

莉莉將鮮豔粉紅色的襪子捲成一團，塞進鞋子裡，然後慢慢將一隻腳踏入水中，抬頭朝我的方向望來。她一句話都沒有對我說，只是面帶微笑。

在這個陽光完全受枝葉遮蔽的陰暗叢林內，不知道為什麼，她看起來竟然閃耀動人。因為流汗的關係，她的黑色秀髮全都緊貼在頸子上，身上的亮藍色風衣顯得格外明亮刺眼。兩條纖細的小腿，從拉到了膝蓋上方的褲管底下露了出來。

我不知道該如何形容這美艷的一幕，她看起來是如此完美。至少在這一瞬間，她是無暇的。我心裡明白，自己永遠不會忘記這個剎那，接下來可能會有好一段日子沒辦法看見莉莉，但我相信只要我一想到她，腦海就會浮現這幅畫面。

打從當初剛見面的那一刻起，她就不曾害怕過我，也不會在我面前表現出特別的態度。她從來沒有當我是一頭聽得懂人話的大猩猩，只當我是個普通的朋友。如今她同樣鼓起了勇氣，踏進了我心愛的沼澤。

「我感覺身體好像變成了大自然的一部分。」

莉莉溫柔地呢喃，同時仰望高空中的樹幹。那裡沒有藍天，只有成千上萬的樹葉。

『沒錯，只要走進叢林，每個人都會成為大自然的一部分，就像是待在相同的母體之中的姊妹。如今我們之間已不再有任何隔閡，但住在大都市裡的人，永遠只能忍受孤獨。所以我回來了！』

「原來如此，我好像可以理解了。這裡就是妳的世界。」莉莉的神情帶著三分寂寥，說道：「我們人類真的很奇怪，對吧？當初妳剛到美國時，所有的人都開心得不得了，一旦會使用手語的大猩猩越來越多，大家反而把你們當成了眼中釘。」莉莉說到這裡嘆了一口氣，接著說：「那些人或許是沒有辦法接受人類和其他動物沒有區別吧？他們無法將大猩猩當成人類看待。那些人害怕人類以外的動物，就這麼踏進了人類的世界。但他們從來不曾想過，如今人類生活的土地，都是從其他動物的手中搶來的。說起來，人類真的是太自私了。」

我聽了莉莉這番話，一時不知道該如何回答。因為我聽得出來，她口中所稱的人類，並不包含我。不過，我相信這並不是她的錯，而是語言的錯。

「人」這個字的定義，永遠有一股將我排除在外的力量。她頂多只會說「我們兩個人」，但絕對不會說「我們人類」。

「蘿絲，妳是不是開始討厭人類了？」莉莉正眼凝視著我。

『人類裡頭，有些我很討厭，有些我很喜歡。大猩猩的世界其實也是一樣。不管走進哪個世界，一定會遇見討人厭的傢伙，所以妳完全不用在意。』

「妳真的很堅強。」

『那當然！在這個叢林裡，只有強者才能存活。只要還活著，就是強者的證明。』

莉莉聽了我的話，忍不住笑了出來。

「妳還記得，當年第一次見面時，我對妳說的話嗎？我告訴妳，妳對我而言並非只是一頭會手語的大猩猩，更不是什麼野生動物的代表。妳就是妳，妳是我的朋友。和我說話的時候，妳不必背負任何責任。我對妳這麼說過，還記得嗎？」

『我當然記得。打從第一次見面時，我就感覺可以跟妳當好朋友。』

「老實告訴妳，其實我曾經對妳抱著非常大的期待。尤其是在妳打贏官司之後，我滿心希望妳能夠為人類帶來變化。」

『什麼意思？』我聽得一頭霧水，完全不曉得莉莉想要表達什麼。

「妳曾經說過，動物園裡的大猩猩沒辦法過原本應該過的生活，牠們只能被迫過著違反自我意願的日子。妳說過像這樣的話，對吧？其實……人類何嘗不是如此？」

『我不太懂妳的意思。』

「當然大猩猩是被我們人類強迫送進了動物園，而我們人類則是生活在我們自己建立的文化圈裡。我知道這兩者的狀況不能相提並論，但是……」莉莉有些欲言又止，吞吞吐吐了好一會才開口：「我現在是個饒舌歌手，對吧？那是因為我不想在大學畢業後，當個普通的上班族。天底下沒有一個人想工作，但為了生活，大家只好努力工作、努力賺錢、努力繳納稅金、被渣男玩弄感情、被政治家欺騙……沒有人想過這樣的生活，只是每個人都認為平凡人的生活就是這麼回事。」

莉莉說得萬般無奈，同時一步步走向沼澤的中央。

「動物園裡的大猩猩無法過原本應該過的生活，那我們人類呢？什麼樣的生活，才是我們人類應該過的？我可從來不曾希望世界變成現在這個樣子。現在的世界，是從前的人擅自建立的。所以現在的我，也不是我最自然的樣子，我感覺自己同樣被迫過著不自然的生活。我們就好像是親手製造了看不見的牢籠，把自己關在裡頭，躲在一個狹窄的世界裡。」

莉莉再度抬頭，仰望樹幹，她的視線微微搖擺，似乎正在思索下一句話要怎麼說。

「因此，我有了一個自私的想法。我們如果能夠解放動物，或許最後真正解放的是我們人類。假如能建立一個動物可以生活得無憂無慮的世界，或許人類在那個世界裡，也能活得自由自在。我在心裡暗自期待著，人類的文化能夠因妳而改變。」

莉莉不知不覺已經走到了我的身邊，她的褲管濕透了，卻似乎一點也不在意。

「我想向妳道歉。我擅自對妳抱持了期待，到頭來，也沒能實現妳的夢想。」

莉莉目不轉睛地看著我，兩頰流下眼淚。

『妳沒有必要向我道歉。』

我們一起爬上了岸，莉莉從背包取出毛巾擦乾雙腳，穿上了鞋子。

『我才應該向妳道歉。我也擅自對妳抱持了期待。』

「真的嗎？」莉莉有些吃驚地看著我。

『我以為妳總有一天會拿到葛萊美獎，但過了這麼多年，妳依然是個二流藝人。』

「我在跟妳說正經的，妳卻給我搞笑！」莉莉聽了我的取笑，咂了個嘴反駁道：「而且我才不想拿什麼葛萊美獎！」

莉莉大聲嚷嚷，我假意逃走。

「啊！不准逃！」

她追了上來，撲在我的背上，在我的身上亂抓一通，我們兩個一起笑了出來。雖然笑聲完全不同，但快樂的感覺是一樣的。一想到以後沒辦法和她像這樣玩鬧，我的內心登時湧起一陣寂寞。

突然間，沼澤另一邊的草叢忽然劇烈搖擺，從裡頭鑽出了巨大的黑色動物。仔細一看，那是一頭體格壯碩的雄性大猩猩。由於距離有點遠，我看不出來那是誰。

我很想走上前去看個清楚，但總不能把莉莉及優娜丟在這個地方。

正當我正知如何是好，莉莉對我點頭示意。

「妳快去吧！去向妳朋友打個招呼。放心，我們會在這裡休息。不過，妳等等可得回來接我們，我想在天黑之前回到研究中心。」

我向莉莉道了謝，走向出現在沼澤另一頭的大猩猩，心想：多半是約基姆的家族裡頭的成員吧？我慢慢朝著那一頭雄性大猩猩靠近，當我看清楚牠的長相時，著實吃了一驚。

那是艾薩克。十年不見，牠的臉上再也沒有當年的稚氣，看起來架勢十足。牠看見我靠近，依然是一副淡定的態度。那穩如泰山的儀態，讓我想起了父親耶沙烏。

艾薩克的背上閃耀著充滿霸氣的銀色光輝，看起來比我過去見過的任何一頭大猩猩都強壯得多。牠也朝我走了過來，每當牠以拳頭抵住地面，肩膀的肌肉就會高高隆起。

不知牠是否還記得我？當年我們只曾經短暫相處，那已經是十年前的事了。

當然我沒辦法從牠的口中問出答案，艾薩克不會語言，我們沒辦法交談。

牠來到了我的面前，發出了低沉的招呼聲。牠的聲音聽起來相當開心，我也以相同的聲音回應。

我們之間不需要語言，我跟牠之間不存在分隔彼此的複雜詞藻與定義。有的只是溫柔的感情交流，宛如從枝葉縫隙間灑下的陽光。

這片廣大的叢林，就像是我們共同的母親。在母親的懷抱之中，所有的生命彷彿都是同一個生命的不同面貌。

（全書完）

作者謝辭

獲得梅菲斯特獎（メフィスト賞）之後，在單行本出版之際，我很榮幸邀請到了京都大學名譽教授，現任綜合地球環境學研究所所長山極壽一老師，負責監修工作。我相信老師一定非常忙碌，但他仍不辭辛勞地接受了這項委託。得益於老師的幫助，我能夠更準確地描述出大猩猩的生態，再次向老師表示感謝。

由於我的能力有限，作品中可能存在與現實不符的描寫。蘿絲的超高智能和超強認知能力當然都是虛構的，還有墨里斯等大猩猩的打鬥場景，也是出於劇情需要而加入的情節，基本上背離了現實。

據說，雄性低地大猩猩不太會攜手合作，因此幾乎不可能一起攻擊敵人。此外，殺害幼體是山地大猩猩的特有行為，低地大猩猩幾乎不會出現這種情況。而且我在作品中也曾多次提及，一般而言大猩猩是一種愛好和平的動物，很少發生爭執。

關於作品中的一切描寫，皆由我（須藤）負起全責。

對於現實世界中，類人猿與人權的關係感興趣的讀者，我建議可閱讀參考資料中的《大型類人猿的權利宣言》，將會有更深入的理解。

最後，我要特別感謝可可和哈蘭貝。如果沒有這兩頭大猩猩，這部小說就不會誕生。

願所有的類人猿及所有的生命都能找到安息之所。

須藤古都離

參考資料

《在山地大猩猩的森林中（*Up Among the Mountain Gorillas*）》
Walter Baumgartel著，牧野賢治譯／草思社

《生活在大猩猩森林中：非洲豐富的自然與智慧》山極壽一／NTT出版

《大猩猩森林中的言語海》山極壽一＋小川洋子／新潮文庫

《大猩猩：森林中的溫和巨人（*The wandering gorillas*）》
Alan Goodall著，河合雅雄＋藤永安生譯／草思社

《超載的方舟（*The Overloaded Ark*）》
Gerald Durrell著，Sabine Baur插畫，羽田節子譯／福音館書店

《在雲霧中的大猩猩：與山地大猩猩共度的13年（*Gorillas in the Mist*）》
Dian Fossey著，羽田節子＋山下惠子譯／早川書房

《大猩猩不戰爭：和平主義、家庭愛、樂觀主義》山極壽一＋小菅正夫／中央公論新社

《大猩猩圖鑑》山極壽一＝攝影・文，田中豊美＝繪畫／文溪堂

《亞歷克斯與我（*Alex & Me*）》Irene Pepperberg著，佐柳信男譯／早川書房

《一個陪審員的四天（*A Trial By Jury*）》D. Graham Burnett著／高田朔譯／河出書房新社

《大型類人猿的權利宣言（*The Great Ape Project: Equality Beyond Humanity*）》Paola Cavalieri、Peter Singer編／山內友三郎、西田利貞監譯／昭和堂

《國家地理2008年2月號 大猩猩的家庭教育》／日經國家地理

國家地理ＤＶＤ影片 城市中的大猩猩／東芝

國家地理ＤＶＤ影片 非洲熱帶雨林～與自然共存～／TDK Core

電影《尼姆計畫（*Project Nim*）》James Marsh執導

傑西・傑克遜的演講（https://www.youtube.com/watch?v=sn5hCdHuZzw）

大猩猩審判日

作　　者　須藤古都離 Sudo Kotori
譯　　者　李彥樺 Yanhua Lin

責任編輯　許世璇 Kylie Hsu
責任行銷　朱韻淑 Vina Ju
封面裝幀　許晉維 Jin Wei Hsu
版面構成　黃靖芳 Jing Huang
　　　　　Chang CC
校　　對　葉怡慧 Carol Yeh

發 行 人　林隆奮 Frank Lin
社　　長　蘇國林 Green Su

總 編 輯　葉怡慧 Carol Yeh
日文主編　許世璇 Kylie Hsu
行銷經理　朱韻淑 Vina Ju
業務處長　吳宗庭 Tim Wu
業務專員　鍾依娟 Irina Chung
　　　　　李沛容 Roxy Lee
業務秘書　陳曉琪 Angel Chen
　　　　　莊皓雯 Gia Chuang

原書裝幀　鈴木成一デザイン室
原書插畫　田渕正敏

發行公司　悅知文化　精誠資訊股份有限公司
地　　址　105台北市松山區復興北路99號12樓
專　　線　(02) 2719-8811
傳　　真　(02) 2719-7980
網　　址　http : //www.delightpress.com.tw
客服信箱　cs@delightpress.com.tw
I S B N　978-626-7406-92-2
建議售價　新台幣420元
首版一刷　2024年6月

國家圖書館出版品預行編目資料

大猩猩審判日／須藤古都離著；李彥樺譯. -- 初版. --
臺北市：悅知文化　精誠資訊股份有限公司，2024.06
424面；13.5×19.5公分
ISBN 978-626-7406-92-2 (平裝)

861.57　　113008495

建議分類｜文學小說．翻譯文學